ハヤカワ文庫SF
〈SF2007〉

はだかの太陽
〔新訳版〕

アイザック・アシモフ
小尾芙佐訳

JN181559

早川書房
7549

日本語版翻訳権独占
早　川　書　房

©2025 Hayakawa Publishing, Inc.

THE NAKED SUN

by

Isaac Asimov

Copyright © 1957 by
Isaac Asimov
Introduction copyright © 1983 by
Nightfall Inc.

Translated by
Fusa Obi
Published 2025 in Japan by
HAYAKAWA PUBLISHING, INC.
This book is published in Japan by
arrangement with
WILLIAM MORRIS ENDEAVOR ENTERTAINMENT, LLC
through THE ENGLISH AGENCY (JAPAN) LTD.

わたしを招待してくれたノリーンとニック・ファラスカ夫妻に。
わたしを紹介してくれたトニイ・バウチャーに。
めったにない経験に満ちた百時間に。

目次

序文／ロボット小説の舞台裏

書く側としてロボットに熱中した時代のスタートは、一九三九年五月十日だが、サイエンス・フィクションの読者としてのスタートは、もっと以前にさかのぼる。

ロボットはつまるところ一九三九年当時、サイエンス・フィクションにおいては決して目新しい存在ではなかった。機械人間というものは、古代の神話、中世の神話、そして伝説などにすでに登場している。〝ロボット〟という言葉は、もとを正せばカレル・チャペックの戯曲、『ロボット（R．U．R．）』のなかではじめて使われている。この戯曲は、一九二一年にチェコスロバキアで初演され、たちまち多くの言語に翻訳された。

『ロボット（R．U．R．）』は、〝Rossum's Universal Robots〟の略である。ロッサムは英国人の技術者で、有意義な余暇生活を送れるように人間を解放するため、人間に代わる労働力として設計された人造機械人間を製作した（ロボットという言葉は、〝強制労働〟という意味のチェコ語に由来する)。ロッサムは善意でロボットを製作したが、意図したとおりにはならなかった。ロボットは反乱を起こし、人類は抹殺されてしまうのである。

科学技術の進歩が全世界に災厄をもたらすという事実が、一九二一年にすでに予見されていたのは驚くにはあたらないだろう。戦車や飛行機や毒ガスを用いて戦った第一次世界大戦が終結したばかりで、映画『スター・ウォーズ』に登場する用語を使うなら〝フォースの暗黒面〟をひとびとに教えていたのである。『ロボット(R.U.R.)』は、かの名作『フランケンシュタイン』の暗い予見をより強めた作品である。この作品では、異なるタイプの人造人間の創造が、より限られたスケールではあるものの、同じような災厄をもたらすことになるのである。これらふたつの例を見てもわかるように、一九二〇年代、一九三〇年代には、ロボットは、その創造主をかならず破滅させる危険な機械として描かれるのがふつうであった。そして〝人間には知ってはならないものがある〟という寓意がそこにくりかえし示されている。

しかしわたしは、いくら若造の身とはいえ、知識が危険をもたらすなら、その解決策は無知であることだ、などと自分自身を納得させることはできなかった。叡知こそが解決への道ではないかと、わたしにはいつも思われた。危険を見すえることを拒否せず、むしろ、その危険をいかに安全に回避するかということを考えたのである。

つまりこれは、霊長類のとある群れがまず人類となったとき以来の、人類の挑戦だったのだ。いかなる技術革新といえどもつねに危険は伴うのである。そもそも火ははじめから危険だったし、それに言葉というものは（はるかに）危険だった——そして両者とも、今日《こんにち》に至るまでいまだ危険なものだが——この両者なくしては、人類は人類たりえないのである。

いずれにせよ、わたしは、これまで読んだロボット小説のどこに満足できないのかまったくわからぬまま、もっと優れた作品が世にあらわれるのを待っていた。そしてついにアスタウンディング・サイエンス・フィクション誌の一九三八年十二月号の誌面に、わたしはそれを発見したのである。その号に、レスター・デル・リイの「愛しのヘレン」“Helen O’Loy”が載っていた。この話では、ロボットが好意的に描かれていた。これはたしか、彼の二作目にすぎないが、わたしはそれからデル・リイの永遠のファンになった（どうかこのことは彼には内緒にしておいていただきたい。ぜったい彼には知られてはならないのだ）。

これとほぼ同時、アメージング・ストーリーズ誌の一九三九年一月号に、イアンド・バインダーが、「ロボット誕生」“I, Robot”という題名の、同じくロボットに好意的な話を書いた。この二篇を比べると、後者のほうがかなりお粗末ではあるが、わたしはここでもまた心が震えた。このときからわたしはなんとなく、ロボットが愛情をもって描かれる話を書きたいと思うようになった。そして一九三九年五月十日、そういう話をわたしは書きはじめた。執筆には二週間かかった、なにしろこの当時は作品の執筆に時間がかかったのである。

この作品に「ロビイ」"Robbie"という題をつけた。これは子守りをするロボットの話で、世話をしている子供には愛されたが、子供の母親には恐れられていた。フレデリック（フレッド）・ポールは（当時は彼も十九歳で、それ以来年々わたしの好敵手となったが）、わたしより賢かった。彼はわたしのこの作品を読み、アスタウンディング誌の全権を握る編集長、ジョン・W・キャンベル・ジュニアなら、これは「愛しのヘレン」に似すぎているから採用しないだろうと言った。彼の予見は的中した。キャンベルはまさにその理由で、これをボツにしたのである。

しかしながら、フレッド（フレデリック）は、それからまもなく、新しい雑誌、二誌の編集長となり、彼は、一九四〇年三月二十五日、これを採用してくれた。スーパー＝サイエンス・ストーリーズ誌の一九四〇年九月号にそれは掲載されたが、その題は、「奇妙なおともだち」"Strange Playfellow"に変えられていた（フレッドは題名を変えるという悪癖があり、たいていいつも、もとより悪くなっていた。この作品は、その後たびたび活字になったが、いつもわたしがつけた題名が使われている）。

当時キャンベルに一作として買ってもらえず、不満をいだいていたが、しばらくしてから、わたしは新しいロボット小説に挑戦した。わたしは、まずアイディアをキャンベルのところにもちこんだ。技法が未熟だという以外の理由で彼にはねつけられないよう、まずそのアイディアについて彼と話しあい、そして「われ思う、ゆえに……」"Reason"という作品を書きあげた。このなかでロボットは、いうなれば、宗教というものをもったのである。

キャンベルは、これを一九四〇年十一月二十二日に買ってくれ、彼の雑誌の一九四一年四月号に掲載された。これはわたしが彼に売りこんだ三本目の作品だが、彼が買ってくれたこの最初の作品は、訂正を要求されることもなく、すんなり受け入れられた。わたしはこれでおおいに意気が揚がり、すぐさま三作目のロボット小説、ひとの心を読むロボットの話を書きあげ、これに「うそつき」"Liar!"という題をつけた。これもまたキャンベルは採用してくれ、一九四一年五月号に掲載された。わたしのロボット小説は二作たてつづけに連続する号に掲載されたわけである。

そこで立ち止まるつもりはなかった。わたしはシリーズものを手にしていた。

じつのところ、それ以上のものを手にしていたのだ。一九四〇年十二月二十三日、ひとの心を読むロボットのアイディアをキャンベルと話しあっていたとき、自分たちがロボットの行動を支配するルールについて論じていることに気がついた。ロボットは、安全装置を内蔵した工学機械ではないかということになり、そこでわたしたちふたりは、それらの安全装置を成文化することにし——それが、〝ロボット工学三原則〟となったのである。

わたしはまず、〝三原則〟の最終的な条文を作り、それをわたしの四作目のロボット小説、「堂々めぐり」“Runaround”にはっきりした形で用いた。これはアスタウンディング誌の一九四二年三月号に掲載された。〝三原則〟は、その号の一〇〇頁にはじめて登場している。わざわざその個所を拾いだしたのは、〝三原則〟の条文がはじめて登場したその個所に、わたしの知るかぎりにおいては、〝ロボット工学〟という言葉がはじめて使われているからである。

一九四〇年代のアスタウンディング誌のために、それからロボット小説を四作たてつづけに書いた。「野うさぎを追って」“Catch That Rabbit”、「逃避」“Escape!”(キャンベルはこれを「逆説的逃避」“Paradoxical Escape”と改題した。なぜかというと、この二年前に彼も「逃避」“The Escape”という題名の作品を発表していたからである)、「証拠」“Evidence”、「災厄のとき」“The Evitable Conflict”の四作である。これらは、その順に、一九四四年二月号、一九四五年八月号、一九四六年九月号、そして一九五〇年六月号のアスタウンディング誌に掲載された。

一九五〇年までには、有力な出版社、とりわけダブルディ社が、ハードカバーのサイエンス・フィクションを刊行するようになった。一九五〇年一月、ダブルディ社は、わたしの最初の長篇、『宇宙の小石』*Pebble in the Sky* と題するサイエンス・フィクションを刊行し、その後わたしは二作目の長篇に懸命に取り組んだ。

ほんの短いあいだだが、当時わたしのエージェントだったフレッド・ポールは、ロボットを主題とするわたしの短篇を集めれば、一冊の単行本になるかもしれないと考えた。ダブルデイ社は、当時、短篇集には興味を示さなかったが、小さな出版社であるノーム・プレス社が、興味をもってくれた。

一九五〇年六月八日、この短篇集の原稿がノーム・プレス社にわたされた。わたしがつけた題名は、*Mind and Iron*（頭脳と鉄）というものだった。編集者は首を振った。

「これは、『われはロボット』***I, Robot*** としよう」と編集者は言った。

「それはだめですよ」とわたしは言った。「イアンド・バインダーが、十年前に、この題名の短篇を書いていますから」

「かまうもんか」と編集者は言った（もっともこれは彼がじっさいに口にした言葉をやわらげた表現である）、そして心穏やかではなかったが、わたしはこの説得に甘んじたのである。『われはロボット』は、わたしの二冊目の単行本で、一九五〇年という年が終わる直前に世に出た。

この本には、アスタウンディング誌に掲載されたわたしの八篇のロボット小説が含まれているが、各作品の並び順が、もっと論理的な展開になるよう、並べ直してほしいという編集者からの要望があった。この八篇に、最初の短篇「ロビイ」をくわえて、編集者の要望に応えた。キャンベルに拒絶されたにもかかわらず、わたしはこの「ロビイ」が大好きだった。

一九四〇年代には、ほかにも三篇のロボット小説を書いたが、これまたキャンベルにははねつけられるか、目を通してももらえなかった。これらは、ほかの八篇からは独立しているものだったので、わたしは放置しておいた。しかしながら、この三篇と、『われはロボット』以後数十年にわたって書きためたその他のロボット小説は、のちの短篇集におさめられることになった——これらすべては、一篇の例外もなく、『コンプリート・ロボット』*The Complete Robot* におさめられ、一九八二年、ダブルデイ社から出版された。

『われはロボット』は、大ヒットしたわけではなかったが、毎年徐々にではあっても着実に売れていた。五年経たぬうちに、軍隊向け版、廉価なハードカバー版、英国版、ドイツ版（わたしの最初の外国語版の登場）となって刊行された。一九五六年には、ニュー・アメリカン・ライブラリーからペイパーバック版が刊行された。

唯一の悩みの種は、ノーム・プレス社の経営が逼迫《ひっぱく》しており、半年ごとの明確な売上げ明細書をわたしによこさないことと、印税の支払いも滞りがちだったことである（これは、ノーム・プレス社から刊行された三冊の〈銀河帝国興亡史〉シリーズも同様だった）。

一九六一年、ダブルデイ社が、ノーム・プレス社の苦境を知り、『われはロボット』を（同様に〈銀河帝国興亡史〉シリーズも）引き継ぐことになった。それ以後、わたしのすべての著作は順調に売れた。じっさい、『われはロボット』は、初版以来ずっと刊行されつづけている。一九八三年現在、それは三十三年の長きにわたっている。一九八一年には、映画化権も売ったが、映画化はいまだ実現していない（二〇〇四年に映画化され、『アイ,ロボット』の邦題で公開された）。また、ロシア語とヘブライ語も含め、わたしの知るかぎりでは十八カ国語に翻訳されている。

どうやら話を先に進めすぎたようだ。

一九五二年に話を戻そう。当時、『われはロボット』は、ノーム・プレス社の本としてとぼとぼとした歩みをつづけ、これがじっさい成功をおさめるとは、ちらりとも思いうかばなかった。

そのころ、一流のSF雑誌が何冊か世にあらわれ、この世界は、周期的に起きる〝ブーム〟に湧いていた。ファンタジイ・アンド・サイエンス・フィクション誌が一九四九年に、ギャラクシイ・サイエンス・フィクション誌が一九五〇年に発刊した。これによって、ジョン・キャンベルは、この分野における独占権を失い、一九四〇年代の〝黄金時代《ゴールデン・エイジ》〟は終焉を告げたのである。

わたしは、ギャラクシイ誌の編集者ホレース・ゴールドのために書きはじめたが、これで少々ほっとしてもいた。八年間、わたしはもっぱらキャンベルのために書き、ただひとりの編集者専属のライターだという気持があったから、もしキャンベルの身になにかあればわたしはおしまいだという不安がつきまとっていた。ゴールドに首尾よく作品を売りこんだわたしは、そうした不安から救われたのである。ゴールドは、長篇二作目『暗黒星雲のかなたに』*The Stars, Like Dust* を、雑誌に連載までしてくれた……もっとも、題名を *Tyrann* に変えられたが、なんともひどい題名だった。

ゴールドは、わたしの唯一の新しい編集者というわけではなかった。高級雑誌を短期間ながら目指していたアメージング誌の編集長だったハワード・ブラウンにも、わたしのロボット小説を売った。これは「お気に召すことうけあい」"Satisfaction Guaranteed" という題名で、アメージング誌の一九五一年四月号に載った。

だがこれは例外だった。だいたい当時のわたしは、ロボット小説をこれ以上書くつもりはなかった。『われはロボット』が世に出たことによって、この分野におけるわたしの作家としての経歴はおのずから終わるのではないかと思われたので、わたしはほかの分野に活動の場を移そうとしていた。

しかしながらゴールドは、わたしによる連載ものを一作掲載したので、さらに一作をと意欲を燃やしていた。わたしの新作『宇宙気流』*The Currents of Space* が連載ものとしてキャンベルによって採用されたのでなおさらであった。

一九五二年四月十九日、ゴールドとわたしは、ギャラクシイ誌に掲載することになっている新作長篇について話しあっていた。彼はロボットものの長篇を提案してきた。わたしはきっぱりと首を横に振った。わたしのロボットは、短篇にだけ登場してきたのであって、ロボットを柱とする長篇を書ける自信はなかったのである。

「書けるとも」とゴールドは言った。「ロボットが人間のやる仕事をすべて引き受けてくれる、人口過密の世界を書いてはどうかね？」

「そいつはいかにも重苦しいねえ」とわたしは言った。「まじめで社会学的な話は、ぼくには不向きだと思うね」

「きみの思うように書けばいい。きみはミステリが好きじゃないか。そういう世界に殺人事件をもってきて、刑事に、ロボットのパートナーといっしょに事件を解決させる。刑事に事件が解決できないときは、ロボットがそのかわりに事件を解決すればいい」

それで火がついた。キャンベルはこれまでによく言っていたものだ。サイエンス・フィクション・ミステリというものは、明らかに矛盾している。テクノロジーにおける進歩というものが、刑事を卑劣な手段で、しかも容易に窮地から救いだすことになり、そのために読者はたぶらかされる羽目になるというのだ。

そこでわたしは腰を落ち着け、読者をたぶらかすことのない古典的ミステリであり、しかも真のサイエンス・フィクションであるものを書きはじめた。その結果が、『鋼鉄都市』*The Caves of Steel* である。これはギャラクシイ誌の一九五三年十月号、十一月号、十二月号と三回にわたって連載された。一九五四年には、ダブルデイ社から、わたしの十一冊目の単行本として出版された。

『鋼鉄都市』が、今日《こんにち》に至るまでもっとも成功をおさめたわたしの作品であることは疑う余地のない事実である。それまでの作品のなかでもっとも売れ行きがよかったし、多くの読者からも好意的な手紙をもらうことになった。そして（その確かな証拠として）ダブルデイ社は、いまだかつてないような温かな笑みをわたしに賜った。その時点まで彼らは、わたしと契約を交わす前に、新作の梗概や章だてなどを教えろと要求したが、これ以後は、新作を書くつもりだというわたしの言葉だけで、契約書を手に入れることができるようになったのである。

『鋼鉄都市』は、じっさいたいそう好評で、わたしは続篇を書かざるをえなくなった。もしわたしが、ポピュラー・サイエンスの本を書きはじめておらず、またそれをおおいに楽しんで書いていなければ、すぐにでも続篇を書いただろうと思う。『はだかの太陽』*The Naked Sun* にじっさい着手したのは、一九五五年十月だった。

しかし、書きはじめると、スムーズに運んだ。いろいろな意味で、前作とはうまくバランスがとれていた。『鋼鉄都市』は、地球が、多数の人間と少数のロボットの世界が舞台だった。いっぽう『はだかの太陽』の舞台はソラリア、少数の人間と多数のロボットの世界である。そのうえ、わたしの作品には、ふつうはロマンスが欠けているのだが、『はだかの太陽』には、ごく控え目なラブ・ストーリーの味つけをした。

この続篇にわたしはおおいに満足し、内心では『鋼鉄都市』より出来がよいのではないかと思ったが、だからといってそれをどうすればよかっただろう？　そのころわたしはキャンベルとだんだん疎遠になっていた。彼は、ダイアネティックスという、つまらない疑似科学に興味をもち、空飛ぶ円盤や、超能力や、その他もろもろのいかがわしいものに興味をもつようになっていた。いっぽうわたしは、彼には大きな恩義があり、ゴールドのほうに仕事の大半を移してしまったことに罪悪感をおぼえていた。ゴールドはわたしの連載物を二本かかえていた。だがゴールドは、『はだかの太陽』についてはなんら言及しなかったので、わたしとしては自分の思うままにすることができた。

この作品はキャンベルのところに持ちこんだ。彼はすぐに受け入れた。それは、アスタウンディング誌の一九五六年十月号、十一月号、十二月号と三回にわたって連載された。そしてキャンベルはわたしがつけた題名も変えなかった。一九五七年、わたしの二十冊目の単行本としてダブルデイ社から刊行された。

これは『鋼鉄都市』と同じくらい好評だったが、それ以上というわけではなかった。ダブルデイ社はただちに、このままで終わるわけにはいかないと言ってきた。三作目を書いて、〈銀河帝国興亡史〉シリーズの三作と同じように、三部作にすべきだというわけであった。

わたしもまったく同じ意見だった。三作目のプロットのあらましができ、*The Bounds of Infinity*（無限の領域）という題をつけた。

一九五八年七月、家族は、マサチューセッツ州マーシュフィールドの海岸にある家で三週間の休暇を過ごした。そこでわたしはこの新作長篇にとりかかり、その大半をしあげるつもりだった。新作の舞台はオーロラ、そこでは人間対ロボットの比率は、『鋼鉄都市』のように、人間側に比重がかかるのでもなく、『はだかの太陽』のようにロボット側に比重がかかるのでもなかった。そればかりか、ロマンスの要素が、より強められるはずだった。

準備万端がととのったが——それでもなにかがおかしかった。一九五〇年代のわたしは、しだいにノンフィクションのほうに興味が移っていた。わたしははじめて、興ののらない小説を書きだしていた。第四章を書きあげたところでこの仕事を投げだし、執筆を断念した。心のなかでは、ロマンスはわたしの手にあまると、人間とロボットが混じりあう状態をまったく平等にバランスよく描くことはできないと思ったのである。

二十五年のあいだ、それは捨ておかれた。『鋼鉄都市』も『はだかの太陽』も、どちらも忘れ去られることはなく、絶版にもならなかった。二作品を収録した『ロボット・ノベルズ』*The Robot Novels* が出版された。『ロボットの時代』*The Rest of the Robots* のなかの一群の短篇とともに出版されもした。そしてさまざまなソフトカバー版でも出版された。したがって、二十五年のあいだ、読者はいつでもそれを手に入れて読むことができた。読者は存分に楽しんだと、わたしは確信している。その結果、第三作を書いてくださいという読者の手紙が殺到した。ＳＦ大会では、ファンが直接わたしに訴えてきた。これは、わたしが受け取ったもっとも成功確実な要請だった（〈銀河帝国興亡史〉シリーズの第四作を書いてほしいという要請を除けば）。

そしてロボットものの長篇第三作を書く気があるのですかと尋ねられるたびに、わたしはいつもこう答えた。「ええ――いつかはね――どうか、わたしが長生きするように祈ってください」

とにかくわたしは書かねばならないと思ったが、年経るごとに、わたしにはうまく書けないという思いが強くなり、第三作は書かれることはないだろうという悲しむべき確信が強まっていった。

だが一九八三年三月、わたしは〝お待ちかねの〟ロボットものの長篇第三作をダブルデイ社に持ちこんだ。一九五八年の不運な試作とはまったく関係のない筋だてで、その題名は、『夜明けのロボット』*The Robots of Dawn* だった。

アイザック・アシモフ
ニューヨーク・シティにて

はだかの太陽
〔新訳版〕

1　質問される

イライジャ・ベイリは懸命にパニックと闘った。

この二週間というもの、パニックはひどくなるばかりだった。いや、二週間どころではない。ワシントンに呼びつけられ、そこでふたたび任務につくようにと静かに告げられたときからだった。

ワシントンに呼びつけられること自体が、不安をかきたてるにはじゅうぶんだった。詳細は不明のまたんに出頭命令があっただけだから、ますますいけなかった。おまけに飛行機による往復の旅を指定する旅行券まで添えてあったのが、だめおしだった。

それは、ひとつには飛行機で来いというその切迫感によるものだった。ひとつには、飛行機のことを考えただけで生じる不安だった。なおかつそれはほんの不安のはじまりにすぎず、抑えるのはまだたやすかった。

そもそもライジ・ベイリは、これまで飛行機に四度は乗っている。一度は大陸を横断したことさえあった。それゆえ、飛行機の旅は決して楽しいものではないが、少なくとも、未知なるものへの第一歩というわけではない。

しかも、ニューヨークからワシントンへの旅はほんの一時間である。離陸は、ニューヨークの第二滑走路が予定されており、あそこはほかのすべての公営の滑走路と同じように、きちんと囲われており、対気速度に達したときはじめて無防備の空中へ飛びだすようなロックがそなえられていた。到着はワシントンの第五滑走路で、そこもまた防備は万全だった。

そのうえに、ベイリも承知しているように、飛行機には窓というものがない。ゆきとどいた照明と美味な食べ物と必要な設備はすっかりととのっている。無線操縦の飛行はスムーズで、飛行機がいったん空中に浮揚すれば、飛んでいるという感覚はほとんどないだろう。

彼はこうしたいっさいを自分に言ってきかせた。妻のジェシイにもそう言いきかせた。彼女は飛行機に一度も乗ったことがなく、こうした問題に直面すると恐怖に襲われるのだ。

ジェシイは言った。「でも、ライジ、わたしはあなたに飛行機に乗ってもらいたくない。不自然なことだもの。どうして高速走路《エクスプレスウェイ》を使ってはいけないの？」

「だってそれじゃ十時間もかかるからさ」——ベイリの長い顔に険しい皺《しわ》がきざまれた——

――「それにぼくは市警察署の署員で、上司の命令には従わなくてはならない。せいぜい、C‐6級という等級にとどまっていたければね」

それについては議論の余地はなかった。


ベイリは飛行機に乗りこむと、目と同じ高さにあるディスペンサーからするすると繰りだされるニュース・テープにじっと目を据えた。シティは、このサービスを自慢している。時事ニュース、特別記事、娯楽面、教養記事、小説もちらほらある。いつかはこの紙テープもフィルムにとってかわられるだろうと言われている。ビューアーで目をふさいでしまえば、乗客は周囲に気をとられずにすむのだから、はるかに効率的な方法ということになる。

ベイリが繰りだされるテープから目をはなさなかったのは、気持をまぎらわせるためだけではなく、それがエチケットだからだった。この飛行機の乗客はほかに五人はいて（それくらいの数は彼の目にも否応なく入ってきた）、彼らもまた、それぞれの性質や教養に応じて生じる恐怖や不安をある程度はもっていた。

ベイリなら、他人が自分の不安にずかずかとたちいってきたら、腹をたてるにきまっている。肘掛けをつかんでいる両手の関節が白くなっているのを、あるいは肘掛けから手をはなしたときに残っている汗じみを人目にさらしたくはなかった。

彼は自分に言いきかせる。わたしは完璧に囲われている。この飛行機は小さなシティにすぎないんだ。

だが自分を欺くわけにはいかなかった。左手のほうには厚さ一インチの鋼鉄板がある。肘にそれがあたる。だがその向こうには、なにも——

いや、空気がある！　だがそれはなにもないのと同然だ。

こっちの方向に千マイルの空間、あっちの方向にも千マイル。真下には一マイルか、たぶん二マイルの空間。

いっそ真下が、いま過ぎつつある埋もれた数々のシティの屋根がちらりとでも見えればいいと思った。ニューヨーク、フィラデルフィア、ボルティモア、ワシントン。これまで見たことはないが、そこにあることは知っている延々と連なる低層のドームの集合体を想像した。そしてその下には、地下一マイル、周囲数十マイルにわたって、いくつものシティが存在している。

延々と連なる蜂の巣状のシティの通路、ひとびとで活気づいている通路。アパートメント、公共キッチン、工場、エクスプレスウェイ。すべてに人間があふれていて、快適で温か味がある。

いっぽう彼自身は、金属の小さな弾丸のなかの冷たくそっけない空気のなかにひとり閉じこめられて、虚無の空間を移動している。

両手が震えている。彼は紙テープにじっと目を据えて、それを少しばかり読んだ。その小説は、銀河探査を扱った短篇で、ヒーローが地球人であるのはどうやらまちがいない。

ベイリはぶつぶつと不平をとなえたが、声を出すという無作法を演じたことにうろたえ、はっと息をつめた。

それにしてもまったく阿呆くさい小説だった。地球人が宇宙を侵略するなんて夢物語は、幼児性への迎合だ。銀河系の探検だと！　銀河系は、地球人には閉ざされているのに。そこは、宇宙人《スペーサー》によってすでに占有されている。彼らの数世紀前の先祖は地球人だったのである。その先祖たちがいちはやく地球外の惑星に到達し、そこが快適であることを発見し、そしてその子孫たちは移民の障壁を低くすると同時に、地球を、地球人とその子孫たちを囲いこんだ。そして地球に生まれたシティ文明がその課題を完遂した。屋外の広い空間に対する恐怖という壁によって、地球人をそのシティの内側に閉じこめ、地球人自身の惑星のロボット農場や採鉱地帯からも隔絶させた。そして惑星そのものからも隔絶させたのである。

ベイリは苦々しく考えた。なんてこった《ヨシャパテ》！　それが気に入らぬというなら、どうにかすればいいじゃないか。こんなお伽話《とぎばなし》で時間を無駄にすることはない。

だがいまさらどうしようもなかった、それは彼にもわかっていた。

やがて飛行機は着陸した。彼と、同乗した乗客たちは、飛行機をおりると、おたがいに目を合わせることもなく、おもいおもいに散っていった。

ベイリは、ちらりと時計を見やり、司法省行きのエクスプレスウェイに乗る前に、こざっぱりと着替えをする時間はあるなと思った。あってよかった。ひとびとの生活が生む音、騒音、空港の巨大なアーチ型の建物、おびただしい階層へつづく通路、見えるもの、聞こえるものすべてが、シティの腸《はらわた》や子宮で温かく安全に包みこまれているという感じをあたえてくれた。そうしたものが不安を一掃してくれ、あとの仕上げはシャワーだけだった。

公共バスルームを使うには、短期滞在の許可が必要だが、出頭命令の書類を提示するだけで、なんら問題はなかった。所定のスタンプが押され、個人用の小部屋を使用する許可証（悪用を防ぐために使用日時がはっきりと記されている）、割り当てられた場所にたどりつくための案内図の細長い紙片がわたされた。

ベイリは、足もとの移動帯《ストリップ》の感触がうれしかった。ストリップから、内側のストリップへと、スピードをあげて走るエクスプレスウェイへと移動しながら、自分自身が加速していく感覚に快感がいよいよ増していった。エクスプレスウェイにひょいと飛び乗り、自分の等級専用のシートにすわった。

ラッシュ・アワーではなかった。シートはいくらでも空いていた。バスルームに着いてみると、そこも混雑はしていなかった。割り当てられた小部屋は清潔で、便利なコインランドリーもそなえられていた。

割当て量の水を上手に使い、衣類もさっぱりと洗いあげられて、これで司法省とわたりあう準備はととのったと思った。皮肉なことに、なんだか気分も浮きたってきた。

司法次官のアルバート・ミニムは、こぢんまりとした白髪の男で、肌の色つやはよく、体の線もすっきりしている。いかにも清潔な感じで、かすかにトニックの香りがした。それは、司法省のこうした高官が得られるじゅうぶんな物資が保証する快適な生活を物語っていた。

ベイリは、それにひきかえ血色も悪い痩せこけた自分が意識された。大きな手や奥目や、総じていかつい自分が気になった。

ミニムは丁寧に言った。「おかけなさい、ベイリ。煙草は吸いますか」

「パイプはやります」とベイリは言った。

言いながらパイプを取りだしたので、ミニムは、抜きかけた葉巻をひっこめた。

ベイリはすぐさま後悔した。葉巻だってないよりましだし、ちょうだいできるならありがたいにはちがいない。C‐5級からC‐6級に昇進したために煙草の割当て量が増したとはいうものの、刻み煙草が身のまわりにあふれているというほどではない。

「どうぞ火をつけたまえ、吸いたいならね」とミニムは言い、ベイリが、慎重に煙草の量をはかり、防煙器具をとりつけるのを、父親のような辛抱強さで待っていた。

ベイリは、パイプに目を注いだまま言った。「わたしはまだ、ワシントンに呼ばれた理由をお聞きしておりません」

「そうだね」とミニムは言った。そして微笑した。「ではははっきりさせようか。きみには、一時的に異動してもらうことになっている」

「ニューヨーク・シティの外ですか？」

「かなり遠方だ」

ベイリは眉をあげ、思案げな顔をした。「しばらくというと、どれくらいですか？」

「どれくらいだろうね」

異動の損得はベイリも心得ている。自分が居住していないシティに短期滞在するとなれば、おそらく自分の公的等級に許される以上の快適な生活ができるはずである。とはいっても妻のジェシイと息子のベントリイが同行を許されることはあるまい。彼らがニューヨークで快適な生活を送ることは保証されるだろうが、ベイリは家族思いの人間だから、家族と離ればなれになることを思うと心は浮きたたなかった。

それにまた、この異動が特別任務であるのはいいとしても、その責任たるや、一介の刑事に求められるものよりはるかに重いことを考えると心安らかではいられない。ベイリはほんの数カ月前に、ニューヨークのすぐ外側で発生した宇宙人《スペーサー》殺人事件の捜査をやっと切り抜けたばかりだった。またもそうした特別任務、あるいはそれに近いものをあたえられるとあっては、喜ぶ気にはなれなかった。

ベイリは言った。「どこへ行くのか教えてくださいませんか？　任務の内容についても。いったいどういうことなんですか？」

〝かなり遠方だ〟と言った次官の言葉をじっくり考えてみて、自分の新任地について見当をつけてみた。〝かなり遠方だ〟と強調していたから、ベイリはこう思った。カルカッタか？　それともシドニーか？

そのときミニムがけっきょく葉巻を取りだして、それに慎重に火をつけているのに気づいた。

ベイリは思った。なんてこった《ヨシャパテ》！　やつめ、なかなか言いだせないでいる。言いたくないんだな。

ミニムはくわえていた葉巻を手にとった。煙をじっと見つめながら、こう言った。「司法省は、きみにソラリアでの短期任務を命じることになった」

一瞬ベイリの頭は似かよった地名を探していた。ソラリア、アジア。ソラリア、オーストラリア……？

彼はやおら立ちあがり、ひきつった声で言った。「宇宙国家ということですか？」

ミニムはベイリの目を見なかった。「そのとおりだ」

ベイリは言った。「しかし、それはありえませんよ。彼らは地球人の立入りを許さないでしょう」

「情況によりけりなんだよ、ベイリ刑事。ソラリアで殺人事件が発生した」

ベイリの唇がよじれて、反射的な微笑のようなものがうかんだ。「われわれの管轄権はそこまでは及ばないのでは？」

「向こうから協力を求めてきたのだ」

「われわれの協力を？　地球の？」ベイリは狼狽と不信に引き裂かれた。宇宙国家が、卑しむべき母なる惑星を侮蔑する、あるいはせいぜい恩きせがましく社交用の慈悲をあたえる以外の態度をとるなんて、およそ考えられないことだ。それが協力を求めてきたと？

「地球のですか？」と彼はくりかえした。

「異例だよ」とミニムも認めた。「だがそういうことでね。この事件は地球人の刑事に任せたいと言っている。最高レベルの外交ルートを通して申し入れてきたんだよ」

ベイリは腰をかけなおした。「なぜわたしなんですか？　もう若くはありません。四十三ですよ。妻も子供もいます。地球を出るわけにはいきません」

「こちらが選んだわけじゃないんだよ、刑事。きみをご指名なんだ」

「わたしを？」

「ニューヨーク市警本部C-6級、私服刑事イライジャ・ベイリ。彼らには求めるものがわかっていた。きみにはその理由がわかるはずだよ」

ベイリはかたくなに言った。「わたしに、そんな資格はありません」

「彼らはあると思っている。スペーサー殺人事件をきみが解決したことは先刻ご承知なんだよ」

「連中は、すっかり思いちがいをしているんですよ。かいかぶりもいいところじゃないですか」

ミニムは肩をすくめた。「いずれにしても、彼らがきみを望んでいるんだし、われわれもきみを送ることに同意した。きみは異動を命じられたんだ。書類はすっかりととのっているから、あとは行くだけだ。きみの留守のあいだは、奥さんと子供は、C－7級の待遇を受けることになるだろう。この任務を遂行するあいだ、それがきみの等級だからね」彼は意味深長に言葉を切った。「任務がまっとうされれば、それが、きみの永久的な等級になるかもしれない」

ベイリにとってはあまりにも急な展開だった。こんなことはぜったい起こりえないことだ。彼は地球を出ていくことはできない。彼らにはそれがわからないのか？

落ち着いて答える自分の声が聞こえ、それは自分の耳には異様にひびいた。「どういう種類の殺人ですか？　どんな情況なんですか？　連中はなんで自分たちで捜査できないんですか？」

ミニムは、手入れのゆきとどいた指でデスクの上にのっているこまごましたものを置きかえた。そしてかぶりを振った。「この殺人事件についてはなにも知らない。情況もわからないんだ」

「じゃあ、だれが知っているんですか？　まさか予備知識もないまま行けというんじゃないでしょうね？」そしてまた胸のうちの絶望的な声が言った。だがおれは地球をはなれることはできないんだ。

「この件について知っているものはだれもいない。地球では。ソラリア人はなにも話してはくれなかった。話を聞くのはきみの仕事だ。地球人に解決させなければならないほど重要なこととはいったいなにか、それを突き止めるのがきみの仕事だ。というか、仕事の一部なんだろうね」

ベイリは必死でこう言った。「もしわたしがお断りしたら？」むろんその答えはわかっている。降格処分が、自分や、いやそればかりでなく家族にとってどういう意味をもつか、はっきりわかっていた。

ミニムは降格についてはなにもいわなかった。穏やかな声でこう言った。「きみは断るわけにはいかないよ、私服刑事。きみにはなすべき仕事がある」

「ソラリアのために？　あんな連中、くたばればいいんだ」

「われわれのためにだよ、ベイリ。われわれのためにだ」ミニムは口をつぐんだ。そして言葉をついだ。「スペーサーに対する地球の立場というものは知っているね。それについては深くたちいるまでもないが」

ベイリにもその情況はわかっているし、地球上の人間はだれしも知っていた。五十の宇宙国家の人口は、そのすべてを集めても、地球の人口より少なく、それにもかかわらず、潜在的軍事力は、おそらく地球の百倍の力を保持している。陽電子頭脳ロボットに依拠している人口密度の稀薄な世界では、人間ひとりあたりのエネルギー生産量は地球の数千倍に匹敵する。つまり、潜在的軍事力、生活水準、幸福、その他もろもろを左右するのは、人間ひとりあたりが生みだすエネルギー量なのだ。

ミニムが言った。「われわれをこのような立場にとどめているさまざまな要因のひとつは、無知ということだ。それだけのことさ。無知だよ。スペーサーたちは、われわれのことはなんでも知っている。彼らが地球にどれほどの使節団を送りこんでいるかわかったものじゃない。彼らのことは、彼らから聞いたことしか知らない。地球の人間はだれひとり、宇宙国家に足を踏みいれたことがない。だからこそ、きみがそうするのだ」

ベイリは口を切った。「わたしにはとても……」

だがミニムはくりかえす。「行くんだ。きみはそれができる唯一の立場にいる。きみはソラリアの招きでソラリアに行き、彼らがきみに課した仕事をやる。きみが戻るときは、地球にとって有用な知識を持ち帰ることになるだろう」

ベイリは陰鬱な目で次官を見つめた。「わたしに地球のためにスパイをしろとおっしゃるんですね」

「スパイなど論外だ。彼らに求められないことはなにもする必要はない。ただ目と心をしっかり開いていればいい。観察するのだ！　地球に戻ってくれば、きみが観察してきたことを分析し解明する専門家はいるからね」

ベイリは言った。「つまり危機的情況があるわけですね」

「なぜそんなことを言う？」

「地球人を宇宙国家に送るのは危険です。スペーサーはわれわれを憎んでいる。あちらの側に善意があるとしても、招かれてあちらへ行くのだとしても、星間紛争を引き起こす可能性はありますね。地球政府は、その気になれば、わたしを送りだすことなど簡単に避けられますよ。わたしが病気だと言えばいいんです。スペーサーは異常なほど病気を恐れていますからね。わたしが病気だと知れば、いかなる理由があろうと、わたしを招こうとは思わないでしょう」

「つまりこう言いたいのかね」とミニムが言った。「その手を使えと」

「いや。政府がわたしを送りだす動機がほかにないとすれば、わたしが言わずともそれぐらいは考えついたでしょうし、もっとましなことも思いついたはずですよ。したがって、この際肝要なのは、スパイということになるでしょう。もしそうだとすると、この危険を容認するためには、ただ見えるものを見てこいというだけじゃありませんね」

ベイリは、相手が憤激するのを期待していたし、そうすればプレッシャーから解き放たれるから、それをなかば歓迎もしていたが、ミニムは冷ややかな笑みをうかべて、こう言うだけだった。「きみはなにが本質的でないか見抜くことができるらしい。しかしそれぐらいは覚悟していたがね」

次官はデスクごしにベイリのほうに身を乗りだした。「ここに、ある情報があるんだが、これはだれとも、ほかの役人とも話しあってはいけない。わが国の社会学者たちは、現在の銀河系の情況に関して、ある結論に到達している。五十におよぶ宇宙国家は、人口は過疎、ロボット化が浸透しており、ひとびとは健康で長命、軍事力は強大だ。われわれはというと、人口は過密、科学技術は未発達、ひとびとは短命で、彼らの支配下にある。いうなれば、不安定なのだ」

「長期的にみれば、あらゆるものが不安定ですよ」

「短期的にみても不安定なのだ。この先こちらに残されているのはせいぜい百年だよ。そのあいだはこの情況がつづいていくだろうが、子供というものがいるからね。したがって宇宙国家にとって、われわれは先行き危険きわまりない存在になり、存続すら許されないことになる。スペーサーを憎んでいる人間は、地球には八十億はいるからね」

ベイリは言った。「スペーサーはわれわれを銀河系から締めだし、自分たちの利益になるようこちらの市場を統御し、わが政府には頭ごなしに命令し、こちらを蔑視している。

彼らはなにを期待しているんです？　感謝ですか？」

「たしかにそうだが、この図式は、定着してしまったんだよ。反抗、抑圧、反抗、抑圧——あと一世紀もすれば、地球は人間の居住する世界としてはほとんど完全に抹殺されているはずだ。そう社会学者は言っている」

ベイリはもぞもぞと身動《みじろ》ぎをした。社会学者や彼らが使っているコンピューターに疑問をもつものはいないのだ。「しかしそういうことであれば、わたしになにを期待なさるのでしょうか？」

「情報をもってきてもらいたい。社会学的予測における大きな弱点は、スペーサーに関するデータが皆無だということだ。現状では、彼らが送りこんでくる少数のスペーサーから得られるわずかなデータをもとに予測しなければならない。彼らの口から聞きだせることしか頼れるものはない。したがってわれわれが知悉《ちしつ》しているのは、彼らの威力だ。彼らの威力しか知らない。いまいましいことに、彼らにはロボットがあり、人口は少なく、しかも長命だ。彼らに弱みはないのか？　われわれの行動の指針となるような、地球存続の可能性を生みだしてくれるような要素はないのか？」

「社会学者を派遣なさったほうがいいんじゃないですか？」

ミニムはかぶりを振った。「こちらが気に入った人間を送ることができるなら、十年も前に送りだしていたさ。最初にそうした結論が出たときにね。だれかを送りこむ口実ができたのは今回がはじめてなんだよ。彼らが求めてきたのは刑事でね、われわれの目的にもかなうというわけさ。刑事もまあ、社会学者だよ。経験や常識で判断する現役の社会学者でなければ、優秀な刑事とは言えないだろう。きみの履歴は、きみが優秀な刑事であることを立証している」

「ありがとうございます」とベイリは無表情に言った。「それでわたしがトラブルに巻きこまれたら？」

ミニムは肩をすくめた。「それは警察官という仕事につきまとうリスクだ」彼は片手を振ってその問題を一蹴し、こうつけくわえた。「いずれにせよ、きみは行かねばならない。出発の時刻はきまっている。きみを運ぶ船も待機している」

ベイリは身を硬くした。「待機？　わたしはいつ出発するのですか？」

「二日のうちに」

「それではニューヨークにいったん戻らないと。妻が――」

「奥さんには、われわれが会うよ。きみの仕事の内容は奥さんに知らせるわけにはいかないからね。きみからの連絡はないものと思ってくださいと伝えておくよ」

「それは残酷ですよ。妻には会わなくては。二度と会えないかもしれませんからね」

ミニムは言った。「わたしがこれから言うことはさらに残酷に聞こえるかもしれないがね、きみが任務につくときは、奥さんに二度と会えないかもしれないと自分に言いきかせない日は一日もないのではないかね？　ベイリ刑事、われわれはだれしも任務を遂行せねばならんのだよ」

ベイリのパイプの火はもう十五分も前に消えていた。彼はそれにまったく気づいていなかった。

それ以上のことは、だれもベイリに話してはくれなかった。殺人のことについてはだれもなにも知らなかった。役人が次々にあらわれては急《せ》きたてられ、なにも信じられぬまま、彼は宇宙船の下に立っていた。

宇宙船は、天空に向かって狙いを定めている巨大な大砲のようだった。ベイリは、ひやりとする外気にぶるっと体を震わせた。夜が（ありがたいことに）頭上の黒い天井に溶けこむ黒々とした壁のようにひしひしと押し迫ってくる。曇天だった。彼は、プラネタリウムに行ったことはあったが、雲の切れ目を貫いて光る星が目に入ると、ぎょっとした。

あの小さな光点は、はるか、はるかかなたにあるものだ。彼はおそれげもなくじっと見つめた。それはとても近くにあるほんの微小なものに見えたが、それでもああいうもののまわりを、銀河系の支配者たちが住む惑星がめぐっているのだ。太陽もあれに似たようなものだ。ただしあれよりはずっと近くにあり、いまは、地球の裏側で輝いている。

彼はふいに、水と気体の膜におおわれた石の球のような地球を思いうかべた。あらゆる面を虚空にさらし、そこにあるシティは、その球の外皮にかろうじてもぐりこみ、岩と空気のあいだに不安定にしがみついている。彼の全身は総毛だった。

船はむろんスペーサーの宇宙船だった。惑星間の通商は、スペーサーの一手に握られている。彼はいまたったひとりで、シティの縁のすぐ外に立っている。乗船するまでに、スペーサーの基準で安全と見きわめられるまで体を洗浄され、こすりあげられた。そうまでしたのに、彼を迎えにきたのはロボットだけだった。なにしろ彼は、蒸し暑いシティから何百種類という病原菌をその身につけてきたのだ。彼自身は耐性があっても、優生学上、虚弱なスペーサーは耐性はもっていないのである。

ロボットは闇のなかでぼんやりと大きく見え、その眼は暗赤色に光っていた。

「イライジャ・ベイリ私服刑事ですか？」

「そうだ」とベイリはきびきびと答え、うなじの毛がわずかにさかだつのを感じた。彼もまた、人間の仕事をやっているロボットを見て、ぞっとしながら怒るような地球人にちがいなかった。かつてスペーサー殺人事件でパートナーになったR・ダニール・オリヴォーというロボットがいたが、あれは別物だ。ダニールは――

「わたしのあとについてきてください」とロボットが言うと、宇宙船に向かう通路に白い光があふれた。

ベイリはあとに従った。梯子をのぼって船内に入り、通路をいくつも通って、ある部屋にたどりついた。

ロボットが言った。「こちらがあなたの部屋です、私服刑事ベイリ。航行中はここから出ないようにしてください」

ベイリは思った。なるほど、わたしを密封するわけだな。わたしを安全なところに閉じこめる。隔離するわけだ。

ここまで歩いてきた通路はまったくひとけがなかった。いまごろはロボットたちが通路を消毒しているはずだ。彼に対面したロボットは、ここを出たときに殺菌浴をしていくだろう。

ロボットが言った。「給水設備と排水設備はととのっています。食料は運ばれます。視聴装置も用意いたします。舷窓は、このパネルでコントロールします。いまは閉まっていますが、もし宇宙空間をごらんになりたいのであれば――」

ベイリはいささか不安に駆られて言った。「それはいいんだよ、ぼうや《ボーイ》。舷窓は閉じたままにしておいてくれ」

彼は地球人がロボットに常時用いる〝ぼうや〟という呼称を使ったが、このロボットは、べつに敵意をふくんだ応答はしなかった。むろんロボットにそれは不可能である。ロボットの応答は、ロボット工学三原則に照らして限定されている。

ロボットは、大きな金属の図体をかがめ、敬礼もどきのうやうやしいしぐさをして出ていった。

ベイリは部屋にひとりになったので、あたりをじっくり見まわすことができた。少なくとも飛行機よりはましだ。飛行機は機内がはしからはしまで見える。周囲の限界も見える。宇宙船は大きい。いくつもの通路や階層や部屋がある。それ自体が小さなシティなのだ。ベイリはなんだか楽に息ができた。

そのときライトがひらめき、ロボットの金属的な声が送話器から流れ、離陸時の加速にどうそなえるかこまごまと指示する。

するといきなり体が安全ベルトと緩衝水圧システムに押しつけられ、超小型陽子炉によって急激に熱せられたフォース・ジェットの轟音が遠くで鳴りひびく。大気を切り裂く音はしだいにかぼそく甲高くなり、一時間もするとまったく消えてしまった。

彼らは宇宙空間にいた。

あらゆる感覚が麻痺したような、なにものも現実ではないという感じがした。ベイリは一秒ごとに、シティからジェシイから何千マイルもはなれていくのだと思ったが、実感はまったくなかった。

二日目に（三日目か？——食事と睡眠の間隔を数えあげるほかに、時間を計る方法はなかった）体を裏返しにされるような奇妙な感覚が一瞬あった。ほんの瞬時のことだったが、ベイリにはそれがジャンプだとわかった。船を中身ごと、宇宙のある一点から、数光年もはなれたある一点へと移送する、超空間における神秘的な瞬時の変化だった。さらにまた時間が経過し、またもやジャンプ、さらに時間の経過があり、またもやジャンプ。

ベイリは自分に言いきかせる。いまや自分は数光年、いや数十光年、数百、数千光年のかなたにいるのだと。

いったい何光年先なのか彼にはわからなかった。地球上の人間が、宇宙におけるソラリアの位置をだれひとり知らないのは確かだった。彼らは無知だった、だれもかれもが。

ベイリはひしひしと孤独を味わった。

減速する感覚があり、そこにロボットが入ってきた。くすんだ赤みをおびた目が、ベイリの安全ベルトの状態を瞬時に見てとる。そして手ぎわよく蝶ナットを締めあげ、水圧システムをすみずみまですばやく点検する。

ロボットは言った。「三時間後に着陸します。よろしければ、この部屋にいてください。人間が付き添って、あなたが居住する場所にご案内します」

「待て」とベイリは張りつめた口調で言った。こんなふうに紐でくくりつけられているのは心もとない。「着陸は、いつごろになるんだ？」

ロボットはただちに答えた。「銀河系標準時では――」

「現地時間だよ、ぼうや。現地時間！　やれやれ《ヨシャパテ》！」

ロボットはよどみなくつづける。「ソラリアの一日の長さは、二十八・三十五標準時になります。ソラリアの一時間は、十デカッドに分けられ、一デカッドは、百センタッドに分けられます。われわれの空港到着時刻は、五デカッド二十センタッドです」

ベイリはこのロボットが憎らしかった。こちらの言うことを理解しないという愚鈍さが憎らしい。こちらに質問をさせ、こちらの弱みをさらけださせてしまう、そのやり方が憎らしかった。

それでも訊かねばならない。彼はそっけなく訊いた。「それは昼間なのか？」

あげくの果てにロボットは、「はい」とだけ答えて出ていった。

昼間だと！　昼日中、なんのおおいもない惑星の表面に降りたつというのか。

それがどんなものか、彼には見当もつかない。シティのなかのいくつかの地点から地球の表面をちらりと見たことはある。ほんの瞬時だが、その表面に立ったこともあった。しかし、いつもかならず壁に囲まれていた。あるいは壁が見えるところにいた。安全はいつも手近なところにあった。

いまは、安全がどこにあるというのだ？　暗闇という見せかけの壁さえないのである。

それにスペーサーの前で弱みは見せたくないから――見せるなんてとんでもない――滅

速の力から身を守る安全ベルトの下で彼は体をこわばらせ、目を閉じて懸命にパニックと闘った。

2　友との遭遇

ベイリは闘志を失っていた。理性だけではどうしようもない。

ベイリは何度も何度も自分に言いきかせた。人間は一生をひろびろとした大地で暮らすものだ。スペーサーたちはいまそうしている。地球の祖先たちも昔はそうしてきた。まわりを囲むものがなくとも、じっさいなんの危険もないのである。そうではないと主張しているのは自分の頭だけ、そう考えるのは間違いなのだ。

だがそんなことを言ってみてもなんの役にもたたない。理性を超えたなにかが、壁を求め、空間を拒絶している。

時が経つにつれ、これでは成功はおぼつかないと思った。ついには怖《お》じけづき、惨めに震えているだろう。彼を呼び寄せたスペーサーたち（病原菌を防ぐために鼻孔にフィルターを詰め、接触を避けるために手袋をはめている）は、そんな彼を軽蔑さえしないだろう。スペーサーは彼に対してただ嫌悪感をおぼえるだけだろう。

ベイリは必死にがんばった。

船が停止し、減速用安全ベルトが自動的に解かれ、水圧システムが壁のなかにひっこんだが、ベイリはシートにすわったままでいた。不安でたまらないのだが、それを面《おもて》には出すまいと決心した。

部屋のドアが開く静かな音を聞いて、彼は目をそらした。長身の、青銅《ブロンズ》色の毛髪の人物が入ってくるのが、目のはしにちらりと見えた。スペーサー、地球の伝統を投げうった、あの誇り高き末裔のひとり。

スペーサーが口を開いた。「パートナー・イライジャ!」

ベイリの頭が、その話し手のほうにさっと向いた。その目が丸くなり、彼は反射的に立ちあがっていた。

彼はその顔を凝視した。大きく高い頬骨、ぴくりとも動かない顔面、完全に均整のとれた体軀、なかでも平静な青い目の穏やかな表情。

「ダ、ダニール」

スペーサーは言った。「わたしを覚えていてくださってうれしいです、パートナー・イライジャ」

「覚えているだと!」安堵が全身に押し寄せるのを感じた。この生き物は、ちょっぴり地球に縁があり、友であり、慰めであり、救い主だった。そのスペーサーに走りよって抱擁したい、乱暴に抱きしめたい、笑いながら背中を叩き、長い別離のあとに再会した旧友たちがやるばかげたことをすべてやってみたいという抑えがたい欲求を彼は感じた。だがそうはしなかった。できなかった。ただ足を踏みだし、手をさしのべて、こう言った。「きみを忘れるなんてことがあるものか、ダニール」

「それはうれしいことです」とダニールは言って、重々しくうなずいた。「あなたもご承知のことですが、わたしは、正常に作動しているあいだは、あなたを忘れることはまったく不可能なのです。あなたにまたお会いできてよかった」

ダニールはベイリの手をとり、それをひんやりした自分の手で握った。相手の指は、心地よい、決して痛くはない握力をくわえ、そしてはなした。

この創造物の判読しがたい目が、ベイリの心を貫き、ベイリの全身がほとんど愛にも等しい熱烈な友情に浸りきったこの狂おしい瞬間、いまだ醒めやらぬその瞬間を見透かされないようにと、ベイリはひたすら祈った。けっきょく、ひとは、このダニール・オリヴォーを友人として愛することはできないのだ。人間ではない、ロボットにすぎないものを。

外見は人間そっくりのロボットが言った。「ロボットの運転する地上輸送車をエア・チューブによってこの船に連結するよう申しでました——」

ベイリは眉をひそめた。「エア・チューブだと?」

「はい。宇宙空間ではしばしば用いられる通常の手法です。これによって人員と物資を、船から船へと、真空状態に対応する特殊装備がなくても移しかえることができるのです。どうやらあなたは、この手法についてはご存じないようですね」

「ああ」とベイリは言った。「だがよくわかるよ」

「むろん、宇宙船と地上車輛のあいだにこのような装置を用意するほうが煩雑なのですが、そうしてもらうよう要請しました。さいわい、あなたとわたしがあたえられた使命は、最優先事項のひとつです。どんな障害もたちまち取り除かれます」

「きみもこの殺人事件の担当なのかい？」

「それについてはまだご存じなかったのですか？　すぐにお話ししなかったのが悔やまれます」むろんロボットの完璧な顔に後悔の色はない。「この事件にもっともふさわしい捜査官として最初にあなたの名を出されたのは、ハン・ファストルフ博士なのです。わたしたちが組んで当たったこの前の事件のさいに地球でお会いした方ですが、たぶん覚えておいででしょう。博士は、こんどもまたわたしがあなたの補佐をするという条件を出されました」

ベイリはなんとか笑顔をつくった。ファストルフ博士は、オーロラ人で、オーロラは宇宙国家のなかでは最強の国なのである。オーロラ人の助言が重みをもつのは当然だった。

ベイリは言った。「相性のいいチームは、解散させるべきではないということかな、ええ？」（ダニールがあらわれたときの最初の興奮は消えていき、ベイリの胸の圧迫感がまたもどってきた）。

「博士がどのように考えておられたのか、正確にはわかりません、パートナー・イライジャ。ただ博士が出されたいくつかの命令の特性から考えますと、あなたの世界に行った経験があり、その世界に住むあなたの特異性を知っているものを、あなたの任務に協力させたいと思われたのでしょうね」

「特異性だと！」ベイリは不愉快になり、眉をひそめた。そんな言葉を自分に対して使ってもらいたくなかった。

「ですから、たとえばエア・チューブもわたしは注文することができたのです。あなたが、地球のシティで育った結果、広い空間を嫌悪なさることはよくわかっておりますから」

ベイリがいきなり話題を変えたのは、〝特異〟だなどときめつけられたから、ここで反撃に出なければ、ロボットに対して面目を失うと感じたからだろう。あるいは論理の矛盾は放置できないという長年の職業上の習性のせいかもしれない。

ベイリは言った。「この船に乗っているあいだ、わたしの世話をしてくれるロボットがいた。ロボットだよ」（その言葉にはわずかに悪意がこめられていた）。「ロボットに見えるロボットだ。きみは知っているか？」

「乗船する前に、それと話しました」

「そいつの呼称はなんという？　どうやってコンタクトをとればいいのかね？」

「呼称はRX－2475です。ソラリアでは、ロボットを製造番号で呼ぶのが習わしです」ダニールの平静な目が、ドアの近くにあるコントロール・パネルのほうを見た。「あれに触れればシグナルが送られます」

ベイリはコントロール・パネルを見た。ダニールが示したパネルにはRXと記されており、その身元は明白だった。

ベイリはその面に指をおいた。すると一分も経たぬうちに、いかにもロボットらしいあのロボットが入ってきた。

ベイリは言った。「おまえはRX－2475か」

「はい、そうです」

「下船するときは案内してくれる人間が来るといっていたね。彼のことかね？」ベイリはダニールを指さした。

ふたりのロボットの目が合った。RX－2475が言った。「書類には、あなたをお出迎えする方であることが証明されています」

「書類のほかに、前もって彼についてなにか聞かされていたのか？　その特徴を知らされていたのか」

「いいえ。しかし名前は教えられました」

「その情報はだれがおまえにあたえたのか？」

「この船の船長です」

「それはソラリア人か？」

「はい」

ベイリは唇をなめた。次の質問が決め手になるだろう。

「おまえが待っていた者はなんという名前だと聞かされていたのか？」

RX－2475は言った。「ダニール・オリヴォーです」

「いい子だ！　下がっていいぞ」

ロボットらしくお辞儀をし、それからさっとまわれ右をした。RX－2475は立ち去った。

ベイリはパートナーのほうを振りかえり、考えこむように言った。「きみは事実をすべて話してはくれなかったね、ダニール」

「なにについてでしょうか、パートナー・イライジャ？」ダニールが言った。

「さっききみと話をしているあいだに、奇妙なことを思いだしたんだよ。RX－2475が、案内役が来るとぼくに伝えたとき、人間が来ると言ったんだよ。それははっきりと覚えている」

ダニールは静かに聞いていたが、なにも言わなかった。

ベイリは言葉をついだ。「あのロボットが間違ったのかもしれないと思った。あるいは、おそらくぼくの案内役に人間があたることになっていたが、あとできみに代わって、RX-2475はそれを知らなかった。だがぼくがそのことを確認したのはきみも聞いていたね。きみに関する書類には、そのことが書いてあったし、名前も書いてあった。もっともきみの正確な名前じゃなかったがね、ダニール？」

「たしかに、わたしの正確な名前は記されてはおりませんでした」とダニールは認めた。

「きみの名前は、ダニール・オリヴォーではなく、R・ダニール・オリヴォーじゃないのか？　正式には、ロボット・ダニール・オリヴォーだ」

「そのとおりです、パートナー・イライジャ」

「ということになると、RX-2475は、きみがロボットであることを知らされてはいなかったということになる。きみを人間と考えかねなかった。きみの人間らしい外見からすると、人間になりすますのは可能なわけだ」

「あなたの推論に異議はありません」

「では先に進もうではないか」ベイリは、荒々しい愉悦が芽生えるのを感じた。自分はどうやらなにかを追跡する道筋に立っている。たいしたことではないかもしれない、だがこの種の追跡は自分の得意とするところだ。宇宙のなかばを越えてまで呼び寄せられるほど、自分の能力が存分に発揮できるなにかなのである。「さて、だれにしろ、あの哀れなロボットをなぜ欺かねばならなかったのか？　きみが人間でもロボットでもかまわないんだ。ロボットはいずれにせよ命令には従う。そこで導かれる結論は、ロボットに告げたソラリア人の船長と、船長に告げたソラリア人の役人は、どちらも、きみがロボットであることを知らなかったということになる。つまりこれが導かれうる結論のひとつだが、おそらく唯一の結論ではあるまい。この結論は事実かね？」

「そう思います」

「よろしい。当を得た推論だ。でもなぜだ？　きみをぼくのパートナーとして推薦したハン・ファストルフ博士は、ソラリア人たちに、きみが人間であると思いこませた。これは危険なことではないかね？　ソラリア人たちは、この事実を知ったら、憤激するんじゃないだろうか。なぜそんなことをしたのか？」

ヒューマノイド・ロボットは言った。「わたしにはこういう説明がなされました、パートナー・イライジャ。宇宙国家の人間と手を組めば、あなたはソラリア人から高く評価されます。ロボットと手を組めば、あなたの評価は下がります。わたしはあなたのやり方に慣れていますし、いっしょに仕事をするのも楽ですから、わたしを人間としてソラリア人に受け入れさせるのは理の当然だと思われました。このわたしが人間であるとわざわざ彼らを欺くことはないのです」

ベイリには信じられなかった。それは地球人の感情を斟酌《しんしゃく》した上のことではないかという気がした。こんな配慮は、宇宙人《スペーサー》の頭には当然うかぶまいし、ましてファストルフのような知識人でも思いつかないだろう。

彼は、別の考え方をしてみた。「ソラリアのロボットの生産量が多いことは、宇宙国家間ではよく知られていることだね？」

「これはうれしいですね」とダニールが言った。「あなたが、ソラリアの国内経済について説明を受けてこられたとは」

「なにも受けちゃいないよ」とベイリは言った。「ソラリアという言葉の綴りぐらいは推量できるが、ぼくの知識なんかそれ止まりさ」

「だとするとわたしにはわかりませんね、パートナー・イライジャ。あなたがなんでそんな質問をする気になられたか。しかしもっとも適切な質問です。的を射た質問ですね。わたしの頭脳に蓄えられた知識のなかには、五十の宇宙国家のなかで、ソラリアはこれまで、ロボットの機種の種類の多さと優秀性では名をはせていたという事実が含まれています。すべての宇宙国家に、専門化したモデルを輸出しています」

ベイリは、してやったりとうなずいた。ダニールは当然、人間の弱点を論理の起点として用いる直観的な飛躍にはついてはこられまい。ベイリにしてもこの推論を説明しようという気はなかった。もしソラリアが、ロボット工学の先進世界であるのなら、ハン・ファストルフ博士とその仲間たちには、自分たちの最高傑作であるロボットを見せつけてやりたいという純粋に個人的な、まことに人間くさい動機があるかもしれない。地球人の安全ないしは感情に対する配慮などはまったくないだろう。彼らは、ロボットのエキスパートであるソラリア人たちに、オーロラが作ったロボットを人間として受け入れさせることによって、自分たちの優位性を示そうとしているのである。

ベイリの気分はだいぶよくなった。みずからが絞りだせるあらゆる思考、あらゆる知力をもってしても、自分をパニックから救いだすことはできなかった。しかるに、おのれの強い顕示欲をちょっとくすぐってやるだけで、すぐさまパニックがおさまったのは、なんとも奇妙な話だった。

スペーサーたちの強烈な顕示欲に気づいたことも、おおいに役だった。

彼は思った。なんてこった《ヨシャバテ》、しょせん、おれたちはみんな人間なのさ、スペーサーにしてもだ。

うわついた声でベイリは言った。「いつまで地上車を待っていなくちゃならないんだい？　もう用意はできてるよ」

エア・チューブは、どうやらこういう使われ方には向いていないようだった。人間とヒューマノイドは直立した宇宙船から足を踏みだし、彼らの重みでたわんだり揺れたりする柔軟なネットの上を歩いていった（宇宙空間では、とベイリはぼんやり想像する、無重量で船から船へと移動する人間は、最初のジャンプの推力によって簡単にチューブのなかを移動できるのだろう）。

先のほうに進むにつれて、チューブはいやに狭くなり、巨大な手がネットを絞っているようだった。懐中電灯をもっていたダニールが、四つん這いになったので、ベイリもそうした。その恰好のまま最後の二十フィートを移動し、明らかに地上車とおぼしいもののなかに入った。

ダニールは、いま入ってきた扉を慎重にスライドさせて閉めた。エア・チューブがはずされたようながちゃりという鈍い音がした。

ベイリは物珍しそうにあたりを見まわした。地上車にはべつに変わったところもない。座席がふたつ縦に並び、席は三人がけだった。各席の両側に扉がある。ふだんは窓とおぼしい光沢のある壁の部分は、偏光装置の適切な調整の結果、不透明で黒々としている。ベイリはそのことはよく知っていた。

車内は、天井のふたつの丸いスポットライトから放たれる黄色の光で照らされていた。要するにベイリが奇異だと感じたのはまず一点、前部の座席のすぐ前の仕切り壁にはめこまれた送話器だ。それからもう一点、目に見えるところに操縦装置がないということだった。

ベイリは言った。「操縦手は、この仕切り壁の向こうにいるわけだね」

ダニールは言った。「そのとおりです、パートナー・イライジャ。命令をあたえるときにはこのようにすればよいのです」彼が体をやや前に傾け、送話器のトグル・スイッチを軽くはじくと、赤色灯がまたたいた。彼は静かに言った。「出発してよろしい。準備はできた」

くぐもったひびきが聞こえたが、それもすぐに消えて、座席の背に一瞬きわめて軽く押しつけられる感覚があり、それでおわりだった。

ベイリは驚いて言った。「もう動いているのか？」

ダニールが答えた。「そうです。この車は、車輪で動くのではなく、反磁性の磁場に沿って滑っていくのです。加速と減速をする場合を除いては、なにも感じないでしょう」

「カーブはどうなる？」

「車体は、遠心力を相殺《そうさい》するように傾きます。上り坂、下り坂を進むときも、車体は水平に保たれます」

「操縦は面倒だろうね」ベイリはそっけなく言った。

「完全に自動操縦です。この車輛の操縦手はロボットです」

「うーむ」この車輛についてベイリの知りたいことはこれですべてわかった。「時間はどれくらいかかる？」

「ほぼ一時間です。飛行機ならもっと速いのでしょうが、あなたを完全に遮蔽できるかどうかが心配でした。ソラリア人に適している飛行機の型式では、いまこうして乗っている地上車のように完璧な遮蔽は望めません」

ベイリはこの相手の〝心配〟が不愉快だった。乳母《うば》に世話してもらっている赤ん坊のような気分にさせられた。おかしなことにダニールの言葉遣いも気に入らなかった。不必要に形式ばった表現は、ロボット的な本性をあっさりさらけだしているようにも思えた。

ベイリは一瞬、R・ダニール・オリヴォーをじっと見つめた。ロボットは、まっすぐ前方を見ており、相手の凝視にもそしらぬ様子で身動きもしない。

ダニールの皮膚の感触は完璧で、頭髪も体毛も一本一本精緻に作られ植えこまれている。皮膚の下の筋肉の動きはいかにも本物らしい。どんなにコストがかかろうと、そこには惜しみない労力が注がれている。それでもベイリは、自分自身の知識として知っている。手も足も胸部も目に見えぬ縫合線に沿ってぱっくりと開けることができ、そうやって修理ができることを。あのいかにも本物らしい皮膚の下には金属やシリコンが詰まっている。頭蓋骨の内側には、陽電子頭脳がおさまっている。もっとも高性能の頭脳だが、しょせんは陽電子頭脳にすぎない。ダニールの〝思考〟は、たんに、製作者によってあらかじめ精密に設計された回路を流れる、つかのまの陽電子流にすぎないのだ。

だがなんの予備知識ももたない専門家が気がつくのは、どんな特徴だろうか？　ダニールの話し方のわずかな不自然さか？　すっかり身についているあの感情を欠いた沈着さか？　完璧な人間らしさか？

だがこんなことは時間の浪費だ。ベイリは言った。「さあ、ダニール、さっさと先に進めてくれ。ここに到着する前に、きみはソラリアの問題について説明を受けているのだろう？」

「そうです、パートナー・イライジャ」

「よろしい。ぼくが聞いたものよりはましなんだろう。この世界の大きさは？」

「直径は九千五百マイルです。三つの惑星のうちのもっとも外側にあり、人間が居住するただひとつの惑星です。気候や大気は地球に似ています。肥沃な土地の割合は地球より高いのです。有用な岩石の含有量は地球より少ないですが、むろん乱掘されてはおりません。自給自足の世界であり、ロボットの輸出のおかげで高い生活水準を維持しています」

ベイリは言った。「人口は？」

「二万です、パートナー・イライジャ」

ベイリは一瞬それを鵜呑《うの》みにしたが、穏やかにつけくわえた。「二千万ということだね？」彼の乏しい知識によれば、宇宙国家は地球の標準からいうと、人口密度は稀薄ではあるが、各々の国家の人口は、数千万であることぐらいはわかっていた。

「二万人です、パートナー・イライジャ」とロボットはくりかえした。

「あの惑星は植民が行なわれたばかりだというのか?」

「とんでもありません。独立後、ほぼ二世紀が経っています。植民はそれより以前、一世紀以上前に行なわれています。人口は、計画的に二万に維持されています。それが、ソラリア人たちにとっての最適人口なのです」

「彼らは、惑星のどれくらいの面積を占めているんだ?」

「肥沃な地域のすべてです」

「それは何平方マイルある?」

「辺境地域をふくめると三千万平方マイルです」

「たった二万人のために?」

「そのほかに二億の労働ロボットがいますよ、パートナー・イライジャ」

「なんてこった《ヨシャパテ》! ということは——人間ひとりあたり一万のロボットか」

「これは宇宙国家のなかでも、ずばぬけて高い比率です、パートナー・イライジャ。第二位はオーロラで、人間ひとりあたりわずか五十です」

「それだけのロボットをいったいなにに使うんだ? そんなに食糧を生産して、どうするというんだ?」

「食糧は比較的重要ではない品目です。鉱山資源のほうが重要ですし、エネルギー生産はさらに重要なものです」

それほどの数のロボットを想像すると、ベイリは軽い眩暈《めまい》をおぼえた。二億のロボットとは！　きわめて少数の人間に驚くべき数のロボット。きっとロボットが塵《ごみ》のように自然の風景を汚しているにちがいない。ほかの国から来た参観者ならきっと、ソラリアはロボットの国だと思いこみ、稀薄な人間の気配など見逃してしまうかもしれない。

ベイリはふいに、これはどうしても外を見る必要があると思った。ミニムとの会話と、地球の危機という彼の社会学的予言を思いだした。それは遠くかけはなれたことのように、いささか非現実的なことのようにも思えるが、彼は覚えていた。地球を出立《しゅったつ》して以来、自身が直面した危険や苦難のおかげで、冷静かつ明晰な口調でとほうもないことを言いたてたミニムの声の記憶は薄れてはいたものの、すっかり消え去ってはいなかった。

ベイリはこれまでの長い年月、職務には忠実だったから、広い空間という恐るべき現実に直面しても、その探究心を抑えることはできなかった。スペーサーの言葉、ないしはスペーサーのロボットの言葉から集めたデータは、すでに地球の社会学者には届いている。ここで必要とされるのは直接的な観察であり、いかに不快であろうとそれを手に入れることが彼の任務なのである。

彼は地上車の天井をじっくりと見た。「これはコンバーティブルなのかね、ダニール？」

「おそれいりますが、パートナー・イライジャ、おっしゃる意味がわかりません」

「この車輛の屋根は押し開くことができるのか？　屋根を開ければ見えるのかい――空が？」（日頃の習慣から〝ドーム〟と言いそうになった）。

「はい、できます」

「それではやってくれ、ダニール。ちょっと見てみたい」

ロボットは重々しく答えた。「申しわけありませんが、そうするわけにはまいりません」

ベイリはびっくりした。「いいか、R・ダニール」（Rを強調して言った）。「言いなおそうか。屋根を開けるように命じる」

相手は人間そっくりだが、しょせんはロボットだ。命令には従わなければならぬ。

だがダニールは動かない。そして言った。「あなたに危害が加えられないようにするのがわたしの第一の務めであることを説明しなければなりません。わたしにあたえられた指示と、わたし自身の体験をもとにしても、広大な空間に身をおいたあなたが危険にさらされることは明らかです。したがって、あなたをそうした危険にさらすことはできません」

ベイリは、どっと血がのぼって顔が黒ずむのがわかったが、それと同時に、そんな怒りはまったく無益であることもわかっていた。相手はロボットなのだ。ベイリはロボット工学三原則の第一条は心得ていた。

第一条とはこうである。ロボットは人間に危害を加えてはならない。また、その危険を看過することによって、人間に危害を及ぼしてはならない。

ロボットの陽電子頭脳は――銀河系のあらゆる国家に所属するロボットの陽電子頭脳は、すべて、この第一の要件に従わなければならない。むろんロボットは命令に従わなければならないが、それにはひとつだけ最優先の、そしてもっとも肝要な条件がついている。命令に従うのはロボット工学三原則第二条の範囲内に限るのである。

第二条とはこうである。ロボットは人間にあたえられた命令に服従しなければならない。ただし、あたえられた命令が、第一条に反する場合は、この限りではない。

ベイリは穏やかに、理性的に話すように努力した。「短時間であれば、耐えられると思うよ、ダニール」

「わたしにはそう思えません、パートナー・イライジャ、わたしは従えません」

「ぼくに任せてくれ、ダニール」

「たとえ命令であっても、パートナー・イライジャ」

ベイリは柔らかな詰めものをしたシートにぐったりともたれかかった。力ずくではロボットにかなうはずがない。ダニールが全力を発揮すれば、その力は生身の人間のゆうに百倍はある。ベイリを傷つけることさえなく容易に取り押さえることができるはずである。

ベイリは武器をもっていた。ダニールにブラスターを突きつけることはできても、おそらく一瞬の優位を感じるだけで、むしろそうした行為は挫折感を増大させるにすぎない。破壊してやるぞという脅しは、ロボットには無意味なのである。おのれを守るのは、第三条にあてはまる場合のみだ。

第三条。ロボットは、前掲第一条および第二条に反するおそれのないかぎり、自己をまもらなければならない。

もし唯一とるべき手段が、第一条を破ることになるなら、ダニールはためらわず壊されるほうを選ぶだろう。だがベイリはダニールを壊したくはなかった。ぜったいに。

それでも彼はどうしても車の外が見たかった。それはもう執念だった。こんな乳母と幼児みたいな関係をつづけるのはもうごめんだ。

一瞬彼は、ブラスターを自分のこめかみに突きつけようかと思った。車の屋根を開けろ、さもなければ自殺する。さらに危機的で直截的な行動によって第一条の適用に対峙させるのだ。

そんなことができないのは、ベイリにもわかっている。あまりにも卑劣なやり方だ。その情景を思いうかべるだけでひどく不愉快だった。

彼は疲れた声で言った。「目的地まであと何マイルあるのか、操縦手に訊いてくれないか？」

「かしこまりました、パートナー・イライジャ」

ダニールは前に屈みこみ、トグル・スイッチを押した。だが彼がそうしたとたん、ベイリも前に屈みこんで、大声で言った。「操縦手！　車の屋根を開けろ！」

トグル・スイッチにすばやく手を伸ばし、送話を遮断したのは人間の手だった。人間の手は、その後もしっかりとそこに置かれたままだった。

わずかに息を切らしながら、ベイリはダニールを凝視した。

一瞬ダニールはまったく動かなかった、新しい情況に適応しようとして彼の陽電子回路の安定性が一瞬乱れたのである。だがそれもたちまち回復し、ロボットの手が動いた。

ベイリはそれを予想していた。ダニールは、人間の手をトグル・スイッチからはずし（手を傷つけぬようにそうっと）、送話状態にして、ベイリの命令を撤回するだろう。

ベイリは言った。「ぼくを傷つけずに、ぼくの手をはずすことはできない。警告する。きみはおそらくぼくの指の骨を折ることになる」

そうはなるまい。ベイリにはわかっている。だがダニールの動きが止まった。危険を防ぐために冒す危険。陽電子頭脳は、危険の確率を天秤《てんびん》にかけ、比較可能な形で再構築しなければならない。そのためダニールにさらにわずかなためらいが生じた。

ベイリが言った。「もう遅すぎる」

彼は勝負に勝ったのだ。屋根がするすると開いていき、車内に降りそそいだのは、ソラリアの太陽のどぎつい白光だった。

ベイリはまず恐怖に襲われ目を閉じたかったが、その衝動と闘った。そして青と緑のすさまじい奔流と向きあった。それは途方もない量だった。顔に当たる荒々しい大気を感じたが、細かいところはなにも見分けられなかった。動いているなにかが目の前を通りすぎる。それはロボットかもしれない、動物かもしれない、あるいは一陣の風に舞いあがった無生物かもしれない。彼にはわからなかった。地上車はすさまじい速さでその前を通りすぎていく。

青、緑、空気、騒音、動き——そしてそれらすべての上に、猛々しく、仮借なく、強烈に照りつけるのは、空の球体が発する白光だった。

ほんの一瞬ベイリは上を振りあおぎ、ソラリアの太陽をまともに見つめた。シティの最上階のサンポーチにそなえられた光拡散ガラスという防備もなく、彼はまともにそれを見た。彼ははだかの太陽を見つめていた。

そしてその瞬間、ダニールの両手が自分の肩を押さえつけるのが感じられた。その非現実的な激しい眩暈のなかで、頭にはこんな思いがうずまいていた。わたしは見なければならない！　できるかぎりなにもかも見なければ。そしてダニールがいま自分のそばにいるのは、それを妨げるためだ。

だがロボットが人間に暴力を振るうはずはない。その思いが他を圧した。ダニールは力ずくで彼を阻むことはできなかった。それでもベイリは、ロボットの両手がぐっと肩を押さえつけるのを感じた。

ベイリはその肉のない両手を振りはらおうと両手を上げ、そして失神した。

3　被害者の名が明らかになる

ベイリは四方を囲まれた安全な場所に戻っていた。ダニールの顔が目の前で揺れていた。顔に黒っぽい斑点がうかんでいる。ベイリがまばたきをすると、その斑点が赤くなった。

ベイリが言った。「なにがあったんだ？」

「残念です」とダニールが言った。「わたしがおそばにおりながら、あなたが苦痛をこうむられたのは。太陽の直射光は人間の目には有害ですが、短時間さらされただけなので、損傷は永久的なものではないと思います。あなたが上を見あげたとき、わたしはあなたをむりやり押さえつけねばなりませんでしたが、そのときあなたは失神されました」

ベイリは顔をしかめた。これでは、自分が過度の興奮（あるいは恐怖）のために失神したのか、失神するほど激しい力で押さえつけられたのか、きめかねるではないか。顎と頭にさわってみたが痛みはなかった。あからさまに質問するのはやめにした。なんだか知りたくはなかったのだ。

ベイリは言った。「たいしたことはなかったよ」

「あなたの反応から判断しますと、パートナー・イライジャ、さぞやご不快だったと判断せざるをえません」

「なんともないさ」とベイリは頑として言った。目の前の斑点は薄れていき、もはやさほど不気味ではなくなった。「ただ、少ししか見られなかったのが残念だよ。すさまじい速度で走っていたからね。ロボットを見かけたかね？」

「かなり多くのロボットを見かけました。キンボールドの地所を横断しているところですが、ここは果樹園専用の土地です」

「もう一度見てみたいね」とベイリは言った。

「わたしのいるところではいけません」とダニールは言った。「そのかわり、頼まれたことはやっておきました」

「なにを頼んだ？」

「覚えておいででしょう、パートナー・イライジャ。操縦手に車輛の屋根を開けるよう命令される前に、目的地まであと何マイルか、操縦手に訊くよう命令されました。あと十マイル、六分ほどで到着することになっています」

ベイリは、ダニールの完璧な顔が少しでも崩れるのを見られさえしたらと、騙されたことに彼が腹をたてているかどうか訊いてみたいという衝動に駆られたが、それは抑えつけた。むろんダニールは、恨むでもなく、腹をたてるでもなく、否《いな》と答えるだけだろう。いつもどおり冷静に落ち着きはらい、動ずる気色《けしき》もなく平然としているだろう。

ベイリは静かに言った。「とにかくだ、ダニール、ぼくはそれに慣れなくてはならないんだよ」

ロボットは、人間のパートナーをじっと見つめた。「あなたが言われるそれとはなんのことでしょうか？」

「やれやれ！《ヨシャパテ》　それはね――屋外のことだよ。この惑星が作られているそのすべてのものだよ」

「これからも屋外の環境に慣れる必要はありません」とダニールは言った。そしてこの問題には決着がついたとでもいうようにこう言った。「速度が落ちています、パートナー・イライジャ。到着したようです。われわれの作戦本部となる住居に通じるエア・チューブに接続するために、しばらく待たねばなりません」

「エア・チューブなど必要ないよ、ダニール。これから屋外で仕事をすることになるのだったら、洗脳を先送りしても無意味だよ」

「あなたが屋外で仕事をする理由はありません、パートナー・イライジャ」

ロボットはさらになにか言いかけたが、ベイリはきっぱりと手を振って彼を黙らせた。

このときは、なにもかも順調に運びます、きちんとお世話もしますというダニールの細心な慰めや保証など素直に受け入れる気分ではなかった。

彼が心から望んでいたのは、自分の面倒を自分でみるのに必要な、そして課せられた任務を完遂するのに必要な情報だった。ひろびろとした屋外の光景とその感触は、これまではとうてい耐えがたいものだった。いざそのときがきても、自尊心を、そしておそらく地球の安全を犠牲にしても、どうしてもそれに向きあう勇気は出ないかもしれない。たかが広漠たる空間という些細な問題なのに。

頭のなかにそんな考えがちらりとうかんだだけで、彼の表情は曇った。それでも大気に、太陽に、広漠たる空間に向かいあいたかった!

イライジャ・ベイリは、たとえば、ヘルシンキのような小さな都市の住民がニューヨークを訪れ、高層ビルの階層を畏怖の念にうたれながら数えているような感じに襲われた。アパートメントのようなものに〝滞在〟するのかと思っていたが、それとはまったく違っていた。部屋から部屋を際限もなく通りすぎた。パノラマ式の大きな窓はぴっちりとおおわれ、不穏な日光は一筋たりと通さないようになっている。部屋に足を踏みいれると隠された電源から音もなく光があふれだし、部屋を出るとふたたび静かに消えるのである。

「ずいぶんたくさん部屋があるね」とベイリは驚いている。「ほんとにたくさんだ。まるで小規模のシティ並みだね、ダニール」

「そう思われるでしょうね、パートナー・イライジャ」ダニールは落ち着きはらって答えた。

地球人から見るといかにも奇妙だった。なぜこんなに部屋が密集する場所に大勢のスペーサーを彼といっしょに住まわせる必要があるのだろう？　ベイリは言った。「いったい何人がここでぼくといっしょに暮らすことになるんだい？」

ダニールが言った。「むろんわたしと、それから大勢のロボットたちです」

ベイリは思った。自分以外の大勢のロボットと言うべきだろう。

どうやらダニールが、真実を知るベイリのほかに聞くものがいなければ、完全に人間になりすますつもりなのは明らかのようだった。

だがそんな考えはたちまちけしとんで、ふたつ目のさらに差し迫った問題が頭にうかんだ。「ロボットだと？　人間は何人いるんだ？」

「だれもおりません、パートナー・イライジャ」

ちょうど床から天井までブック・フィルムで埋まった部屋に足を踏みこんだところだった。二十四インチの縦型の大きなビューイング・パネルをそなえた三台のビューアーが部屋の三方の隅に据えつけられている。四台目には、動画スクリーンがそなえられていた。

ベイリはいらだたしそうにあたりを見まわした。「ぼくが、この霊廟《モスレム》にたったひとりで暮らせるように、だれもかれも外にほうりだしたのか？」

「これはあなた専用に用意されたものです。人間ひとりのためのこのような住居を作るのは、ソラリアではふつうのことです」

「みんなこんな生活をしているのか？」

「みんなです」

「こんなにたくさんの部屋がなんで必要なんだ？」

「ひとつの用途にひとつの部屋が当てられるのが慣習です。ここは図書室です。音楽室、運動室、厨房、製パン室、食事室、機械室、各種のロボットの修理室とテスト室、寝室が二部屋――」

「やめろ！　きみはなんでそんなことまで知っているんだ？」

「これは情報パターンの一部です」ダニールはよどみなく言った。「オーロラを出る前に、あたえられたのです」

「なんてこった《ヨシャパテ》！　いったいだれがここの面倒をみるんだ？」彼は腕を大きく回した。

「家事担当のロボットが大勢います。彼らはあなたのお役にたつように選定され、あなたが快適に過ごされるようにお世話をいたします」

「ぼくにこんなものは必要ない」とベイリは言った。もうすわりたい、一歩も動きたくない気分だった。これ以上部屋など見たくもなかった。

「お望みならば、一部屋にいることもできます、パートナー・イライジャ。それはひとつの可能性として最初から想定されていました。それにもかかわらず、ソラリアの慣習は、かくのごとし、この家を建てるほうが賢明だと考えたわけです——」

「建てるだと！」ベイリは目をむいた。「これはぼくのために建てられたというのか？　これをぜんぶ？　特別に？」

「完全なるロボット化経済ですから——」

「ああ、きみの言わんとするところはわかるさ。この仕事が終わったら、この家はどうなるんだ？」

「取り壊すだろうと思います」

ベイリはぎゅっと口をひきしめた。そうとも！　取り壊すのさ！　ひとりの地球人のためにどでかい建物を建てて、そいつがさわったものはみんな取り壊すんだ。家が建っていた土地は殺菌消毒をする！　そいつが呼吸していた空気は燻蒸消毒する！　スペーサーは強大に見えるかもしれないが、やつらにも愚かしい恐怖があるんだ。

ダニールは彼の思考を読んだか、あるいは少なくとも彼の表情を汲みとったようだ。こう言った。「彼らがこれを破壊するのは、感染を逃れるためだとお思いでしょうね、パートナー・イライジャ。もしそうお考えだとしても、この問題について不快感をもたれるのはおやめになったほうがよいと思います。スペーサーの側の病原菌恐怖症は、それほど極端なものではありません。この家を建てるぐらい、彼らにとってはほんの小さな仕事です。これをまた取り壊すという無駄も、彼らにとってはたいしたことではないのです。

それに法律によってですね、パートナー・イライジャ、この土地にこの家をそのまま残すことは許されません。ここはハニス・グルアーの地所ですから、だれの地所にしろ、法律で認められている建物、つまり地主の家しか建てられないのです。この家は、特別の許可を得て、特別の目的のために建てられたものです。この家は、われわれの使命が完了するまで、特定の期間だけわれわれを住まわせる目的で建てられたのです」

「ハニス・グルアーとは何者なんだ？」とベイリは訊いた。

「ソラリアの安全保障局長です。到着しだい、われわれはお会いすることになっています」

「われわれはだと？　なんてこった《ヨシャパテ》、ダニール、ぼくはいったいいつになったら、情報を手に入れることができるのかね？　われわれは周囲からまったく隔絶されている。こんなやり方は気に入らないね。地球に戻ったほうがよさそうだな。きっと――」

怒りがむらむらとこみあげてきたので、いそいで言葉を呑みこんだ。ダニールはたじろぐ気配もない。ただ話を切りだすきっかけを待っているだけだ。ダニールは言った。「お腹だちはごもっともです。ソラリアについてのわたしの全般的な知識は、あなたよりも多いようです。この殺人事件そのものについての知識は、あなたと同様に限られたものです。われわれが知らねばならないことは、グルアー安全保障局長が話してくださることになっています。ソラリア政府が手配してくれました」

「それじゃあ、そのグルアーとやらのところに行こう。そこまでどれくらいの距離があるのかね？」また移動するのかと思うとベイリはひるんだ。胸を締めつけられるようなあの感覚が甦ってくる。

ダニールが言った。「もう移動の必要はありません、パートナー・イライジャ。グルアー局長は、談話室でわたしたちを待っていてください」

「談話室まであるのか！」ベイリは皮肉たっぷりにつぶやいた。それから大きな声で、「もう待っているのかね？」

「そう思います」

「じゃあ彼のところへ行こうじゃないか、ダニール！」

ハニス・グルアーは禿げ頭、それも正真正銘の禿げだった。頭蓋のまわりをわずかに縁どる髪すらない。ほんとうにつるつるの禿げだった。

ベイリは唾を呑みこみ、礼儀上、その禿げ頭から目をそらそうとするが、とうてい無理だった。地球では、スペーサーを、スペーサー自身の評価のままに受け入れてきた。スペーサーは銀河系における絶対的な権力者だった。長身で、肌と毛髪は青銅色《ブロンズ》、容姿は端整、大柄で落ち着きがあり貴族的だった。

要するに、彼らは、R・ダニール・オリヴォーそのもの、ただし、人間性というものが加味されている。

そして地球にしばしば送られてくるスペーサーたちは、みんなそういう連中だった。おそらくそうした特性をそなえているために、わざわざ選ばれたのかもしれない。

だがここには、外見だけを見ればまったく地球人で通るスペーサーがいた。彼は禿げだった。鼻も不恰好だった。それほど不恰好というわけではないが、スペーサーとすれば、わずかな不均衡も目だつものである。

ベイリは言った。「こんにちは。お待たせしたのならお詫びいたします」

礼儀正しく振る舞うのに不都合なことはない。こういう連中を相手にこれから仕事をしなければならないのである。

彼は一瞬、広い(ばかばかしいほど広い)部屋をつかつかと横切って、挨拶の手をさしのべようという衝動に駆られた。その衝動は容易にしりぞけられた。スペーサーというものは、こうした挨拶を歓迎はしないはずである。地球の病原菌におおわれている手を握るだと?

グルアーはできるだけベイリからはなれたところにおもむろにすわった。両手は長い袖の内側に隠され、おそらく鼻孔にはフィルターが装着されているだろうが、ベイリからは見えない。

グルアーが、きみは地球人のそんな近くに立っているとは変わったスペーサーだな、とでもいうような非難めいた視線をダニールに送ったようにさえ思われた。

ということはグルアーは、ダニールの正体を知らないということになる。そのときベイリはふいに気づいた。ダニールが自分からほんの少し距離をおいて立っていることに、しかもふだんより距離をあけていることに気づいたのだ。

そうか！　あまり近くにいれば、そんなにそばにいるとは信じがたいと相手に思われるかもしれない。ダニールは、あくまでも人間として受け入れられるつもりでいるのだ。

　グルアーは、快活で親しみのある声で話したが、その目はダニールのほうをこっそりうかがっていた。目をそらしても、またすぐそちらに移っていく。彼は言った。「長くは待ちませんでしたよ。ソラリアへようこそ、お二方。居心地はよろしいですか？」

「はい。とても」とベイリは言った。礼儀上はダニールが〝スペーサー〟として、ふたりを代表して話すべきではないかとも思ったが、そうした事態は断固しりぞけた。おいお《ヨシャパ》い《テ》！　この捜査を要請されたのはこのわたしではないか。ダニールはつけたしなんだ。こうした情況のもとで、ほんもののスペーサーの下に甘んじる気はさらさらない。ましてロボットとくれば、たとえダニールのようなロボットでも願いさげだ！

　だがダニールは、ベイリの上位に立つつもりはないようだし、グルアーもそのことに驚いたり、不快な顔をしたりする様子もなかった。そのかわり、すぐにダニールを無視してベイリのほうに注意を向けた。

　グルアーは言った。「このたびあなたにご依頼した事件については、ベイリ刑事、まだなにもお聞かせしておりませんな。さぞやお知りになりたいでしょう」服の袖がまくれあがるほど両の腕を振ってから、膝の上で両手を軽く組んだ。「どうぞ、お二方とも、おすわりください」

ふたりは腰をおろし、ベイリが言った。「そりゃ、知りたいですとも」グルアーの両手が手袋で保護されていないのに彼は気づいた。

グルアーは言葉をついだ。「わざとそうしたことでしてね、私服刑事。こちらに着かれてから、事件に取り組んでいただきたかったんですよ。この事件の詳細と、これまでわれわれがなしうる範囲で行なった捜査に関する報告書はすぐお手もとに届くはずです。まあね、私服刑事、あなたの経験からすれば、われわれの捜査など、まったく不完全なものだとお思いだろう。ソラリアには警察というものがありませんのでね」

「まったくないのですか？」とベイリは訊いた。

グルアーは笑みをうかべ、肩をすくめた。「なにしろ犯罪というものがありません。わが国の人口はごく少数で、しかも広範囲に散らばっている。犯罪の誘因がない。したがって警察を置く必要もない」

「なるほど。しかしそうは言っても、現に犯罪が起こったわけです」

「そのとおり、しかし二世紀にわたるわれわれの歴史上、初の暴力犯罪です」

「不運なことだ、最初に手がける犯罪が殺人事件とは」

「そう、不運ですな。さらに不運だったのは、被害者がまったくかけがえのない人物だったことだ。被害者にはなってはならぬ人物です。おまけに犯行情況がとりわけ残忍なものだった」

ベイリは言った。「犯人の目星はまったくついていないんですね」（さもなければ、地球の刑事をわざわざ呼び寄せるほどの犯罪ではないだろう）。

グルアーはひどく不安そうな顔をした。そしてダニールのほうをちらりと見た。ダニールは、なにもかも吸収してしまう静かな機械装置のように身動ぎもせずすわっている。ベイリにはわかっているが、ダニールはいま聞いた会話を、いかに長かろうといつでも忠実に再現することができるのだ。まさに人間のように歩き、かつ話すことのできる録音機だった。

グルアーはそのことを知っているのか？　彼がダニールを見る目つきには、なにか胡散《うさん》臭《くさ》さを感じさせるものがあった。

グルアーは言った。「いや、犯人がまったくわからないというわけではない。じっさいあの犯行をやってのけられる人物はひとりしかいない」

「まさか、そんな犯行をやってのけられそうな人物がひとりしかいないとおっしゃるんじゃないでしょうな？」彼は誇張した表現は信用しなかったし、机上の空論を弄する理論家も好まない。彼らは論理の展開において偶然性より必然性を見出そうとするからである。

だがグルアーは禿げ頭を横に振った。「いや。考えうる人間はひとりしかいない。ほかの人間には不可能なのだ。まったく不可能なんですな」

「まったく？」

「それは確かですとも」

「それなら、なんの問題もないでしょう」

「ところがですな。問題がある。そのたったひとりの人物が、この犯行をなしえない」

ベイリは静かに言った。「すると、だれも犯行に及んだものはいないわけですね」

「ところが犯行はなされた。リケイン・デルマーは死んだ」

これはこれは、とベイリは思った。やれやれだ《ヨシャパテ》、ようよう手がかりがつかめたぞ。被害者の名前がわかったわけだ。

彼は手帳を取りだし、おもむろにそれを書きつけた。ひとつにはやっとのことで事実のきれっぱしを手に入れたことを示してやりたいため、ひとつには、自分が手帳など不要な録音機の横にすわっていることを悟られないようにするためだった。

ベイリは言った。「被害者の名前はどう書きますか？」

グルアーは答えた。

「彼の職業はなんです？」

「フェトロジスト」

ベイリは聞こえたとおり書きつけるだけですませた。そして言った。「それで、殺人の前後の情況について直接証言できる人物はいますか？　できればじきじきに会いたいのですが」

グルアーの笑みは硬く、ダニールのほうをふたたび見て、それから目をそらした。「彼の奥さんですよ、私服刑事」

「奥さん……？」

「ええ。名前はグレディアです」グルアーは、その名を三つの音節に区切って発音し、二音節目にアクセントをおいた。

「子供たちは？」ベイリの目は、手帳にじっと注がれている。答えがなかったので、彼は目を上げた。「子供は？」

だがグルアーの口は、なにかすっぱいものを味わったかのようにすぼめられている。気分が悪そうだった。そしてようやく口を切った。「わたしが知るわけがない」

ベイリは言った。「なんですって？」

グルアーはいそいでつけくわえた。「いずれにしても、じっさいの捜査は明日に延ばしたほうがいいでしょう。ご苦労な旅だったことは承知していますよ、ミスタ・ベイリ。お疲れだろうし、おそらく空腹でしょうな」

ベイリは否定しかけたものの、このときは、食べ物がいつになく魅力的に思えた。「食事をごいっしょしませんか？」まさか、スペーサーであるグルアーが同意するはずはない（それでも、相手は、〝ベイリ私服刑事〟ではなく、〝ミスタ・ベイリ〟と言うくらい打ち解けている。これはたいしたことだった）。

予想にたがわずグルアーは言った。「これからひと仕事あるので、ごいっしょいたしかねます。これで失礼しませんと。申しわけないが」

ベイリは立ちあがった。グルアーを玄関のところまで送るのが礼儀だろう。しかし、そもそも玄関には、無防備な屋外には近づく気などなかった。それに玄関がどこにあるのか知らないのである。

彼はぼんやりと突っ立っていた。

グルアーは微笑し、うなずいた。そしてこう言った。「またお目にかかりましょう。わたしとお話しになりたいときは、あなたのロボットがコンタクト番号は知っておりますよ」

そうして彼はいなくなった。

ベイリはあっと声をあげた。

グルアーの姿と、彼がいままですわっていた椅子がこつぜんと消えたのだ。グルアーのうしろの壁と彼の足もとの床が、いきなり変化したのである。

ダニールが静かに言った。「ここにいたのは生身の彼ではなかったのです。あれは三次元の映像です。知っておられると思っていました。地球でもああいうものはありますね」

「これとは似ても似つかない」とベイリはつぶやいた。

地球の三次元映像は、立方体の力場《フォース・フィールド》のなかにあり、その背景に対してぎらぎらする光を放っている。映像自体もちらちらと明滅している。地球では、映像と実像を見誤ることはない。ここでは……

たしかにグルアーは手袋をはめていなかった。さらに言えば鼻のフィルターも必要なかったわけだ。

ダニールが言った。「いま召しあがりますか、パートナー・イライジャ？」

ディナーは、思いもかけない苦しい試練だった。ロボットたちがあらわれた。ひとりがテーブルをセットした。もうひとりが食べ物を運んできた。

「この家にはどのくらいのロボットがいるんだい、ダニール？」ベイリは訊いた。

「五十人ほどです、パートナー・イライジャ」

「われわれが食べるあいだも、彼らはずっとここにいるのかね？」（ひとりは隅のほうに退いて、そのつややかな光る目がベイリのほうに向けられている）。

「それが慣例です」とダニールが言った。「ご用命があるときにそなえて控えているのです。おいやでしたら、去れと命令なさればよいのです」

ベイリは肩をすくめた。「ここにいればいいさ！」

これが尋常の場合であれば、この食事もおいしいと思ったかもしれない。いまはただ機械的に食べていた。ダニールが平然と、手ぎわよく食べているのもぼんやりと気づいていた。むろんあとになれば、ダニールは〝いま食べた〟ものが溜められているフッ化炭素製の袋の中身を捨てるのだ。いまはただ人間になりすましていた。

「外は夜なのか？」とベイリは訊いた。

「そうです」とダニールは答えた。

ベイリは憂鬱そうにベッドを見つめた。あまりにも大きい。寝室全体も広すぎる。もぐりこめる毛布もなく、シーツが数枚あるばかりだ。身をすっぽりおおうにはこれではなんとも心もとない。

なにもかもが苦痛の種だ！　なんと寝室に隣接しているバスルームでシャワーを浴びるという不安な体験はすでにしてきた。ある意味では贅沢の極みだが、そのいっぽうではまことに非衛生的な配置としか思われない。

彼はだしぬけに言った。「明かりはどうやって消すんだ？」ベッドのヘッドボードは柔らかな光を放っている。おそらく、就寝時にブック・フィルムを見るのに便利だからにちがいないが、いまはそんな気分ではない。

「眠るつもりになってベッドにお入りになれば、明かりは消してもらえます」

「ロボットが監視しているというんだね？」

「それが彼らの仕事です」

「やれやれ《ヨシャバテ》！　あのソラリア人どもは、いったい自分じゃなにをするんだ？」ベイリはつぶやいた。「こうなるとシャワーを浴びているときに、ロボットが背中をこすってくれなかったのが不思議だね」

ユーモアのかけらもない口調で、ダニールは言った。「あなたがお命じになれば、こすってくれます。ソラリア人ですが、彼らは自分でやりたいことは自分でやります。やるなと命じられれば、ロボットはたとえそれが自分の務めであっても実行することはありません。ただし、その務めを実行することが人間の幸福な生活にぜひとも必要であれば別ですが」

「では、おやすみ、ダニール」

「わたしは別の寝室におります、パートナー・イライジャ。夜中の何時であろうと、なにかご用命があれば――」

「わかっている。ロボットが来るんだな」

「サイド・テーブルに、コンタクト・パッチがあります。それに触れるだけでけっこうです。わたしもまいります」

眠りはなかなか訪れなかった。彼はこんな情景を頭に描きつづける、いまいるこの家が、この惑星の薄皮の上に危なっかしく乗っていて、そのまわりには果てしない虚空がモンスターのように待ちかまえているという情景を。

地球の彼のアパートメントは——こぢんまりとした快適な、大勢の人間が詰まっているアパートメントは——ほかのたくさんの建物の下にこぢんまりと横たわっている。何十という階層とおびただしい人間が、自分と地球の外皮とのあいだに介在している。

地球だって最上層に住んでいる人間はいるのだ、とベイリは自分に言いきかせる。彼らは、外界とすぐ隣り合わせでいるわけだ。そうとも！　だからこそ、ああいうアパートメントの家賃は安くなっているのだ。

やがて彼は、千光年先にいるジェシイのことを思った。

いますぐこのベッドから出て着替えをし、彼女のところに歩いていきたい。頭が朦朧としてくる。トンネルさえあれば、快適で安全なトンネルが、ソラリアから地球まで安全で硬い岩と金属を貫いて掘られたトンネルさえあれば、どこまでも歩いて、歩いて、歩いて……

彼は地球へ、ジェシイのもとへ歩いていくだろう、快適で安全に守られたところへと……

安全。

ベイリの目が開いた。両腕が硬くなり、彼は片肘をついて半身を起こしたが、そうしている自分にほとんど気づいていなかった。

安全保障！　あの人物、ハニス・グルアーは、ソラリアの安全保障局長だ。ダニールがそう言っていた。〝安全保障〟とはどういう意味なのか？　地球における意味と同じであれば、そうにちがいないだろうが、このグルアーという人物には、外からの侵略と、内部からの破壊からソラリアを守る責任があるにちがいない。

その彼がなぜ殺人事件ごときに関心をもつのか？　ソラリアには警察がなく、安全保障局が、殺人事件の扱い方をもっとも知悉している部署だというのか？

グルアーはベイリには屈託なく接しているように見えたが、ダニールのほうを何度となく盗み見していたではないか。

グルアーはダニールの動機を疑っているのか？　ベイリ自身は、目をしっかり見開いていろと命じられたが、ダニールも同じような指示を受けているのかもしれない。

スパイ行為もありうるとグルアーが疑うのは当然である。そういう行為が考えられる情況があれば、彼の職掌柄、まず疑うのが本筋だろう。それにひきかえ、ベイリを過度に恐れる必要はない。なにしろ地球人は、銀河系においてもっとも劣る世界の代表なのだから。

だがダニールはオーロラの住人、宇宙国家のなかで最古で最大の、もっとも強力な国家の住人なのである。これは大きな違いだった。

思い返すとグルアーは、ダニールには一言も声をかけていない。

そう言えば、ダニールはなぜあれほど完全に人間のふりをしていなければならないのか？　ベイリがこれまで自分を納得させていた解釈、つまりダニールを製作したオーロラの設計者が虚栄心を満足させるためだという解釈は、こうなると平凡すぎるように思える。彼が人間になりすましているのは、どうやらもっと重大な理由があるらしい。

人間であれば、外交特権、つまりある種の特別待遇や穏当な取り扱いなどを期待するのは当然である。ロボットはそういうわけにはいかない。だとしたらそもそもオーロラはなぜほんものの人間を送りださなかったのか？　模造品を使って、なぜこんな賭けに出たのか。答えはすぐにわかった。オーロラのほんものの人間、ほんもののスペーサーは、地球人とごくまぢかで、しかも長時間にわたって協力しあうことは避けたいのだ。

しかしそうだとすると、ソラリアはなぜ、地球人とオーロラ人を自国に呼び寄せねばならぬほど、この一殺人事件を重大視しているのだろうか？

ベイリは罠にかかったと思った。

自分は、緊急の任務を名目にソラリアの罠にはまった。地球の危機という名目で罠にかかり、回避不能の責務という名目のもとに、ほとんど耐えがたい環境に閉じこめられてしまった。しかもこれにくわえて、彼にはとうてい理解しがたい性質のスペーサー同士の軋《あつ》轢《れき》の渦中にほうりこまれてしまったのである。

4　ご婦人の登場

彼はとうとう眠りにおちた。じっさいいつ眠ってしまったのかさだかではない。ほんのしばらくのあいだ考えることに脈絡がなくなっていき、気がついてみるとベッドのヘッドボードが光を放ち、天井も日中の冷たい光線で明るんでいた。彼は時計を見た。数時間が経っていた。この家を管理しているロボットたちは、彼を起こす時刻だと判断し、しかるべく行動していたのである。

ダニールはもう起きただろうかと考えたが、そんなことを考えるのは非論理的だとすぐに気づいた。ダニールは眠ることはできないのだ。彼が演じている役割の一環として眠るふりをしたのだろうか。服を脱ぎ、寝間着に着替えたのだろうか？

そこへダニールが入ってきた。「おはようございます、パートナー・イライジャ」

ロボット・ダニールは服装をととのえ、落ち着きはらった表情だった。ダニールは言った。「よくお休みになれましたか？」

「ああ」ベイリはあっさり答えた。「きみは眠れたか？」

ベイリはベッドからおり、髭剃りや、その他もろもろの朝の儀式をすませるために、バスルームにどかどかと入っていった。そこで彼は大声をあげた。「ロボットがぼくの髭を剃ろうとやってきたら、追い返してくれ。あいつらはどうも神経にさわる。たとえ目の前にいなくても、神経にさわるんだ」

髭を剃りながら、ベイリは鏡に映る自分の顔を見つめ、その顔が地球の鏡に映っていた顔と変わりないのにちょっと驚いた。いま鏡に映っているのが、自分の鏡像ではなく、まともに相談ができる別の地球人の顔であったらどんなにいいだろう。たとえわずかにしろ、これまでに知りえた情報を検討できる相手であってくれれば……

「少なすぎる！　もっと手に入れなければ」彼は鏡に向かってつぶやいた。

顔を拭きながらバスルームを出ると、新しいパンツの上にズボンをはいた（ロボットめ、なにもかも揃えやがった、くそっ）。

ベイリは言った。「少しばかり質問に答えてくれないか、ダニール？」

「ご存じのように、パートナー・イライジャ、わたしは、知っていることはなんでもお答えいたします」

あるいは命令されていることはなんでも、とベイリは思った。そしてこう言った。「ソラリアにはなぜ二万人の人間しかいないのかね？」

「たんなる事実です」とダニールは言った。「ひとつのデータです。計算の結果、得られた数値ということです」

「ああ、しかしきみは、この問題を避けているね。この惑星は何百万という人間を養うことができる。それなのにわずか二万人とは、なぜなんだ？　ソラリア人は、二万が最適人口だと考えていると、きみは言ったね。なぜだ？」

「それが彼らの生き方です」

「彼らは産児制限をしているというのか？」

「はい」

「そうやって、この惑星を無人同然にしておくのか？」ベイリは、自分がなぜこの一点に質問を集中するのかわからないが、この惑星の人口は、彼がこれまで入手したごくわずかな厳然たる事実のひとつであり、このほかに訊くべきことがほとんどなかったのである。

　ダニールが言った。「この惑星は、無人同然ではありません。いくつもの地所に分割され、それぞれがソラリア人によって管理されています」

「それぞれが自分の地所に住んでいるというんだな。二万の地所のそれぞれにソラリア人がひとりずつか」

「ソラリア人の数よりは少ないのです、パートナー・イライジャ。妻がその地所を共有しています」

「シティというものはないのか？」ベイリは悪寒《おかん》をおぼえた。

「まったくありません、パートナー・イライジャ。彼らはまったく別々にはなれて暮らしていますし、きわめて異例な場合を除いては、じかに会うということはありません」

「隠者というわけかい？」

「ある意味ではそうです。ある意味では違います」

「じゃあどういう意味なんだ？」

「グルアー局長は、昨日あなたを立体映像によって訪問しましたね。ソラリア人はああいう方式で自由に訪問しあうのです、ほかの方式で訪問することはありません」

ベイリはダニールを凝視した。そして言った。「われわれにもそうしろというのかね？　そういう生活をせよというのか？」

「それがこの世界の慣習です」

「それじゃあ、ぼくはどうやってこの事件を捜査すればいいんだ？　だれかにじかに会いたいと思ったら――」

「この家から惑星上のあらゆるひとびとの三次元映像が得られます、パートナー・イライジャ。なんの問題もありません。じっさい、この家を出るというわずらわしさがありません。ですからここに着いたとき、わたしは申しあげました。屋外の環境に慣れねばならないとお考えになる必要はありませんと。ありがたいことですね。さもなければずいぶんと不快な思いをなさらなければならないでしょう」

「なにが不快か、自分で判断するさ」とベイリは言った。「きょうはまず第一にだ、ダニール、殺された男の妻のグレディアという女性に連絡をとりたい。三次元映像で不満足な結果が出れば、彼女の家までこちらから出向くつもりだ。これはぼくが決める問題だ」

「どうするのが最善でもっとも実行可能であるか考えてみましょう、パートナー・イライジャ」とダニールはあいまいに言った。「朝食の用意をさせます」彼は背を向けて立ち去ろうとした。

ベイリはロボットの幅広い背中を見つめていると、なんだか楽しくなってきた。ダニール・オリヴォーはいかにも主人然と振る舞っている。ぜったい必要なこと以外はベイリに知られないよう彼が命令されているのだとしても、ベイリの手には切り札が残されている。しょせん相手はR・ダニール・オリヴォー。グルアーやほかのソラリア人に、ダニールはロボットで、人間ではないと明かせばそれですむことだ。

とはいうものの、ダニールが模造人間であることはこちらには好都合かもしれない。なにも切り札をいますぐ使うことはない。ときには自分の手の内にあるほうが、おおいに役だつこともある。

ひとまずここは様子を見ようと思い、彼は朝食をとるためにダニールのあとについていった。

ベイリは言った。「立体映像にコンタクトするには、どうすればいいのかね？」

「ご自分でやる必要はありません、パートナー・イライジャ」とダニールが言うなり、指はコンタクト・パッチのひとつを押してロボットを呼んでいた。

ロボットがひとり、すぐさま入ってきた。

いったいどこからやってくるのだろう、とベイリは思った。この邸宅を構成する無人の迷路をあてどなく歩いていても、ロボットにはひとりもお目にかかったことはない。人間が近づくと、すばやく通路から立ち去るのだろうか？　ロボットたちはたがいに連絡を取りあって、通路を空けておくのだろうか？

それなのに、呼びだしがあれば、たちどころにあらわれる。

ベイリは新しいロボットを見つめた。表面は滑らかだが光沢はない。全体が灰色がかったぼやけた仕上がりで、右肩のチェッカー盤のような模様の部分だけに、ちょっぴり色がついている。白と黄色（ほんとうは金属の光沢だから銀色と金色）の四角が、一見なんの脈絡もなく並んでいる。

ダニールが言った。「われわれを談話室へ連れていってくれ」

ロボットは一礼し、無言のまままくるりと背を向けた。

ベイリが言った。「待て、ぼうや。おまえの名前は？」

ロボットはベイリのほうに向きなおった。そしてためらわずはっきりした口調で答えた。

「名前はありません、マスター。製造番号は」——金属の指が上がり、肩のパッチに置かれた——「ACX－2745です」

ダニールとベイリは、ロボットのあとについて大きな部屋に入っていった。そこは前日に椅子にすわったグルアーがいた部屋だとベイリにはすぐわかった。

別のロボットが、機械特有の倦《う》むことを知らぬ忍耐強さで彼らを待っていた。最初のロボットは頭を下げて立ち去った。

ベイリは、最初のロボットが頭を下げて出ていくとき、ふたりのロボットの肩のパッチを見くらべた。銀色と金色の模様がちがっていた。チェッカー盤の模様は、六×六の四角形からできている。可能な数字の組み合わせは、二の三十六乗、したがって六百九十億とおりということになる。ありあまる数だろう。

ベイリは言った。「どうやら、万事にわたってひとりずつ専属のロボットがいるようだ。われわれを案内してきたロボット。ビューアーを操作するロボットというように」

ダニールが言った。「ソラリアではロボットの専門化が進んでいます、パートナー・イライジャ」

「あれだけ大量にいるんだからね、そのわけさ」ベイリはふたりめのロボットを見た。肩のパッチを除けば、そしておそらく、その海綿状のプラチナ・イリジウムの脳のなかの目に見えぬ陽電子パターンを除けば、最初のロボットとそっくりだった。「おまえの製造番号は？」

「ACC－1129です、マスター」

「おまえをぼうやと呼ばせてもらうよ。さてと、わたしは、亡きリケイン・デルマーの夫人、ミセス・グレディアと話をしたい――ダニール、アドレスはあるのかね。彼女の居場所を特定する方法はあるのかい？」

ダニールが静かに言った。「それ以上の情報は必要ないでしょう。わたしからロボットに質問してよろしければ――」

「ぼくに質問させてくれ」とベイリは言った。「いいかい、ぼうや、その婦人とはどうやって連絡をとればいいのかね？」

「はい、マスター。わたしはすべてのマスターのコンタクト番号を知っています」いかにもさりげなくその言葉は述べられた。それはたんなる事実にすぎない。わたしは金属でできています、マスター、と言うときの口調となんら変わりはあるまい。

ダニールが口をはさんだ。「驚くにはあたりません、パートナー・イライジャ。記憶回路に入力するコンタクト番号は一万たらず、ごく少数です」

ベイリはうなずいた。「ところで、グレディア・デルマーという名前は複数あるんじゃないのか？　取り違える危険もありうるね」

「マスター？」そう問いかけたあと、ロボットはじっと黙りこんでいる。

「どうやら」とダニールが言った。「このロボットはあなたの質問が理解できないのです。ソラリアではまったく同じ名前は存在しないと思います。名前は出生時に登録されますが、申しでた名前がその時点ですでに登録ずみであれば、受け付けてはもらえません」

「わかった」とベイリは言った。「一分ごとに物知りになるな。ところでだねえ、ぼうや、わたしがやることになっている仕事はどうやればいいのか教えてくれないか。コンタクト番号だかなんだか知らないが、そいつを教えて出ていってくれ」

ロボットが答える前に、はっきりとわかる間があった。ロボットは言った。「ご自分でコンタクトされることをお望みですか？」

「そうだ」

ダニールがベイリの袖に軽く手を触れた。「ちょっとお待ちを、パートナー・イライジャ」

「こんどはなんだ？」

「このロボットは、要求されるコンタクトをあなたよりはるかに容易にできるでしょう。それが彼の専門なのです」

ベイリは荒々しい口調で言った。「こいつは、ぼくよりうまくやれるだろうさ。ぼくが自分でやれば、やりそこなうかもしれないな」彼は無表情なダニールの顔をまっすぐに見つめた。「とにかく、ぼくは自分でコンタクトしたいんだ。ぼくが命令してはだめなのか？」

ダニールが言った。「あなたが命令なされば、パートナー・イライジャ、第一条に触れないかぎり実行されます。しかしながら、お許しがあれば、わたしの知るソラリアのロボットに関する情報をお教えしたいと思います。ほかのどの宇宙国家よりも、ソラリアのロボットははるかに専門化されています。ソラリアのロボットは、構造上は多様な仕事ができますが、知能的には、特定のひとつの仕事に対する機能がじゅうぶんにそなわっています。彼らの専門外の機能を実行するときは、ロボット工学三原則のひとつを直接適用することによって生ずる高い陽電子ポテンシャルが必要となります。それと同様に、彼らに装備された機能を実行しない場合にも、三原則の直接的な適用が必要となるのです」

「なるほど、すると、ぼくが直接命令すれば、第二条が発効することになるね？」

「そのとおりです。しかしそれによって生ずるポテンシャルはロボットにとっては〝不快〟なものです。通常は、そのような問題は発生しません、ソラリア人が、ロボットの日常の仕事を妨げることはまずありませんから。ひとつには、ロボットのやる仕事をしたがるようなソラリア人はおりません。また、そうする必要性を感じるソラリア人はおりません」

「つまりきみはこう言いたいんだな、ダニール、ぼくがロボットの仕事を取りあげればロボットを傷つけることになるんだと？」

「ご存じでしょうが、パートナー・イライジャ、人間が感じるような苦痛は、ロボットの反応にはありません」

ベイリは肩をすくめた。「それで？」

「それにもかかわらず」とダニールは言葉をついだ。「ロボットが受けるそのような体験は、人間が感じる苦痛に似た動揺をもたらすのではないかと、わたしは判断します」

「しかし」とベイリは言った。「ぼくはソラリア人じゃない。地球人だ。自分のやりたいことをロボットにやってもらいたいとは思わない」

「もうひとつお考えください」とダニールが言った。「つまりロボットに混乱を生じさせるようなことは、われわれのホストの側から見れば、礼儀知らずの行為であると見なされるでしょう。ここのような社会は、ロボットをどう扱うのが正しいか、正しくないかという点についていては、多かれ少なかれ、固い信念をもっているにちがいありません。ホストの感情を害しては、われわれの仕事がやりにくくなります」

「わかったよ」とベイリは言った。「ロボットに仕事をさせてやってくれ」

ベイリは椅子の背にゆったりともたれかかった。このやりとりは無駄ではなかった。ロボット化された社会がいかに無情になりうるかという教訓だった。いったん創られたロボットは、それを簡単に排除することはできないし、彼らを一時的にせよ排除したいと願う人間も、それが不可能であることを身をもって知るのだ。

目を半眼にして、ロボットが壁に近づくのを見守った。地球の社会学者どもに、目の前で起こっていることを考えさせ、結論を引きださせようではないか。彼には、自分なりの考えが固まりつつあった。

壁の半分がするすると開き、そこにあらわれたコントロール・パネルは、シティの一区域の発電所さえ操作できそうな仰々しいものだった。

ベイリはパイプがむしょうに吸いたかった。煙草を吸わないソラリアで喫煙をすることは、たいへんな無作法であるという情報はあたえられていたし、したがって喫煙道具を携行することも許されなかった。彼は吐息をついた。歯のあいだにパイプの吸い口の感触があり、片手に温かい火皿の感触があるときこそ、まさに永遠の至福のときだというのに。

ロボットはさっさと仕事にとりかかり、あちこちの抵抗器を少しずつ調節し、すばやい指先の動きで力場を適度に強めた。

ダニールが言った。「まず必要なことは、相手が映像対面《ビューイング》を望むかどうかシグナルを送ることです。そのメッセージはむろんロボットが受信します。シグナルを受けた相手が応答可能であり、映像を受信することを望むならば、そこで完全なコンタクトが行なわれます」

「あんなコントロール装置がぜんぶ必要なのか？」とベイリが訊いた。「ロボットはほとんどのパネルに触れてもいないぞ」

「その点について得たわたしの情報は完全ではありません、パートナー・イライジャ。しかし複数の映像受信や、移動映像受信をする場合には調整が必要になります。ことに後者の場合は、複雑で連続的な調整を必要とします」

ロボットが言った。「マスター、コンタクトが行なわれ、受信が了承されました。あなたの用意がととのえば、コンタクト完了となります」

「よろしい」とベイリはうなるように言った。するとその言葉が合図だったかのように、部屋の向こう半分が明るくなった。

ダニールがすぐさま言った。「屋外が見える開口部はおおうようにロボットに明示することを怠りました。申しわけありません、これからでもなんとか――」

「かまわないよ」とベイリはたじろぎながら言った。「だいじょうぶだ。口だしはするな」

彼の目の前にあるのはバスルームだった。いや、そこにある備品から彼がそうと察したのである。その部屋の片側は、どうやら美容室のようなしつらえで、彼の想像力は、ひとりのロボット（あるいは複数のロボット）が正確かつ迅速な手さばきで髪型や外見のあちこちをいじりまわし、女性が世間に見せる外観を作りあげるさまを頭のなかに描きだしていた。

いくつかの器具や備品の正体についてはお手上げだった。経験がないので、その用途も判断のしようがない。背景の壁は、なにか具体的な形が映しだされていたのではと錯覚させるような、入り組んだ模様で埋めつくされていた。それをじっと見ていると、なにか気持が落ち着くような、まるで催眠術にかけられたような心持ちになった。

シャワーブースらしきものはひろびろとしていて、まわりを囲む物質はないのに、照明のトリックで、ちかちかとまたたく不透明な壁のようなものがまわりを取り囲んでいるように見える。人間の姿はどこにも見えない。

ベイリは床に目を落とした。どこまでが彼の部屋で、どこからが相手の部屋なのだろうか？　それはすぐにわかった。光の質が変わるところに一本のラインができており、それが境にちがいなかった。

彼はそのラインに近づき、ちょっとためらったのち、手をその向こうに押し入れた。なにも感じなかった。地球のお粗末な三次元映像に手を突っこんだのと変わりなかった。地球では、少なくとも自分の手はまだ見えているはずだ。おそらくかすかに、そして映像と重なっていても、手は見えていたはずだ。ここでは完全に消えていた。自分の肉眼に見えるかぎり、腕は手首のところですっぱり切れている。

自分があのラインをまたいだらどうなるのだろう？　たぶん視覚は正常に働かなくなる。

そして自分は完全な暗黒の世界にいるのだろう。そんな完璧な遮蔽状態を考えると、なんだか気分がよくなった。

声が聞こえた。彼は顔を上げ、よたよたと後ずさりした。

グレディア・デルマーが喋っている。少なくともベイリは相手が彼女だと推察した。シャワーブースの向こうの眩《まばゆ》い光の上半分が消えており、人間の頭部がはっきりと見える。

それがベイリに笑いかけた。「こんにちはと言ったのよ、お待たせしてごめんなさい。すぐに体を拭きますから」

女の顔は逆三角形で、頬骨がやや広く（微笑するとますますそれが際だつ）、頬は柔らかな曲線を描きながらふくよかな唇へ、そして小さな顎へとつづく。頭部は、床からそれほど高くはない。身長はおよそ五フィート二インチとベイリは踏んだ（これは宇宙人《スペーサー》の標準とは言えない。少なくともベイリの考えとは相容《あいい》れない。スペーサーの女性は長身で堂々としているものと考えられていたからだ）。髪の毛もスペーサー特有の青銅色《ブロンズ》ではない。黄味をおびた明るいブラウンで、ほどよい長さだった。その瞬間、どうやら温風とおぼしきものに吹かれたか、髪がふうわりとふくらんだ。その全体の映像はなんとも快いものだった。

ベイリはとまどったように言った。「コンタクトを切って、すむまで待てとおっしゃるなら——」

「あらいいのよ。もうじき終わりますから、こうしているあいだにもお話しできますしね。ハニス・グルアーから聞きましたわ、あなたが映像対面をなさるだろうって。地球からおいでになったのね」彼女の目がひたと彼の上に注がれ、彼を吸いこみそうに見えた。

ベイリはうなずいて腰をおろした。「連れの者はオーロラから来ました」

彼女は微笑し、好奇心の対象になるのは、あくまでも彼だと言わんばかりに、ベイリに視線を注いだままだった。むろんそうだろうなとベイリは思った。

彼女は両手を頭の上にかざし、髪の毛のあいだに指を入れ、早く乾かそうとでもいうように髪の毛を広げた。その腕はほっそりとして、しなやかだった。たいそう魅力的だとベイリは思った。

そしてベイリはちょっと不安になった。こいつは、ジェシイには気に入るまい。

ダニールの声が割って入った。「ミセス・デルマー、いま見えている窓を偏光させるか、あるいは布でおおっていただくことはできますか？　わたしのパートナーは日光を恐れておりますので。お聞き及びでしょうが、地球では——」

若い婦人は（二十五歳とベイリは踏んだが、スペーサーの見かけの年齢はまったく当てにならないというのは、悲しいかなほんとうだった）両手を頰にあてて、こう言った。

「あらあら。そのことならよく知っていますよ。あたしったら、なんてお馬鹿さんなんでしょう。ごめんなさいね、でもすぐにできますから。いまロボットを呼んで——」

彼女はシャワーブースから出ると、片手をコンタクト・パッチに伸ばしながら、話しつづける。「あたし、いつも思うんですけど、この部屋にコンタクト・パッチをもっとそなえるべきだって。どこにいようと、すぐ手の届くところに——少なくとも五フィートとはなれていないところにパッチがない家なんて、住みよいとは言えないわね——あら、どうなさったの？」

跳びあがって椅子をうしろにひっくりかえしたベイリを、彼女は呆気《あつけ》にとられて見つめている。彼は髪の生えぎわまで真っ赤になり、あわてふためいて背を向けたのだ。

ダニールが静かに言った。「ミセス・デルマー、ロボットをお呼びになったら、シャワーブースにお戻りになるか、さもなければ、なにかお召しになったほうがよろしいかと思います」

グレディアは、驚いて自分の裸身を見おろし、こう言った。「あらまあ、もちろんだわね」

5　犯罪について論議される

「これはただの映像ですわよ」とグレディアは申しわけなさそうに言った。なにかで体を包んではいるのだが、両腕と肩がむきだしだった。片方の脚は太腿のあたりまで見えるが、ベイリはようやく気を取り直し、自分の間抜け面《づら》に閉口しながら、その光景を平然と無視した。

ベイリは言った。「驚きましたな、ミセス・デルマ――」

「ああ、どうぞ。グレディアと呼んでください、もし――もしそちらの慣習に背かなければ」

「では、グレディアと。そうお呼びしましょう。ただはっきりさせておきたいのですが、わたしはなにもいやな思いをしたわけじゃないんですよ。ただびっくりしただけで」道化を演じるのはまったくやりきれないが、せめてこのかわいそうな女性に、べつに不快な思いをしたわけじゃないと伝えなくてはと彼は思ったのである。じつを言えば、あれはむしろ――むしろ、その……

まあ、その先はどう表現したものかわからないが、とにかくこれはジェシイにはぜったい話せないことだった。

「不快に思われたんでしょう」とグレディアが言った。「でもわざとああしたんじゃないのよ。ただなにも考えていなかったんです。もちろん、ほかの惑星の慣習には気を配らなくてはいけませんけど、その慣習なるものがときどきひどく奇妙なものだから。奇妙というのは言いすぎね」彼女はいそいで言いなおし、「奇妙というわけじゃないわね。馴染《なじ》みがないというのかしら、うっかり忘れてしまうのよ。だって、窓を暗くしておくのも忘れてしまったし」

「ご心配なく」とベイリはつぶやいた。彼女はさっきとは別の部屋にいて、窓はすべておおわれているので、光の加減が微妙に変わり、人工の光が前より快かった。

「でもほかのものは」と彼女は一心に言葉をつづける。「あれはただの映像にすぎませんものね。あたしがシャワーブースのなかでなにも着ていなかったときも、あなたは平気で話しかけてきたでしょう」

「まあね」とベイリは、相手がこの話題を早く切りあげてくれるように願いながら、こう言った。「あなたの声だけ聞くのと、あなたの姿を見るのは、別の話です」

「まさにそこだわ。じかに見ているわけじゃない」彼女はほんのり顔を染めてうつむいた。「もしだれかがその場でじかに見ていれば、あたしがあんなことをするなんて、つまりシャワーブースからそのまま出てくるなんて、お思いにならないでね。あれはただ映像を眺めていただけですよ」

「同じことじゃないですか？」とベイリは言った。

「ぜったい同じじゃないわ。あなたはいまあたしを映像で眺めている。あなたはあたしに触れることはできないし、あたしの匂いをかぐことも、その他もろもろのことはなにもできない。もしあたしにじかに会っていれば、そういうこともできるわけでしょう。いまあたしは、あなたとは少なくとも二百マイルははなれているんです。それがどうして同じことなのかしら？」

ベイリは興味が湧いてきた。「でもわたしはこの目であなたを見ている」

「いいえ、あなたはあたしを見てはいないわ。あなたはあたしの虚像《イメージ》を見ているのよ。あたしの映像を眺めているんです」

「それにどんな違いがあるんですか？」

「まったく違うじゃありませんか」

「なるほど」ある意味で彼は理解した。その区別は、彼には簡単にできそうにないが、それなりの理屈はある。

彼女は小首をかしげて言った。「ほんとうにわかったの？」

「ええ」

「それじゃあ、あたしが部屋着を脱いでもかまわないということね？」彼女は微笑している。

彼は思った。彼女はぼくをからかっている。ここは応じてやろうじゃないか。

だが彼はこう言った。「いや、それでは仕事に身が入りませんからね。それはまた別の機会に話しあいましょう」

「部屋着のままでよろしいのかしら、フォーマルな服に着替えなくても？　真面目な話ですけど」

「そのままでかまいません」

「あなたをファースト・ネームでお呼びしてもよろしいかしら？」

「時と場合によりけりですが」

「お名前はなんというの？」

「イライジャ」

「わかったわ」彼女は、まるでセラミック製のようないかにも硬そうな椅子に寄り添うようにして腰をおろしたが、彼女がすわると椅子はゆっくりとしなって、その体をやさしく抱擁した。

ベイリは言った。「では、仕事にとりかかろう」

彼女が言った。「仕事にね」

ベイリは、それがつねになくむずかしいことに気づいた。どう話を切りだしていいのやらわからない。地球ならまず尋ねるのは、姓名、等級、居住するシティのセクターなど、おびただしい数の定型の質問がある。質問の答えは前もってわかっている場合もあるが、それでもこれは緊張をほぐして、捜査のもっとも大事な局面に入っていくための効果的な手段だった。相手を知ると同時に、推測を越えた事実を追求するための駆け引きをどう進めるか判断するものだった。

だがここでは？　はたして確実なことがわかるのだろうか？　〝見る〟という動詞ひとつをとっても、自分とこの女性とのあいだでは異なる意味あいになるのだ。ほかにどれだけの言葉が違う意味あいをもっているだろうか。気づかぬまま、その言葉をまったく逆の意味で使っている場合がどれほどあるだろうか？

ベイリは言った。「結婚されて何年になりますか、グレディア？」

「十年よ、イライジャ」

「あなたはおいくつですか？」

「三十三歳」

ベイリはなんとなくうれしくなった。百三十三歳なのかもしれない。

「結婚生活はお幸せでしたか？」

グレディアは不安そうな顔をした。「それはどういう意味かしら？」

「ええと――」一瞬ベイリは言葉を失った。幸せな結婚というものをどう定義すればよいだろうか。ソラリア人なら幸福な結婚というものをどう考えているのだろう？　「そうですね、あなたがたはしばしば、じかにお会いになっていましたか？」

「なんですって？　まさか、とんでもない。あたしたちは動物じゃないわ」

ベイリは顔をしかめた。「おふたりは同じ邸宅に住んでおられたのでしょう？　たしかそう――」

「もちろんです。あたしたちは結婚していたんですもの。でも邸宅内ではあたしには自分の住居があり、あのひとにはあのひとの住居がありました。彼はとても重要な仕事についていて、多くの時間を割いていたし、あたしにも自分の仕事がありました。必要があれば、おたがい、映像で会いました」

「彼はあなたにじかに会ったでしょう？」

「口にするようなことじゃありませんけど、彼はあたしにじかに会いました」

「お子さんはいらっしゃる？」

グレディアは、いきりたったように椅子から跳びあがった。「あんまりだわ。よりによってそんな下劣な――」

「ちょっと待て。待ちなさい！」ベイリは椅子の肘掛けに拳を叩きつけた。「気難しいことを言わないでくださいよ。これは殺人の捜査です。わかるでしょう？　殺人。そして殺されたのはあなたのご主人なんだ。犯人が発見されて、罰せられるのを見たいでしょう、それとも見たくないんですか？」

「じゃあ殺人についてお訊きなさい、そんな——そんなことを——」

「あらゆることについて質問しなければならないんです。まず、あなたが、ご主人の死を悲しんでいるかどうか知りたい」彼は、わざと残忍な口調でつけくわえた。「どうも悲しんでいるようには見えませんでね」

彼女は傲慢な態度でベイリを見つめた。「だれが死んでも悲しいわ、ことにそれが若くて有能なひとならば」

「亡くなったのはあなたのご主人なんだから、それだけじゃすまないんじゃないですか？」

「彼はあたしに割り当てられたひとだし、そうね、指定された日にはじっさいじかに会って、そして——そして」——彼女は次の言葉をそそくさと言った——「そして、あなたがどうしても知りたければ言いますけど、あたしたちに子供はいません。あたしたちにはまだ割当てがなかったんです。こんなことが、だれかが死んで悲しいかどうかということと、どんな関係があるんでしょうか」

なんの関係もないかもしれない、とベイリは思った。それは社会生活のありようにかかわることかもしれないが、それについて彼はまだなにも知らなかった。

彼は話題を変えた。「あなたは、殺人の情況についてなにかご存じだそうですが」

一瞬彼女は緊張したように見えた。「あたしが死体を発見しました。そう言えばよろしいでしょうか？」

「すると犯行現場を目撃したわけではないんですね？」

「ええ、そう」と彼女はかぼそい声で言った。

「じゃあ、あったことを話してくださいますね。ゆっくりと、あなたの言葉で」彼は椅子の背によりかかり、話を聞く体勢をとった。

彼女は話しだした。「あれは五デカッド三十二センタッドでした――」

「標準時ではいつになりますか？」ベイリはいそいで言った。

「わからないわ。ほんとうに知らないんです。あなたが調べてくださいな」

その声は震えているようで、目が大きく見開かれていた。その目は灰色がかっていて、青いとは言えない。

「彼があたしの住居に来たんです。あの日はじかに会うよう指定されていた日なので、彼が来ることはわかっていました」

「彼はいつも指定された日に来るんですか？」

「ええ、そうです。彼はとても誠実なひと、善《よ》きソラリア人でしたもの。指定日に来ないことはなかったし、いつも同じ時間に来ていました。むろん長くはいませんでしたけど。

あたしたちにはずっと割当てがありませんでした、子——」

彼女はその言葉を言いおえることができなかったが、ベイリはうなずいた。

「とにかく、いつも同じ時間に来ましたから、なにもかも気持よく運びました。数分ほどお喋りをするの、じかに会うのは苦痛ですものね。でも彼はまったくふだんと変わらずに話をしました。そういうひとなんです。それから自分が関係しているプロジェクトに専念するため帰っていきました。どんなプロジェクトか知りませんけど。あたしの住居に彼の特別の実験室がありましたから、彼はじかに会う日はそこに閉じこもっていましたね。むろん彼の住居にももっと大きい実験室はありましたけど」

彼はその実験室でいったいなにをやっていたんだろうとベイリは思った。たぶん胎児学《フェトロジー》だろう、どんなものか知らないが。

ベイリは言った。「ご主人になにか不自然なところはありませんでしたか？　なにか悩んでいるとか？」

「いいえ。そんな。あのひとはぜったい悩まないひとでしたもの」彼女は小さな笑い声をあげそうになり、かろうじてそれを抑えた。「あのひとは、そこにいるあなたのお仲間と同じように、完全な自制心をもっていましたわ」一瞬彼女の小さな手が伸びて、ダニールを指さしたが、彼はぴくりとも動かなかった。

「なるほど。さあ、先を続けて」

グレディアはそうしなかった。そのかわりこうささやいた。「飲み物をいただいてもよろしいかしら？」

「どうぞ」

グレディアの手が一瞬椅子の肘掛けをすべった。一分もたたぬうちに、ロボットが音もなく入ってくると、温かな飲み物が（ベイリにはたちのぼる湯気が見えた）彼女の手のなかにあった。彼女はそれをゆっくりと飲んでから下においた。

「これでいいわ。個人的な質問をしてもよろしいかしら？」

ベイリは言った。「なんなりとどうぞ」

「あのう、あたし、地球についていろいろと読みましたわ。いつも地球にとても興味があるんです。ほんとに変な世界ですものね」彼女ははっと息を呑み、あわててつけくわえた。「そういう意味で言ったんじゃありませんけど」

ベイリはちょっと眉をよせた。「どんな世界だって、そこに住んでいないひとびとにとっては変な世界ですよ」

「違っているという意味よ。おわかりでしょう。とにかく、あたし、失礼な質問をしたいんです。せめて地球人には失礼でなければいいんですけど。ソラリア人にはそんなことは訊きません、もちろん。どんなことがあってもぜったいに」

「いったいなんです、グレディア」

「あなたとあなたのお友達——ミスタ・オリヴォー、ですね？」

「ええ」

「あなたたちおふたりは、映像で会っているんじゃないわね？」

「どういう意味です？」

「おたがいに。あなたがたはじかに会っているのね。あなたがたはそこにいるのね、ふたりとも」

ベイリは言った。「じっさい同じところにいますよ。ええ」

「あなたは、触れたいと思えば、彼に触れることができるのね」

「そのとおりです」

彼女はふたりをこもごもに見て、こう言った。「まあ」

その言葉になにか含みがあっただろうか。嫌悪？　反感？

ベイリは、立ちあがってダニールに近づき、自分の手をダニールの頬にぺたりと当ててやろうかと意地悪く考えた。彼女の反応を見るのも一興だろう。

ベイリは言った。「あの日ご主人があなたにじかに会いにきたときのことを話してくださるところでしたが」彼女が本題からはなれ、いくら興味があろうと、そんな話を持ちだしたのは、なによりも本題を避けたかったからではないかという確信がベイリにはあったのである。

彼女は飲み物をまたちょっと口にした。そして――「お話しすることはあまりないの。彼に仕事があることはわかっていたし、とにかく仕事があったのよ、だっていつも建設的な仕事をしていましたもの、だからあたしは自分の仕事に戻ったんです。それからたぶん十五分ぐらい経って、叫び声が聞こえたんです」

沈黙がおち、ベイリは先をうながした。「どんな叫び声でしたか？」

グレディアは言った。「リケインのよ。夫の叫び声。ただの叫び。言葉ではなかったわ。ひどく怯えたような。いいえ！　驚いて、ショックを受けた声。そんな感じがした。彼が叫ぶなんて、いままで聞いたことはありませんもの」

彼女は、記憶にあるその声を閉めだそうとでもいうように両手で耳をふさいだ。部屋着がゆっくりと腰のあたりまで滑りおちた。彼女は気づきもせず、ベイリは手帳をじっと見つめつづけた。

「それでどうしましたか？」ベイリは言った。

「走った。走ったわ。彼がどこにいるのかわからないし――」

「あなたの住居にある実験室に行ったと言われましたよね」

「そうよ、イ、イライジャ、でもそれがどこにあるのか、あたしは知らないのよ。とにかく確かなことはわからない。そこに行ったことがないんですから。あそこは彼のものだから。だいたいの方角はわかっていたけど。西のほうのどこかにあることは知っていたけど、とにかく気が動転していたから、ロボットを呼ぶことも考えつかなかった。ロボットなら簡単に連れていってくれたと思うけど、むろん呼ばれなければ来るはずがない。なんとか探しだして、やっとの思いであそこにたどりついてみると――彼が死んでいたんです」

彼女はふいに口をつぐみ、うつむいて泣きだしたので、ベイリはひどくあわてた。顔を隠そうとはしない。ただ目を閉じ、涙がゆっくりと頬を伝った。まったく声は出さなかった。肩がかすかに震えていた。

それから目が開き、涙があふれるまま、彼を見つめた。「死んだひとをこれまで見たことがなかったの。彼は血まみれで、頭は――ただ――すっかり――あたしはなんとかロボットを呼んで、ロボットがほかのロボットたちを呼んで、みんなが、あたしとリケインの面倒を見てくれたわ。よく覚えていない。あたしは――」

ベイリが言った。「どういう意味です、彼らがリケインの面倒を見たというのは？」

「彼を連れ去って、きれいにしてくれたんです」家の状態に気を配る主婦としての憤りがその声をとげとげしくしていた。「ひどいありさまでしたから」

「それで死体はどうなりましたか？」

彼女はかぶりを振った。「わかりません。焼却されたんじゃないかしら。死体はみんなそうするから」

「警察は呼ばなかったんですか？」

彼女はぽかんと彼を見つめたので、ベイリは気づいた。警察なんてないのだ！

ベイリは言った。「だれかに話したでしょう。みんながこのことを知っているわけだから」

「ロボットが医者を呼びました。あたしはリケインの仕事場を呼びだしました。そこにいるロボットたちに、彼が戻らないことを知らせなければなりませんから」

「医者を呼んだのはあなたのためでしょう」

彼女はうなずいた。ここではじめて、部屋着がずりおちて腰のあたりにまといついているのに気づいたらしい。「ごめんなさい、ごめんなさい」と、たよりなげにつぶやきながら、それを上に引きあげた。

ベイリは、うちひしがれ震えながらすわっている彼女を見て、気分が悪くなった。彼女の顔は、記憶とともに甦った激しい恐怖でひきゆがんでいた。

彼女は死体というものを見たことがなかった。おびただしい血や押しつぶされた頭蓋骨など見たこともなかった。ソラリアにおける夫婦関係がたとえ浅く稀薄なものであろうと、なにしろ向かいあっていたのは死んだ人間だったのだ。

ベイリはどう言うべきか、どうすべきか、見当がつかなかった。弁解したい衝動がわいたけれども、自分は警察官として職務を遂行しているにすぎない。

だがこの世界には警察というものがない。これが彼の職務であることを相手は理解するだろうか。

ゆっくりと、できるかぎりやさしく、彼は言った。「グレディア、なんの物音も聞きませんでしたか？　あなたのご主人の叫び声のほかに」

彼女は顔を上げた。痛ましい悲嘆がうかんでいるのに——いや、そのせいかもしれないが、その顔はいぜん美しかった。彼女は「なにも」と言った。

「走っていく足音とか？　人の声とか？」

彼女はかぶりを振った。「なにも聞こえませんでした」

「あなたが発見したとき、ご主人はほんとうにひとりだったのですか？　ほんとうにあなたがたふたりだけだったのですか？」

「ええ」

「何者かがそこにいたという形跡はありませんでしたか？」

「見えるところにはなにも。だれにしても、あそこに入れるわけがありません」

「なぜそう言いきれますか？」

一瞬彼女は驚いたように見えた。それから悄然と言った。「あなたは地球からいらしたのね。すっかり忘れていた。つまり、だれもあそこには入ることができないんです。夫は、あたしのほかにはだれともじかには会いません。子供のころから。彼がひととじかに会うような人間じゃなかったのは確かです。リケインはそんな人間じゃなかった。とても厳格なひとで、慣習を忠実に守るひとでした」

「彼の意志ではなかったかもしれない。だれかが、招かれもしないのに、ご主人がまったく知らぬうちに、じかに会いにきたとしたら？　彼が慣習を厳守する人物であることを無視して侵入してきた者がいれば、じかに会わざるをえないでしょう」

「そうかもしれませんけど、彼ならすぐにロボットを呼んで、その人物を連れ去るように命ずるでしょうね。そうしますとも！　そもそも招かれもしないのに、夫にじかに会おうとする人間がいるはずはありませんよ。そんなこと、想像もつかない。リケインがじかに会おうとひとを招くなんて、ぜったいありえません。ばかばかしくて考えられない」

ベイリは穏やかに言った。「ご主人は、頭を強打されて殺されたんでしょう？　それはあなたも認めますね？」

「そうだと思います。彼は――すっかり――」

「その場の詳細な情況をお尋ねしているわけじゃありませんよ。だれかが遠隔操作によってご主人の頭蓋を押しつぶすことができる機械装置のようなものが、その部屋にありませんでしたか？」

「あるわけないわ。少なくとも、あたしはなにも見ていません」

「もしそのようなものがそこにあったとしたら、あなたの目にとまるはずですよね。そうでないとすると、人間の手が、人間の頭蓋骨を打ち砕くことのできるようなものを握っていて、その手が振りおろされたということになる。そうするためには、その何者かは、ご主人から四フィート以内のところにいなければならない。だからその人物は、ご主人とじかに会っていたわけだ」

「そんなひとがいるわけありません」彼女は語気を強めた。「ソラリア人は、だれであろうとじかに会うなんてことはぜったいしません」

「殺人を犯そうというソラリア人なら、ほんのわずかなあいだだったら、じかに会うのも辞さないんじゃないだろうか？」

（そうは言ったものの、この言葉は彼自身にも疑わしく聞こえた。地球でも、まったく良心のかけらもない殺人者が、公共バスルームではぜったい声を上げてはならぬという慣習をどうしても破れなかったために捕らえられた例があったからである）。

グレディアはかぶりを振った。「じかに会うということがどういうことか、あなたには理解できていないんだわ。地球人は、会いたいときにだれとでもじかに会うんでしょう、だからあなたにはとうてい理解できないわね……」

好奇心が彼女の胸のうちに頭をもたげてきたようだった。その目がちょっぴり輝いた。

「じかに会うということは、あなたにとってはまったく正常なことなんでしょう？」

「いつもあたりまえだと思っていますよ」とベイリは言った。

「悩むことなんかないのね？」

「なんで悩む必要があるんです?」

「そんなことはフィルムではなにも教えてくれない。だからあたしはずっと知りたいと思ってきたの——質問してもよろしいかしら?」

「どうぞ」ベイリはむっつりと言った。

「あなたには割り当てられた妻がいるのかしら?」

「わたしは結婚している。割当てうんぬんについてはよく知らない」

「そしてあなたは、いつでもじかに会いたいときに会って、彼女のほうもあなたにじかに会うのね。どちらもそれについてなにも悩むことはないのね」

ベイリはうなずいた。

「それで、あなたがじかに彼女に会うときには、あなたが望めば——」彼女は両手を肘のあたりまで上げたまま、適当な言葉を探すかのように口をつぐんだ。そしてまた問いかけた。「あなたはできるの——いつでも……」

ベイリは助け船は出さなかった。

「いいの、気になさらないで。こんなときに、こんなことを言いだすなんて、なぜだかわからない。それであたしへの質問はおすみですか?」彼女の顔は、また泣きだしそうに見えた。

ベイリは言った。「もうひとつだけ。だれもご主人にはじかに会ったりしないということはいまは忘れて。だれかが会ったとしましょう。それはだれだと思いますか？」

「推測するだけむだね。そんな人間がいるわけないんですもの」

「だれかいるはずなんだ。グルアー局長は、ある人物がぜったい疑わしいと言っている。だれかいるはずなんですよ」

わびしい小さな笑みが、彼女の顔にちらりとうかんだ。「彼がだれのことを言っているのか知っているわ」

「なるほど。それはだれですか？」

彼女は小さな手をその胸においた。「あたし」

6　推論が論駁《ろんばく》される

「お話ししておくべきでした、パートナー・イライジャ」とダニールがふいに言葉をはさんだ。「それは明白な結論です」

ベイリはロボット・パートナーに驚愕の視線を送った。「どうして明白なんだ?」と彼は訊いた。

「ご婦人みずから申し述べています」とダニールは言った。「自分は夫とじかに会った、あるいはじかに会おうとしていた唯一の人間であると。ソラリアの社会の実態からすると、このご婦人でさえ、これ以外のことを真実として説得力をもって主張することはできません。たしかにグルアー局長も、ソラリア人の夫が妻としかじかに会わないということは納得がいくし、それ以上にごくあたりまえのことだと思ったはずです。ただひとりの人間しかじかに会える範囲にはいられないのですから、そのひとりの人間だけが殺人者《マーダラー》でありうるわけです。あるいは女性の殺人者《マーダレス》と言いましょうか。覚えておいででしょうが、グルアー局長は、あれができたのはただひとりの人間だけだと言われました。ほかの人間には不可能だと彼は考えておられます。そうでしょう？」

「彼はこうも言った」とベイリは言った。「その唯一の人間はそれをなしえなかったと」

「それはおそらく、犯行現場に凶器が発見できなかったということなのでしょう。たぶんミセス・デルマーは、その矛盾点を説明できるのでしょう」

彼はロボットらしい冷静な礼儀正しさで、グレディアがすわっているほうを身振りで示した。まだはっきりとしている映像のなかで、彼女の目は伏せられ、小さな口はきゅっとひきむすばれていた。

おいおい《ヨシャパテ》、とベイリは思った、われわれはあのご婦人のことをすっかり忘れているじゃないか。

彼に忘れさせたのは、いらだちのせいだったかもしれない。この問題に冷静に取り組み、彼をいらだたせたダニールのせいだろうと彼は思った。あるいは、感情的な取り組みをしていた自分のせいかもしれない。彼はこの問題をさらに分析した。

彼は言った。「いまはこんなところですかね、グレディア。今後はどう進めるか考えるとして、いまはコンタクトを切ってください。さようなら」

彼女はやさしく言った。「ときにはこうも言いますけど、〝映像対面終了〟って、でもあたしは〝さようなら〟のほうがいいな。なんだか悩んでいらっしゃるようね、イライジャ。ごめんなさい、あたしがやったといつもみんなに思わせてしまうのね、だからあなたが、べつに悩むことはないのよ」

ダニールが言った。「あなたがやったんですか、グレディア？」

「いいえ」と彼女は怒ったように言った。

「では、さようなら」

怒りの表情が顔から消えぬまま、彼女は消えた。だが、ほんのしばらく、ベイリには、あの素晴らしい灰色の目の強烈な印象が残っていた。

自分が殺人の犯人だといつもみんなに思わせてしまうと彼女は言うかもしれないが、それは明らかに嘘である。あの怒り様《よう》は、彼女の言葉よりはっきりと真実を語っている。彼女はいったいどれだけ嘘がつけるのだろうとベイリは思った。

ベイリは、ようやくダニールとふたりきりになった。「いいか、ダニール、ぼくだって根っからの阿呆じゃないさ」

「あなたが阿呆だなどと思ったことはありませんよ、パートナー・イライジャ」

「それなら教えてくれ。きみはなにを根拠に、凶器は犯行現場にはなかったと言ったのか？　そういう結論に導くようなものは、証拠物件のなかにも、ぼくが聞いた話のなかにもなにひとつないんだがね」

「そのとおりです。あなたのもとにまだお届けしていない追加情報がわたしの手もとにあります」

「やっぱりな。で、どんな情報だ？」

「グルアー局長は、独自に行なった捜査報告書のコピーを送ると言われました。わたしがそのコピーを持っております。けさ届きました」

「なぜそれを見せなかった？」

「少なくとも初期捜査の段階では、満足すべき結論に達していないとみずから認めている人物が出した結論によって偏見をあたえられるより、ご自身のお考えに従って独自の捜査を進められるほうがよい結論が得られるのではないかと思いました。わたし自身、自分の論理過程がこれらの結論に影響されているかもしれず、このたびの討議には口だしはいたしませんでした」

論理過程だと！　覚えずして、いつかロボット工学者と交わした会話の断片がベイリの心にとびこんできた。ロボットというやつは、とその男は言ったのだ、論理的だが妥当性はないと。

ベイリは言った。「きみは最後には討議に首を突っこんできたぞ」

「そうですね、パートナー・イライジャ。しかしそれは、あの時点でわたしが、グルアー局長の疑惑を裏書きする独自の証拠を握っていたからにすぎません」

「独自の証拠とはなにかね？」

「ミセス・デルマー自身の行動から推測しうるものです」

「具体的に言ってくれよ、ダニール」

「もしあのご婦人が有罪であり、ご婦人自身が自分は潔白であると証明するつもりであれば、担当の刑事に自分は潔白であると信じさせれば、彼女にとっては有利なのではありませんか」

「それで？」

「もしその刑事の弱点を利用して、彼の判断をゆがめることができるなら、彼女はそうするかもしれませんね？」

「まったくの邪推だ」

「とんでもありません」と冷静な応答があった。「あのご婦人が、あなたにだけ注意を向けていたことは、お気づきだったと思いますが」

「こちらがずっと話をしていたからね」とベイリは言った。

「彼女の注意ははじめからあなたに向けられていました。あなたが話を進めるだろうと見当がつく前からです。じっさい、オーロラ人のわたしが、この捜査に率先してあたるだろうと、彼女は当然期待してしかるべきでしょう。それなのに彼女はあなたに注意を向けていました」

「そこからきみはどんな結論を引きだすのかね？」

「彼女が希望を託しているのは、あなただということですよ、パートナー・イライジャ。あなたは地球人だった」

「それがどうした？」

「彼女は地球を研究していたのです。一度ならずそれをほのめかしています。訊問をはじめる前に、日光が見えないよう覆ってくださいとお願いしたとき、彼女はわたしの言葉の意味を理解しました。驚いた様子もなく、不審な様子も見せませんでしたが、地球の情況に関する知識がなければ、ああはいきません」

「それで？」

「地球を研究していたのですから、地球人の弱点を発見していたと考えるのはしごく当然です。彼女は裸のタブーを知っていたし、裸を見せることが地球人にどのような効果をもたらすかということも知っていたにちがいありません」

「彼女は――彼女は映像だからと弁解していた――」

「そうです。それであなたは納得なさいましたか？　彼女は二度ほど、着ているものが無作法な状態であると、あなたならお考えになるような姿をあなたに見せました――」

「きみの結論は」とベイリは言った。「彼女はぼくを誘惑しようとしていたというんだな。そうだろう？」

「あなたの職業的な非情さを取り除こうと誘惑した。わたしにはそのように思われます。

わたしは刺激に対する人間の反応を共有することはできませんが、わたしの知識回路に組みこまれているものから判断しますと、あのご婦人は、肉体的魅力のまずまずの標準にかなっています。そのうえ、あなたの振る舞いから判断しますと、あなたは、それに気づいておられ、あのご婦人の容姿を是認しておられました。ミセス・デルマーは、あのように振る舞えば、あなたを自分の思うように動かせると考え、まさにそのように行動しました」

「いいかね」とベイリは不快そうに言った。「彼女がぼくにどんな影響をあたえたか知らないが、ぼくは、職業上の倫理観をしっかりと守る法の番人だよ。そこのところを誤解のないように言っておく。さあ報告書を見せてくれ」

ベイリは黙々と報告書を読んだ。読みおわると、あたまに戻って、もう一度読み返した。「これには、新しい項目があるな」とベイリは言った。「ロボットだ」

ダニール・オリヴォーはうなずいた。

ベイリは考えこむように言った。「彼女はこれについては言及していない」

ダニールが言った。「あなたの質問の仕方が間違っていました。彼女が死体を発見したとき、彼はひとりだったかと訊きました。現場にだれかほかの人間がいなかったかと訊いたのです。ロボットはほかの人間ではありません」

ベイリはうなずいた。もし彼自身が容疑者で、犯行現場にだれかほかのものがいなかったかと尋ねられれば、「このテーブルのほかにはだれもいなかった」とは、まず答えないだろう。

ベイリは言った。「ロボットはいなかったかと訊くべきだったんだね？」（畜生め、こんな世界じゃ、訊問もできやしない）。「ロボットの証言は法的に認められるのか、ダニール？」

「どういう意味でしょうか？」

「ロボットは、ソラリアでは証人になりうるのか？　ロボットは証言できるのか？」

「なぜそんなことを言われるのですか？」

「ロボットは人間ではないんだよ、ダニール。地球では、ロボットは証人として法的には認められない」

「しかし足跡は証拠になります、パートナー・イライジャ。足跡は、ロボットよりはるかに人間からかけはなれたものです。この点についてのあなたの世界の見解は非論理的です。ソラリアにおいては、ロボットの証言は、法にかなっていれば採用されます」

ベイリはその点について論じようとはしなかった。握った拳に顎をのせ、ロボットの問題について考えをめぐらせた。

グレディア・デルマーは、夫の死体を見おろし、極度の恐怖に駆られて、ロボットたちを呼んだ。彼らが駈けつけたときには、彼女は意識を失っていた。

ロボットたちは、死体とともに彼女を発見したと報告している。そしてそれ以外のものが現場にいたとも――ひとりのロボットが。そのロボットは呼ばれたものではなかった。すでにそこにいた。それは常駐のロボットではなかった。ほかのロボットたちは、そのロボットをこれまで見たこともないし、その職務、あるいは課せられた任務についても知らなかった。

問題のロボットからは、なにひとつ聞きだせなかった。それは正常に機能していなかったのだ。発見されたとき、その動作は無秩序で、陽電子頭脳の機能が変調を来《きた》していることは明らかだった。言語の機能も、機械的な部分も正常な反応は示されず、ロボット工学の専門家による徹底的な調査の末に、それは完全な機能不全におちいっていると宣告された。

正常な機能のわずかな痕跡をとどめている活動といえば、〝わたしを殺すつもりか――わたしを殺すつもりか――わたしを殺すつもりか……〟とくりかえし言いつづける言葉だけだった。

死者の頭蓋を粉砕するために用いられたとおぼしき凶器は発見されなかった。

ベイリはふいに言った。「食事をしよう、ダニール。それからグルアー局長にもう一度会おう――映像対面でもいいさ」

ハニス・グルアーは、映像コンタクトが行なわれたとき、まだ食事中だった。さまざまな料理のなかに自分の口にもっともかなう取り合わせが隠されてはいまいかと、熱心にあちらこちらの皿をのぞきこみながら、一口ずつ慎重に選んではゆっくりと食べている。ベイリは思った。彼はもう二百歳ぐらいかもしれない。きっと食べることにもあきあきしているだろう。

グルアーが言った。「こんにちは、お二方。報告書は受け取っていただけたでしょうな」テーブルのご馳走に身を乗りだすと禿げた頭が光った。

「はい。ミセス・デルマーとも興味深い話し合いを行ないました」とベイリは言った。

「それは、それは」とグルアーが言った。「それでどんな結論に達しましたか？」

ベイリは言った。「彼女は潔白です」

グルアーはさっと顔を上げた。「まさか？」

ベイリはうなずいた。

グルアーは言った。「しかしあのひとは彼にじかに会うことができた唯一の人物だし、彼に手の届く範囲にいた唯一の人物だった……」

ベイリは言った。「それはわたしにもよくわかっています。ソラリアにおける社会慣習がいかに堅固なものであろうと、それが決め手になるとは言えません。ご説明しましょうか？」

グルアーはふたたび食事をつづけている。「もちろんだ」

「殺人は、三本の柱に支えられています」とベイリは言った。「三本それぞれが同じように重要です。それは、動機、手段、そして機会です。容疑者と断定するには、この三つがすべて充たされていなければならない。さて、まずミセス・デルマーに機会があったことは認めます。動機については、なにも聞いてはおりません」

グルアーは肩をすくめた。「われわれにも皆目わからない」一瞬その目が、沈黙しているダニールのほうに移った。

「なるほど。容疑者にはこれという動機がないが、ことによると病的な殺人者かもしれませんね。この問題はしばらくおくとして、話をつづけましょう。ミセス・デルマーは夫とともに彼の実験室にいて、彼女には夫を殺したいというなんらかの理由があった。そして棍棒のような重いものを振りまわして彼を威嚇した。夫は妻がほんとうに自分に危害をくわえるつもりだと気づくのにしばらく時間がかかった。彼は度を失って大声で叫んだ。〝わたしを殺すつもりか〟、そして彼女はそのつもりだった。彼が逃げだそうとうしろを向いたとき、一撃が襲い、彼の後頭部を粉砕した。ところで医者は死体の検死を行ないましたか？」

「ええとも、いいえとも。ロボットたちは、ミセス・デルマーの手当てをしてもらうために医者を呼んだ。むろんそこで彼は死体も見た」

「それは報告書に記載がありませんでした」

「事件にほとんど関係ないからね。男が死んでいた。じっさい医者が死体を映像で見たときには、死体は服を脱がされ、洗われ、通常どおり火葬にされる準備がととのっていた」

「言いかえれば、ロボットたちが証拠を消してしまったわけですね」ベイリは腹をたてて言った。それから、「あなたは、医者が死体を映像で見たとおっしゃいましたね？　じかに見ることはなかったんですか？」

「いやはや」とグルアーは言った。「なんというおぞましい考えだろう。彼はむろん映像で見たのだ。必要とするさまざまなアングルから、拡大もしてだよ、それは確かだ。医者は場合によっては患者にじかに会うのも避けられないが、医者が死体をじかに見る必要がなぜあるのか、その理由は想像もつかない。医術というものは汚れ仕事だが、医者でも、どこかで一線を引くものだ」

「要するにですね。その医者は、デルマー博士を死に至らしめた傷の性質について報告したんですか？」

「きみの言わんとするところはわかる。その傷があまりにも凄《すさ》まじいもので、女性にはとうていなしえなかったと、きみは考えているんだね」

「女は男より力が弱いものです。そしてミセス・デルマーは小柄な婦人です」

「しかし運動がきわめて得意そうだしね、私服刑事。適切な武器をあたえれば、重力と遠心力でやってのけられる。それを考慮に入れなくとも、怒りに駆られた女性は、驚くようなことをやってのけるものだ」

ベイリは肩をすくめた。「凶器のことをおっしゃいましたが。どこにあるんです？」

グルアーは姿勢を変えた。片手を空のグラスに伸ばすと、ロボットがひとり、映像圏内に入ってきて、水とおぼしき色のない液体をそれに注いだ。

グルアーは水の満たされたグラスを一瞬手にしたが、気が変わったとでもいうように、それをテーブルにおいた。そして言った。「報告書に記されているように、凶器を発見することはできなかった」

「報告書に書かれていることは知っています。ただ、いくつかの事柄について確認しておきたいことがあるのです。凶器は捜索されたのですか？」

「徹底的に」

「あなたご自身が？」

「ロボットたちがやったが、わたしが映像圏内を終始監視していた。凶器とおぼしきものはなにひとつ発見できなかった」

「その事実は、ミセス・デルマーの起訴事実を弱めることになりませんか？」

「そうだね」とグルアーは静かに言った。「それはこの事件の不可解な事実のひとつだ。

そしてミセス・デルマーを起訴しない理由のひとつ。犯人と目されるたったひとりの人物がこの犯行をなしえないと、きみに話した理由のひとつでもある。彼女は、どうやら犯行をなしえなかったと言わざるをえない」

「どうやら？」

「凶器をなんらかの方法で処理したにちがいないのだが。いまにいたるまで、それを発見するすべがわれわれにはなかった」

ベイリはむっつりと言った。「あなたはあらゆる可能性をお考えになりましたか？」

「そう思うが」

「どうかなあ。いいですか。ある凶器が、人間の頭蓋を粉砕するために用いられた、そしてそれは犯行現場で発見されていない。唯一考えうるのは、それは持ち去られたということですよ。リケイン・デルマーによって持ち去られることは不可能だ。彼は死んでいたんですから。グレディア・デルマーによって持ち去られた可能性はあるでしょうか？」

「持ち去ったにちがいないのだ」とグルアーが言った。

「どうやって？　ロボットたちがその場に駈けつけたとき、彼女は床に倒れ、失神していた。あるいは、失神したふりをしていたのかもしれませんが、ともかく彼女は現場にいたんです。殺人が行なわれ、最初のロボットが駈けつけるまで、どれぐらいの時間がありましたか？」

「それは正確な犯行時刻によるが、その時刻がわからないのだからね」とグルアーは居心地悪そうに言った。

「報告書を読ませていただきました。ロボットのひとりが、騒がしい物音と、デルマー博士のものと認識される叫び声を聞いたと報告されていますね。そのロボットは、明らかに犯行現場にもっとも近いところにいたわけです。呼びだしシグナルは、それから五分後に発光しました。そのロボットが現場にあらわれるまで一分たらずしかかからなかったでしょう」（ベイリはロボットたちが呼びだされたときのすばやい出現を記憶している）。

「五分、いや十分にしろ、ミセス・デルマーはその間に凶器をいったいどこまで運んでいけたか。そして首尾よく戻って失神し、倒れたふりをすることができたのか？」

「彼女は凶器をディスポーザーで粉砕してしまったかもしれない」

「報告書によれば、ディスポーザーは調査の結果、ガンマ線の残量がきわめて低かったそうですね。二十四時間以内に、かなり大きなものが粉砕された痕跡はなかったわけです」

「わかっている」とグルアーは言った。「こういうこともありうるという例を提示したにすぎない」

「なるほど」とベイリは言った。「しかしきわめて簡単な説明がつくと思いますが。デルマー家に所属していたロボットたちは全員チェックされ、全員不審な点はなかった」

「ああ、そうだ」

「しかも全員がおおむね正常に作動する状態だった」

「そうだ」

「それらのロボットのひとりが、凶器を持ち去る可能性はありますか、おそらく、それが凶器とは気づかずに？」

「犯行現場からなにかを持ちだしたロボットはひとりもいない。それに関していえば、そこにあったものに手を触れたものもいない」

「そうではないでしょう。彼らは死体を運びだし、火葬の準備をしたのですから」

「まあ、そうだね、だがそれはほとんど問題にはならない。彼らはそうして当然だろう」

「いやはや《ヨシャバテ》！」とベイリはつぶやいた。平静を保つのに苦労した。

ベイリは言った。「ほかにだれか現場にいたのかもしれませんね」

「ありえない」とグルアーが言った。「何者にせよ、どうやってデルマー博士と直接対面ができるのか？」

「考えてみてください！」とベイリは叫んだ。「まずその場に侵入者がいるかもしれないという考えはロボットの頭にはまったくうかばなかった。やつらが、家の周囲の土地をただちに捜索したとは思えませんね。報告書には、それについてなんの記述もない」

「われわれが凶器を探すまでは、捜索はいっさい行なわれなかった。それもだいぶあとのことだ」

「周囲の土地に地上車や飛行車が止まっていた痕跡は探さなかったのですか？」

「ああ」

「するともし何者かが大胆にも、あなたのお言葉をお借りすれば、デルマー博士に直接対面をしたとしたら、彼を殺害したのち、悠然と立ち去ることができたはずです。だれもその人物を制止することもなく、姿を見ることもなかった。犯行後は、何者も現場にいることは不可能だとだれしもが確信しているのだから、安心していられるわけですよ」

「何者にもそれは不可能だ」とグルアーはきっぱりと言った。

ベイリは言った。「もうひとつ。あとひとつだけです。ロボットがひとりかかわっている。ロボットがひとり現場にいましたね」

ダニールがここではじめて口をはさんだ。「そのロボットは現場にはいませんでした。もし現場にいれば、だれにも犯行はなしえなかったはずです」

ベイリがさっと振りむいた。そしていましもあらためてグラスをあげて飲もうとしていたグルアーも、ふたたびグラスをおいてダニールを凝視した。

「そうではありませんか？」とダニールが訊いた。

「そうだね」とグルアーは言った。「ロボットは人間に危害を及ぼす人間を阻止しなければならない。第一条だ」

「なるほど」とベイリは言った。「そのとおりです。だがそのロボットは近くにいたにちがいないんです。ほかのロボットたちが駈けつけたとき、それは犯行現場にいたんですから。それが隣の部屋にいたとしましょう。殺人者はデルマーに向かって襲いかかろうとしており、デルマーは大声をあげた、『わたしを殺すつもりか』と。家事担当のロボットたちはその言葉を聞いていない、せいぜい聞こえたのは叫び声だけだ。呼ばれていない彼らは行かなかった。だが件《くだん》のロボットはデルマーの言葉を聞き、第一条によって、呼ばれないのに現場に駈けつけた。だが遅すぎたんです。おそらくそのロボットは、殺人の現場を目撃したにちがいありませんよ」

「犯行の最終段階を見たにちがいないね」とグルアーも同意した。「そのために機能に変調を来《きた》したのだろう。人間に危害がくわえられる現場を目撃しながら阻止できなかったのは、第一条に違反したわけだから、そのときの情況に応じて多かれ少なかれ陽電子頭脳にダメージが生じる。この場合、ダメージはきわめて大きかった」

グルアーは指の先を見つめながら、液体の入ったグラスを右に左にまわしている。

ベイリは言った。「するとそのロボットは目撃者ですね。訊問しましたか?」

「なんの役にたつのかね? 機能不全におちいっているのだ。ただ、〝わたしを殺すつもりか〟と言いつづけているだけだ。ここまでのきみの事件の再構成は認める。あれはおそらくデルマーの最後の言葉だったのだろう。ロボットの頭脳が破壊されたとき、あの言葉だけがロボットの意識に焼きつけられたのだね」

「しかしソラリアではロボットについての研究が進んでいると聞きましたが。そのロボットを修復する方法はなかったのですか？　その回路を補修する方法はなかったんでしょうか」

「なかった」とグルアーはにべもなく言った。

「それでそのロボットはどこにいますか、いま？」

「廃棄された」とグルアーは言った。

ベイリはぐいと眉を上げた。「これはかなり特殊な事件です。動機なし、手段なし、目撃者なし、証拠なし。証拠らしきものがあったが、それは廃棄された。容疑者はただひとり、そしてだれもが、その有罪を確信しているらしい。少なくとも、ほかに有罪になりうるものはいないと、だれしもが確信している。それはまた明らかにあなたのご意見でもありますね。そこで疑問が生じます。わたしはなぜ招聘《しょうへい》されたのですか？」

グルアーは眉をひそめた。「なんだか混乱しているようだね、ミスタ・ベイリ」彼はいきなりダニールのほうを向いた。「ミスタ・オリヴォー」

「はい、グルアー局長」

「すまないが、そちらの住居をくまなく調べて、すべての窓が閉められ、おおいがかけられているか確かめてくれませんか？　ベイリ私服刑事は、屋外の影響を受けているのかもしれない」

その言葉にベイリは驚いた。グルアーの憶測を否定し、ダニールにそこを動かぬように命令したい衝動に駆られた、まさにそのとき、彼は、グルアーの声にパニックのようなものを感じとり、その目が訴えかけるようにきらりと光るのに気づいたのである。

ベイリは椅子の背によりかかり、ダニールが部屋を出ていくのを黙って見ていた。

まるでグルアーの顔から仮面が落ち、憂色をたたえた素顔をあらわにしたかのようだった。グルアーが言った。「考えていたより簡単だったね。きみをひとりにする方法をいろいろと考えていたんだが。オーロラ人が、簡単な頼みで部屋を出ていってくれるとは思わなかったが、ほかになにも思いつかなくてね」

ベイリが言った。「さあ、わたしはひとりです」

グルアーが言った。「彼の前では自由に話せないのだ。彼はオーロラ人だし、彼がここにいるのは、きみを頼む代価としてこちらに押しつけられたためだから」グルアーは身を乗りだした。「本件は、殺人というよりもっと重大なことがからんでいる。だれが殺人を犯したかという問題だけに関心があるわけではないのだよ。ソラリアには複数の党派があり、秘密組織がある……」

ベイリは目を見張った。「そんなことに、わたしは協力などできませんよ」

「いや、できるとも。さあ、わかってほしいんだ。デルマー博士は伝統主義者だった。古き慣習、よき慣習を信じていた。だがわれわれのあいだには新しい勢力が、変化を求める勢力が台頭しており、デルマーは沈黙を強《し》いられていた」

「ミセス・デルマーによって？」

「彼女は手先にすぎない。そんなことはどうでもいいんだ。彼女の背後に、ある組織が存在するのだが、これが由々《ゆゆ》しい問題でね」

「ほんとうに？　証拠でもあるんですか？」

「漠とした証拠だが。それに頼らざるをえないのだ。リケイン・デルマーは、ある手がかりを追跡していた。自分がつかんだ証拠は確かなものだと、彼は保証していた。わたしは彼を信じた。彼のことはよく知っていたので、彼が馬鹿でも子供でもないことはわかっていた。悔やまれるのは、彼がほんのわずかしか話してくれなかったことだ。とうぜん彼は当局にこの話をもちこむ前に、徹底的な調査をしたいと願っていた。おそらく調査は大詰めを迎えていたにちがいない。さもなければ、やつらはデルマーを公然と暴力で殺害する危険は冒さなかったはずだ。だがひとつだけデルマーは話してくれた。全人類が危険に直面しているのだということを」

ベイリは衝撃を受けた。一瞬、ふたたびミニムの話を、しかももっと規模の大きい話を聞かされているような気がした。みんなして、こんなどでかい危険の話を持ちこんでくるというのか？

「どうしてわたしに協力できるとお考えですか？」

「なぜなら、きみが地球人だから」とグルアーは答えた。「おわかりかな？　われわれ、ソラリアの人間は、こうしたことにまったく経験がない。ある意味では、われわれは人間というものを理解していない。ここにはごく少数の人間しかいないのでね」

　彼は落ち着かない顔をした。「こんなことを言うのはいやなんだがね、ミスタ・ベイリ。同僚のあるものはわたしを笑い、あるものは腹をたてるが、これは、わたしのまぎれもない感触なんだよ。あんたがた地球人は、あのような群衆のなかで生活しているから、われわれよりははるかに人間というものを理解しているにちがいないと、わたしは思うんだがね。そしてだれよりも刑事というものはね。そうじゃありませんか？」

　ベイリは軽くうなずき、口をつぐんでいた。

　グルアーが言った。「ある意味では、この殺人は僥倖《ぎょうこう》だった。デルマーの捜査についてはあえてほかの者の耳には入れなかった。この陰謀にだれがかかわっているか確信がなかったし、デルマー自身も、自分の調査が完了するまでは、詳細を明らかにするつもりはなかった。たとえデルマーが調査を完了していたとしても、われわれはどうやってこの問題に対処すればいいだろうか？　敵対する人間をどう扱えばよいだろうか？　わたしにはわからない。はじめからわれわれは、地球人が必要だと感じていた。地球の宇宙市《スペース・タウン》で起こった殺人事件を解決したきみの働きを耳にしたとき、われわれにはきみが必要だと確信したのだ。わたしはオーロラに連絡し、きみと緊密に連携しあった関係者たちに接触し、そのオーロラ人たちを通して地球政府にアプローチした。それでもこの件については、同僚たちの同意をとりつけることができなかった。そこに殺人事件が発生し、彼らに衝撃をあたえた結果、わたしが必要としていた同意を得ることができたのだ。あの時点なら、彼らはなんにだって同意しただろう」

グルアーはためらったのち、こうつけくわえた。「地球人に協力を求めるのは容易ではないのだが、どうしても求めねばならなかった。いいかね、これがどういうことであれ、人類が危険にさらされているのは事実だ。地球もまた同様に」

すると地球は二重の危険に直面しているわけだ。グルアーの声にはまぎれもない切羽《せっぱ》つまった真剣さがあった。

とはいうものの、かりにこの殺人事件がきわめて幸運なきっかけとなり、グルアーがこれまでずっと思いつめていた計画が実現されるとしても、それはまったく幸運であると言いきれるのだろうか？　ここで新しい思考の筋道がいくつか開かれたのだが、ベイリの顔にも目にも声にもそんな気配はまだ見えなかった。

ベイリは言った。「わたしは、協力するために送られてきたのですからね。力の及ぶかぎり最善をつくすつもりです」

グルアーがようやく、長いことそのままにしておいたグラスを取りあげ、グラスの縁ごしにベイリを見た。「よろしい」と彼は言った。「オーロラ人には黙っていてくれたまえ。

これがどういうものであれ、オーロラもかかわっているかもしれないのだ。たしかに彼らは、この事件に異常に強い関心をもっている。たとえば彼らは、きみのパートナーとしてミスタ・オリヴォーをくわえるようにと主張した。オーロラは強力な国家だ。同意せざるをえなかった。彼らはミスタ・オリヴォーを、たんに以前きみといっしょに仕事をしたという理由で送るのだと言っているが、本件については、彼らが信頼できる人物に担当させたいというのが本心ではなかろうか、ええ?」

彼は目をベイリに注いだまま、ゆっくりと飲み物をのんだ。

ベイリは指の関節を長すぎる頰に当て、ゆっくりとそこをこすった。「さて、もし――」

言いおわらぬうちに、ベイリはとつぜん椅子から跳びあがり、相手に向かって駈けよろうとして、危うくそれがたんなる映像だということを思いだした。

グルアーが飲み物を睨みつけ、喉頸をつかみ、嗄《しゃが》れた声でこうささやいたからだ。「焼けそうだ……焼けそうだ……」

グラスが手から落ち、なかの液体が飛び散った。同時にグルアーも苦痛に顔をゆがめ、椅子から転げ落ちた。

7　医者がつるしあげられる

ダニールが戸口に立っていた。「どうされたのですか、パートナー・イライ――」

説明は不要だった。ダニールの声が、大きな響きわたる声に変わった。「ハニス・グルアーのロボットたち！　おまえたちのマスターが怪我をした！　ロボットたち！」

すぐさまロボットがひとり、どかどかと食事室に入ってきた。そのあとから、一、二分で十数人が入ってきた。三人がグルアーを静かに運んでいった。ほかのロボットたちは、散乱しているものをととのえなおし、床に投げだされた食器類を拾い集めた。

ダニールがふいに声をはりあげた。「そこのロボットたち、その食器にはさわるな。捜索隊を組み、ほかに人間がいないかどうか家のなかを捜索しろ。外にいるロボットたちに警報を送れ。彼らに地所内をくまなく捜索させろ。マスターを見つけたら、捕まえろ。危害をあたえてはならない」――（不要な助言だ）。「ただし逃がしてはならない。マスターが発見できない場合は知らせてくれ。わたしはこのビューアーのコンタクト番号で待機している」

そうして、ロボットたちがそれぞれ散っていくと、イライジャはダニールに向かってつぶやいた。「いよいよはじまったな。むろんあれは毒物だよ」

「はい。そこまでは明らかですね、パートナー・イライジャ」ダニールは、膝を痛めているかのようなぎごちない動作で腰をおろした。ベイリはこれまで、ダニールが、ほんの一瞬にしろ、膝を痛めている人間のような動作をするのは見たことがない。

ダニールが言った。「人間に危害がくわえられるのを見ると、わたしのメカニズムに変調を来《きた》します」

「きみにできることはなにもなかった」

「それはわかっておりますが、それでも、わたしの思考回路が何カ所か詰まったような感じがします。わたしが感じていることを人間の言語であらわせば、ショックと同義かもしれません」

「もしそうなら、それを乗り越えるんだな」ベイリは、不安定になったロボットに同情する気も辛抱する気もなかった。「われわれが考えなければならないのは、責任という些細な問題さ。毒殺者がいなければ、毒物は存在しない」

「食中毒ということも考えられます」

「偶然発生した食中毒かい？　これほど清潔に管理されている世界で？　まさかね。それに、毒物は液体に入っていた。症状は、突発的で致命的だ。あれは毒薬で、しかも多量に入っていた。いいか、ダニール、ぼくは隣の部屋で、これについてちょっと考えてみる。きみはミセス・デルマーに連絡してくれ。彼女が在宅かどうか確かめ、彼女の住居とグルアーの住居とのあいだにどれだけの距離があるか調べてくれ」

「あなたがお考えなのは、夫人が――」

ベイリは片手を上げた。「いいから確かめてくれないか？」

彼はひとりで考えるために、いそいで部屋を出た。ソラリアのような世界で、これほど短時間のうちに、二件の殺人がそれぞれ無関係に行なわれるはずはないのだ。もしふたつの事件になんらかのつながりがあるとすれば、もっとも容易に導きうる想定は、グルアーの陰謀説は真実だったということだ。

ベイリは、お馴染みのあの興奮が身内にみなぎるのを感じた。彼は、頭のなかに地球の窮状と自分自身の窮状をかかえこんでこの世界にやってきた。殺人事件そのものは遠い出来事だったが、いまや、本格的な捜査がはじまったのである。顎の筋肉がぎゅっと締めつけられた。

つまるところ、殺人犯、あるいは殺人犯たち（あるいは女の殺人犯）は、彼の面前で犯行をなしとげ、彼は面目を失墜した。自分はそれほど甘く見られていたのか？　傷つけられたのは職業上のプライドだ。彼はそれを承知しており、その事実を歓迎した。少なくとも、地球の危急存亡とは無関係に、たんなる殺人事件として考える強固な理由をあたえてくれたからである。

ダニールが彼を見つけ、つかつかと近づいてきた。「お申しつけどおりやりました、パートナー・イライジャ。ミセス・デルマーと映像で対面しました。夫人は家におり、その家は、グルアー局長の地所とは千マイルほどはなれています」

ベイリは言った。「のちほどぼくが彼女に会おう。映像でね」彼はダニールをじっと見つめた。「彼女はこの犯罪に関与していると思うかね？」

「どうやら直接的な関与はしていないように見えますね、パートナー・イライジャ」

「間接的な関与はあるかもしれないというのか？」

「だれかに頼んで、やらせたのかもしれません」

「だれかに？」ベイリはすかさず訊いた。「だれに？」

「それは、パートナー・イライジャ、わたしにもわかりません」

「彼女のかわりにやった人間がいるとしたら、そいつは、あの犯行現場にいなければならない」

「はい」とダニールは言った。「あの液体に毒物を入れるためには、だれかがあの場にいなければなりません」

「毒物を入れた液体が、前もって用意されていたという可能性はないだろうか？　おそらくだいぶ以前に？」

ダニールは静かに言った。「それについては、わたしも考えておりました、パートナー・イライジャ。ですから、この犯罪にミセス・デルマーは直接的な関与はしていないように見えるとお答えしたときに、わたしは、どうやらと申しました。夫人が、もっと以前に現場にいた可能性はじゅうぶんありうるのです。夫人の動きを調べるのがよいかと思います」

「そうしよう。彼女が生身でいつどこにいたか調べよう」

ベイリの唇がぴくりとひきつった。ロボット工学の論理にはどこか欠陥があるにちがいないと彼は推測していたが、いまやそれは確信となった。ロボット工学者が言っているように、論理的だが妥当性はない。

ベイリは言った。「それではビューアー室に戻って、グルアー邸を映像で見よう」

あの部屋はきれいさっぱりととのえられ、ぴかぴかと光り輝いていた。一時間たらず前に、人間が苦しみ悶えていた形跡はまったくなかった。

三人のロボットが壁を背にして、ロボットらしいうやうやしい物腰で立っている。

ベイリは言った。「マスターに関する新しい情報はないか？」

中央のロボットが言った。「医者がマスターを診察しています」

「映像でか、それともじかにか？」

「映像です、マスター」

「医者はなんと言っている？　おまえのマスターは助かるのか？」

「まださだかではありません、マスター」

ベイリは言った。「邸内はくまなく捜索したか？」

「徹底的にやりました、マスター」

「おまえのマスターのほかに、別のマスターがいた形跡はあったか？」

「いいえ、マスター」

「近い過去に、人間がいた形跡はあったか？」

「まったくありません、マスター」

「地所の内は捜索したのか？」

「はい、マスター」

「なにか成果は？」

「なにもありません、マスター」

ベイリはうなずいた。「今夜、給仕をしていたロボットと話したい」

「あれは検査を受けています、マスター。反応が不安定なのです」

「話すことはできるのか？」

「はい、マスター」

「それでは、即刻ここへ連れてこい」

すぐに反応がなかったので、ベイリは口を開いた。「いま言ったように——」

ダニールが穏やかにさえぎった。「ソラリアのあのタイプには、相互無線通信機能があるのです。あなたがお望みのロボットは、ただいま呼びだし中です。来るのが遅いのは、そのロボットが事件の影響のために変調を来《きた》しているせいでしょう」

ベイリはうなずいた。相互無線通信機能があるだろうと考えてしかるべきだった。これほどロボットに依存している世界では、システムが故障した場合を想定すれば、なんらかの相互通信機能のようなものが必須だろう。ひとりのロボットが呼ばれたとき、あとから一ダースのロボットがぞろぞろとやってくる理由もそれでわかるというものだが、それも必要とされるときだけあらわれ、必要とされないときにはあらわれない。

ロボットがひとり入ってきた。片足をひきずっている。ベイリはなぜだろうと首をかしげたが、おもむろに肩をすくめた。地球の単純なロボットでさえ、陽電子回路の損傷が引き起こす反応は素人目《しろうとめ》にはまったくわからない。変調を来した回路は、このロボットのように脚の機能に障害をもたらすかもしれないとはいえ、こうした現象は、ロボット工学者には重大な意味をもつが、素人目にはわけがわからないのである。

ベイリは用心深く言った。「きみのマスターのテーブルにのっていた無色の液体のことを覚えているかね、その液体をきみはマスターのグラスに注いだのだが」

ロボットが言った。「ひぇい、マズター」

調音器官も故障している！

ベイリは言った。「その液体はなんだったのか？」

「それ、水だあ、マズター」

「水だけか？　ほかになにも入っていなかったのか？」

「だだの水、マズター」

「それをどこから持ってきた？」

「給水栓から、マズター」

「おまえがそれを運んでくる前、それはキッチンにあったのか？」

「マズターは、あまりつめたくないのがすきだった、マズター。それはじょくじの一時間まえについでおくのがぎまりでず」

その事実を知っているものにとっては、なんと好都合なことだろう、とベイリは思った。

彼は言った。「おまえのマスターを映像で診察した医者の手が空きしだい、ただちに彼とわたしを映像回線でつなぐようほかのロボットに命令しなさい。回線がつながれるまでのあいだ、給水栓がどのような仕組みになっているか、ほかのロボットに説明させなさい。ここの上水道設備についても知っておきたい」

医者とは、さほど経たぬうちに、回線がつながった。彼は、ベイリがこれまで会ったスペーサーのなかでもっとも年寄りだった。ということは、おそらく三百歳は超えているだろう、とベイリは踏んだ。両手には血管が浮きだしており、短く刈りこまれた毛髪は真っ白だった。ふぞろいに隆起した前歯を指の爪で叩き、カチカチという音をたてる癖があり、ベイリにはなんとも不快だった。その名は、アルティム・スール。

医者は言った。「さいわいなことに、毒薬の大半を吐いた。それでも命の保証はない。悲劇的な出来事だ」彼は重い吐息をついた。

「毒はなんですか、ドクター？」とベイリが訊いた。

「それがわからんのだ」（カチ・カチ・カチ）

ベイリは言った。「なんですって？　じゃあどうやって手当てをしているんです？」

「麻痺を防ぐため、神経筋に直接刺激をあたえたが、それ以外は自然の成り行きにまかせておる」使い古した上質の革のように皮膚がかすかに黄ばんでいる彼の顔に、哀願するような表情がうかんだ。「こういうことには、経験が浅いのでねえ。二世紀以上患者を診《み》てきたが、こんな例には出会ったことがないのだよ」

ベイリは軽蔑の目で相手を見つめた。「毒薬というものがあるのはご存じでしょう？」

「ああ、知っているとも」（カチ・カチ）「そんなことは常識だ」

「参考文献のブック・フィルムがあるのだから、それでお調べになればいい」

「それには何日もかかるだろう。無機性の毒物は無数にある。われわれの社会でも殺虫剤は使っておるし、細菌性の毒物を入手するのも不可能ではない。フィルムの説明書にしたがって装置を調達し、毒物を検出する技術を体得するには長い時間がかかるだろう」

「もしソラリアに知るものがいないのなら」とベイリはむっつりと言った。「ほかの世界の専門家に教えてもらうようおすすめしますよ。そのあいだに、グルアーの邸宅の給水栓から毒物が検出されないかどうかテストされたほうがいいでしょう。ご自分で行かなければならないというなら、お行きなさい」

ベイリはお偉いスペーサーに向かって語気を荒らげ、相手がロボットであるかのように命令し、その失礼な振る舞いにもまったく気づかなかった。スペーサーもそれに対して抗弁はしなかった。

ドクター・スールは疑わしそうに言った。「どうすれば給水栓に毒物が混入できたのかね？　それは不可能だと思うが」

「おそらく不可能でしょう」とベイリは認めた。「それでもとにかく確認のためテストしなさい」

給水栓は、たしかに可能性は乏しい。ロボットの説明によれば、それがソラリアの自己保護の典型的な措置であることを示している。水は、適宜に調整された水源から供給される。微生物は除かれ、無機物はすべて除去される。適量の通気が行なわれ、同時に肉体に必要とされる最適な各種イオンの微量が添加される。そのような完璧な調整装置のなかで、いかなる毒物も残存しうるとは考えられない。

　それにしても、給水装置の安全が確実に保証されるとすると、時間的な要素が問題になる。食事がはじまるまでの時間が問題になってくる。水差しは（室内の空気にさらされていた、とベイリは苦々しく考えた）グルアーの個人的な性癖のおかげで、ゆっくりと温まっていた。

　だがドクター・スールは眉をひそめて、こう言っている。「しかしどうやって給水栓をテストすればいいのかねえ？」

「やれやれ！《ヨシャバテ》　動物を連れていきなさい。給水栓から汲んだ水をその動物の血管に注射するとか、飲ませるとかしなさい。頭を使いなさいよ、あんた。水差しに残った水も同じようにしなさいよ。それに毒物が含まれていれば、含まれているにちがいないが、参考フィルムに説明されているテストをいくつかすればいい。なにか簡単なやつでいい。なにかしなさいよ」

「おい、おい。どの水差しだ？」

「水が入っていた水差しですよ。ロボットが毒入りの飲み物をグラスに注いだときの水差しです」

「いやはや——あれは洗ってしまったと思うがね。家事担当のロボットがあれをそのままにしておくはずはない」

ベイリはうめいた。むろんそうだろう。家事上の義務という名のもとに永久に証拠を消し去るロボットがいては、証拠を保全しておくのは無理というものだ。水差しに手をつけるなとロボットに命令すべきだった。だがむろんここは自分の世界ではない。正しい対応などできるわけがなかった。

やれやれ《ヨシャパテ》！

グルアー邸の地所内にはだれもいないという報告が入ってきた。不審な人間がいたという形跡はどこにもなかった。

ダニールが言った。「そうなると謎が深まるばかりですね、パートナー・イライジャ、毒殺者はだれもいないということになりますから」

考えこんでいたベイリは、ほとんど聞いてはいなかった。「なんだと？……いやいや。そんなことはない。それで問題が明らかになった」彼は言った。ベイリは説明しなかった。自分が真実であると確信したことを、ダニールが理解するはずはなく、信じもしないということはよくわかっていたからである。

ダニールも、説明を求めなかった。人間の考えを追及するなど、ロボットにあるまじき行為だった。

ベイリは、睡眠時間が近づいてくるのが恐ろしく、うろうろと室内を歩きまわっていた。おそらく屋外に対する恐怖が甦り、地球に帰りたいという激しい欲求がいっそう増すにちがいなかった。なにごとか起こりつづければいいという熱望のようなものがこみあげてきた。

彼はダニールに言った。「もう一度ミセス・デルマーに会うほうがよさそうだな。ロボットにコンタクトするように言ってくれ」

ふたりはビューアー室に歩いていき、ベイリは、金属製の指で器用にコンタクトの準備をするロボットを眺めていた。ぼうっと考えながら眺めていると、ディナーのためにととのえられたテーブルが、とつぜん部屋のなかばをふさいだので、驚愕のあまりそんな考えもかきうせてしまった。

グレディアの声が言った。「こんにちは」たちまち彼女が視界にあらわれて、テーブルの前に腰をおろす。「驚かないでくださいね、イライジャ。ちょうどお夕食の時間ですもの。身支度はきちんとととのえていますわよ。ほらね？」

そのとおりだった。ドレスの主な色あいは明るいブルー、手首から踵まで、きらきらと光り輝いている。黄色のひだえり《ラフ》を首から肩にまとい、その色は、いまはきちんとととのえられている髪の色よりもやや明るい。

ベイリが言った。「食事どきにお邪魔するつもりはありませんでした」

「まだはじめていませんよ。ごいっしょにいかがかしら？」

ベイリは怪訝な目で相手を見た。「ごいっしょに？」

グレディアは笑った。「地球人ってほんとにおかしいわ。あたしと直接対面でごいっしょしましょうと言っているわけじゃないのよ。そんなことができるはずがないでしょう？　あなたがご自分の食事室へいらして、そうすればあなたともうひとりの方が、あたしといっしょにお食事できるわ」

「でもここをはなれては――」

「そちらの映像技師が、コンタクトを継続してくれます」

ダニールがその言葉に重々しくうなずき、ベイリは自信なげに、背を向けてドアのほうに歩いていった。グレディアは、テーブルやととのえられた料理や装飾品などとともに、彼といっしょに移動した。

グレディアが励ますように微笑した。「おわかり？　そちらの映像技師があたしたちのコンタクトを維持してくれているのよ」

ベイリとダニールは動く斜廊を上っていったが、こんなところを通った覚えはベイリにはなかった。この奇妙な邸宅のふたつの部屋のあいだには、おびただしい通廊があるらしいのだが、彼はそのうちのほんのわずかしか知らなかった。ダニールはむろんぜんぶを知っていた。

そしていくつもの壁を突き抜けていくあいだも、グレディアとディナー・テーブルが、ときには床面からちょっと下に、ときにはちょっと上になって、いっしょにくっついてくる。

ベイリは立ち止まってつぶやいた。「こういうことは慣れが必要だな」

グレディアがすぐさま返した。「眩暈がするんでしょ?」

「いささか」

「じゃあいいこと教えてあげるわ。そちらの技師にたのんで、あたしをいまここで停止させればいいのよ。あなたがご自分の食事室に入ったら、あたしたちをまたいっしょにしてくれるわ」

ダニールが言った。「そうするように命令します、パートナー・イライジャ」

食事室に入ると、ディナー・テーブルがととのえられ、賽《さい》の目《め》に切った肉がぷかぷか浮かんでいる焦げ茶色のスープが皿で湯気をたてており、テーブルの中央には、大ぶりの鳥のローストが、ナイフを入れるばかりになっていた。ダニールが給仕のロボットになにかささやくと、向かい合わせに用意されていたふたりの席が、手ぎわよくテーブルの同じ側に引き寄せられた。

それが合図のように、向かいの壁が外に向かって動いていくように見え、テーブルも長く伸びていくように見えたかと思うと、グレディアがそのテーブルの向こうはしにすわっていた。ぴったりと部屋と部屋が合わさり、テーブルとテーブルが合わさった。壁紙や床の敷物のさまざまな模様の違いや食器の異なるデザインなどを除けば、三人がじっさいに同じテーブルを囲んで食事をしていると錯覚するほどだった。

「ほうら」とグレディアが満足そうに言った。「快適なものでしょう?」

「まったく」とベイリは言った。スープをおそるおそる味わい、おいしいことがわかると、こんどはたっぷりと口にふくんだ。「グルアー局長の件は知っていますね?」

たちまち憂慮の影がその顔をおおい、彼女はスプーンをおいた。「なんて恐ろしいこと。かわいそうなハニス」

「姓ではなく、名前で呼ばれましたね。お知り合いですか?」

「ソラリアの重要人物はたいてい知っているわ。ソラリア人はおたがいほとんど知り合いなの。当然ですけど」

なるほど当然だ、とベイリは思った。けっきょく、何人の人間がこの世界に住んでいるのだ?

ベイリは言った。「それではおそらくアルティム・スール医師もご存じですね。彼がグルアーを診ています」

グレディアは静かに笑った。彼女の給仕をしているロボットが、彼女のために肉を切りわけ、ソテーした小さなじゃがいもと細長く切った人参をそれに添えた。「もちろん知っているわ。あたしも診てもらっていますもの」

「いつ診てもらったんです?」

「すぐあと、あの——あの事件の。あたしの夫のという意味ですけれど」

ベイリは驚いて言った。「彼はこの惑星で唯一の医者なんですか?」

「あら、とんでもない」一瞬彼女の唇が、まるで数えているかのように動いた。「少なくとも十人はいるわ。薬物の研究をしている青年もひとりいます。でもドクター・スールは最高のお医者のひとりですよ。経験豊かですもの。かわいそうなドクター・スール」

「なんでかわいそうなんです?」

「あら、おわかりでしょう。医者というのは、不潔なお仕事ですもの。医者になれば、ときにはじかにひとに会わなければならないし、じかに触れなければならないこともありますもの。でもドクター・スールは、すっかりあきらめていらっしゃるみたいね。必要と思うときには、いつもじかに病人を診ますしね。あたしは子供のころから診ていただいているんです。いつもとてもお優しくてご親切で、じかに診ていただかなくてはならないようなときでも、あたしは平気だったわ。このあいだだって、あたしをじかに診てくださったんですもの」

「ご主人が亡くなったあとのことですか?」

「ええ。ドクターが主人の死体と、そこで失神していたあたしをじかにごらんになったとき、いったいどんなお気持だったか想像できるでしょう」

「死体は映像で見たと聞いているが」とベイリは言った。

「死体はね、そう。でもあたしが生きていて、じっさいの危険はないと確信なさると、ロボットたちに、あたしの頭の下に枕をあてがってから、なにやら注射をするようにと命令なさって、それからこちらにお出かけになったの。ジェット機でいらしたのよ。ほんとうに！　ジェット機なの。三十分もしないうちに来てくださって、あたしを診てくださって、命に別状はないことを確かめてくださったの。気がついたとき、あたしは頭が朦朧としていたから、ドクターを映像で見ているものだと思っていたんだけど、ドクターがあたしにさわったので、はじめて、じかに会っているんだとわかったの。それであたし、悲鳴をあげたんです。かわいそうなドクター・スール。そりゃ困っていらしたわ。でもドクターが善意でそうなさったということはわかったわ」

ベイリはうなずいた。「ソラリアでは、医者に頼ることはそれほどないんでしょうね？」

「そう願いたいわ」

「細菌性の病気は特にないことは知っていますよ。しかし、代謝異常とかはどうです？　アテローム性動脈硬化症とか？　糖尿病は？　そういうたぐいのものは？」

「それはありますけど、そうなったら、かなりひどいことになるわ。お医者は、そういうひとたちを、体のほうは楽にしてはくださるけど、でもそれはたいしたことじゃないんです」

「ほう?」

「そうですとも。それは、遺伝子分析が不完全だったということですもの。糖尿病のような欠陥を、なにもしないで見過ごすなんて思わないでしょ。そういう病気を発症したひとたちは、もっと綿密な再分析が必要なの。配偶者の割当ても撤回されるし、それは相手にとっては迷惑な話だわ。ということはつまり――だめということと」――その声がささやくように低くなった――「子供が」

ベイリはふつうの声で言った。「子供がだめ?」

グレディアは頰を染めた。「とても口にはできないわ。そんな言葉を! こ、子ども!」

「いまにわけなく出てくるようになりますよ」とベイリはそっけなく言った。

「そうね、でもそれに慣れてしまったら、いつかは、ほかのソラリア人の前で平気で言うようになるわね。そんなことになったら、恥ずかしくて穴があったら入りたい……とにかく、もしそのふたりにすでに子供たちが(ほら、ちゃんと言えたでしょ)いたとしたら、その子供たちは、探しだされて、検査されなければならないわ――ついでに言うと、それもリケインの仕事のひとつだったの——まったくひどい話よね」

スールのことはここまでだ、とベイリは思った。あの医者の無能さは、この社会の当然の帰結で、悪意はなかった。かならずしも悪意があったわけではない。彼はリストから消そう、ただしうっすらとした線で。

ベイリは、食べているグレディアを眺めた。食べるしぐさはきちんとしており、そして繊細だった。食欲はふつうらしい（彼のほうの鳥肉は美味だった。ともあれ、この——食べ物——という一点で、彼も宇宙国家に簡単に甘やかされてしまいそうだ）。

「毒をもられたことについてはどう思いますか、グレディア？」とベイリは言った。

グレディアは顔を上げた。「そのことは考えないようにしているの。近ごろは怖いことばかりなんですもの。たぶんあれは毒をもられたのではなかったのよ」

「毒をもられたんですよ」

「だってまわりにだれもいなかったじゃありませんか」

「なんでわかるんです？」

「いたはずがないじゃありませんか。最近、彼には奥さんはいないのよ。だって、こ——なんのことかわかるでしょ、こ——の割当ても終わってしまったから。なんにしろ毒物を入れる人間はだれもいなかったわけだから、彼は毒をもられようがないわね」

「だが毒をもられたんだ。それは厳然たる事実ですからね、受け入れるべきですよ」

グレディアの目が曇った。「自分でやったと思いません？」

「それは疑問だな。なぜ自殺しなければならないんです？　それも人の面前で？」

「それじゃ、毒をつかうなんてありえないわ、イライジャ。ぜったいありえないわよ」

ベイリが言った。「その反対だな、グレディア。とても簡単にできることなんだ。わたしにはその方法がはっきりわかっている」

8　スペーサー、挑戦を受ける

グレディアがはっと息をつめたように見えた。そしてその息はすぼめた唇のあいだから口笛のような音をたてて出てきた。彼女は言った。「方法なんて、あたしにわかるわけがないわ。だれがやったか、あなたにはわかるというの？」

ベイリはうなずいた。「ご主人を殺したのと同一人物ですよ」

「それは確かなの？」

「そりゃ確かでしょうが？　ご主人の殺人事件は、ソラリア史上初の事件だ。その一カ月後に、またもや殺人事件が発生した。これは偶然の一致だろうか？　犯罪というもののない世界でひと月のうちに、ふたりも殺人者があらわれるというのは？　考えてもみてくださいよ、ふたり目の犠牲者は、最初の事件を調査していた人物ですよ。したがって、最初の殺人者にとってはたいへんな危険人物と見なされたはずだ」

「あらまあ！」デザートにとりかかっていたグレディアは、口いっぱいにほおばりながらこう言った。「そういうことなら、あたしは無実ね」

「どうしてそうなるんです、グレディア？」

「だって、イライジャ。あたしは、生まれてこのかた、グルアーの地所には近づいたことがないんですもの。だからあたしがグルアー局長を毒殺することはぜったいありえない。あたしが殺さなかったとすると——あたしは夫も殺さなかったわけだわ」

ベイリがかたくなに口を閉ざしていると、彼女は意気阻喪したらしく、小さな口のはしが垂れさがった。「そうお思いにならない、イライジャ？」

「それはどうかなあ」とベイリは言った。「わたしは、グルアーに毒をもった方法がわかったと言いましたよ。それは巧妙な手口で、ソラリアの人間ならだれでもできるはずなんですよ。グルアーの地所に行ったことがあろうとなかろうと」

グレディアは両手を握りしめた。「あたしがやったと言うのね？」

「そうは言ってませんよ」

「そうほのめかしているじゃありませんか」怒りのあまり彼女は口をきっと引き結び、高い頬骨のあたりに斑点がうかびあがった。「あたしと映像で会おうというのは、そんな興味のためだったの？　陰険な質問をするため？　あたしを罠にかけるため？」

「ちょっと待った——」

「さも同情しているようなふりをして。さも理解しているようなふりをして。この——この地球人が！」

低い声が、最後の言葉を吐きだすときは、まるで絞りだすような喘ぎになった。

ダニールの完璧な顔が、グレディアのほうに寄せられた。そして彼はこう言った。「おそれいりますが、ミセス・デルマー、そのようにナイフをかたく握りしめておられると、手が切れるかもしれません。どうかお気をつけください」

グレディアは、自分の手が握りしめている、なまくらの、どうにもならない短いナイフをねめつけた。そしていきなりそれを振りかぶった。

ベイリが言った。「わたしのところまで届かないぞ、グレディア」

グレディアは喘いだ。「だれが、そんなことするもんですか、ふん！」おおげさな嫌悪をにじませ体を震わせ、大声で叫んだ。「すぐにコンタクトを切って！」

最後の言葉は、視界の外にいたロボットに言ったものにちがいない。グレディアの側の部屋が消え去り、もとの壁がふっとあらわれた。

ダニールが言った。「あなたは現在あのご婦人が有罪であると考えておられると信じてよろしいでしょうか？」

「いいや」ベイリはきっぱりと言った。「だれがこの犯行に及んだとしても、ある種の特性を、あのかわいそうな女よりずっと多くそなえていなければならないんだ」

「彼女は短気です」

「それがどうした？　たいていの人間が短気さ。いいか、彼女は、かなりのあいだ、かなりの緊張を強《し》いられてきたんだ。ぼくがもし、同じような緊張を強いられていたとしてだよ、だれかがぼくを攻撃してきたら、あんななまくらの小さいナイフを振りまわすどころか、もっとすごいことをやったかもしれないぜ。あのひともぼくが攻撃していると思いちがいしたわけだ」

　ダニールが言った。「わたしには、遠くはなれた場所にいる相手を毒殺する方法を推理できませんでした。あなたはできると言われましたが」

　ベイリはこう言えるのが愉快だった。「そりゃそうだろうよ。きみには、この難解なパズルを解く能力はないからな」

　彼はきっぱりとそう言ったが、ダニールはこの言葉を冷静に重々しく受け取った。

　ベイリは言った。「きみにしてもらいたい仕事がふたつあるんだ、ダニール」

「それはなんでしょうか、パートナー・イライジャ」

「第一に、ドクター・スールと連絡をとって、夫が殺されたときのミセス・デルマーの状態を聞いてくれ。治療を必要としたのはどれくらいの期間だったかということもね」

「特別になにか確認なさりたいことがおありですか？」

「いいや。たんにデータを集めたいだけだ。この世界では容易じゃないんでね。第二に、だれがグルアーの後釜にすわって安全保障局長になったかを調べ、朝一番に、そいつと映像対面できるよう手配してくれ。ぼくは」と彼はおもしろくもなさそうな声で言った。「ここでは、なにかおもしろいブック・フィルムが手に入るのかね？」

「ベッドに入って、なんとか眠りたいんだがね」それからいらついた調子で、「ここでは、なにかおもしろいブック・フィルムが手に入るのかね？」

ダニールは言った。「図書担当のロボットをお呼びになればよいかと思います」

ロボットが相手だと、ベイリはいらいらするだけだった。勝手に書庫をあさるほうがよっぽどましだった。

「いいや」とベイリは言った。「古典じゃないんだ。現代のソラリアの日常生活を題材にしたふつうの小説がいい。半ダースばかりね」

ロボットは命令にしたがったが（そうしなければならない）、しかるべきコントロール盤を操作して必要なブック・フィルムを書庫から引きだし、それをまず受けだし口へ送り、それからベイリの手へと引き渡しながら、うやうやしい口調で、図書室の他のさまざまな部門についてべらべらとまくしたてた。

マスターは探検時代の冒険小説がお好みかもしれません。それとも動画化された原子モデルつきの優れた化学反応フィルム、あるいはファンタジイ、あるいは銀河誌などいかがでしょう。リストは延々と続いた。

ベイリはむっつりした顔で、半ダースばかりが揃うのを待ち、「これでけっこう」と自分の手で（自分自身の手で）スキャナーをつかみ、そこを出た。

ロボットがあとからついてきて、こう言った。「スキャナーの調整をお手伝いいたしましょうか、マスター？」ベイリは振りかえり、ぴしりと言った。「いいや。そこを動くな」

ロボットは一礼して、その場に停止した。

ヘッドボードが明るく輝いているベッドに横になったが、自分の決断をもう後悔していた。スキャナーは自分が使っていたモデルではなく、フィルムの入れ方もさっぱりわからない。それでも意地になってあれこれ試行錯誤し、けっきょくはばらばらに分解して、それを少しずつ組みたてなおし、とうとうなんとかものにした。

少なくともブック・フィルムが見えるようになった。焦点がいささか甘かったが、ロボットにほんのしばしでも邪魔されずにいるための、それはささやかな代償だった。

それから一時間半のあいだ、ブック・フィルムの六本のうち四本まで、飛ばしたり、切り換えたりして読んだあげく、いたく失望した。

彼にはある持論があった。ソラリア人の生き方や考え方を知るには、彼らの小説を読むのがいちばんの早道だと考えていた。このたびの捜査を首尾よくやりとげるには、そうした洞察が必要だった。

だがその持論は捨てねばならなかった。小説を眺めてみたが、ばかばかしい問題をかかえたひとびとが、愚かしい振る舞いをして、わけのわからぬ行動に出るというようなことがわかっただけだった。ある女性が、自分の子供が自分と同じ職業についたことを発見し、自分の仕事を捨てなければならなかったのはなぜか。その結果、愚かしくも耐えがたい悶着の種が生じるまで、その理由の説明を拒むのはなぜか？　医者と芸術家同士が割り当てられることに屈辱を感じるのはなぜなのか。医者がロボットの研究に携わると主張することが非常に貴い行為であるのはなぜなのか？

彼は五本目の小説をスキャナーに入れ、自分の目に合うよう調整した。ひどく疲れていた。

じっさい疲労困憊していたので、五本目の小説は（サスペンス小説だったと思うのだが）出だしのところしか思いだせなかった。新しい地所の所有主が自分の邸宅に入っていき、礼儀正しいロボットからさしだされた過去の会計簿フィルムを見ているというのが出だしだった。

おそらく彼は、頭にスキャナーをつけ、ライトはつけっぱなしで、眠ってしまったのだろう。おそらくロボットは、うやうやしく室内に入ってくると、スキャナーを彼の頭からはずし、ライトを消したにちがいない。

いずれにしても彼は眠り、ジェシイの夢を見た。すべてが前のとおりだった。彼は地球をはなれてはいなかった。ふたりは、公共キッチンへ行き、友人たちと三次元映像《サブエーテル》ショウを見ることになっている。エクスプレスウェイに乗って、友人たちに会いにいくだろう。そして、ふたりともこの世になんの心配もない。彼は幸せだった。

そしてジェシイは美しかった。体重がどうやら少し減ったようだ。なぜこんなにスリムなのだろう？　なぜこんなに美しいのだろう？

もうひとつ妙なことがあった。どういうわけか太陽が頭上に照りつけているのだ。見あげると、上層階の丸天井の基底部が見えるだけなのだが、それでも日光が降りそそぎ、あらゆるものをぎらぎらと照らしているのに、だれひとりそれを怖がるものがいないのだ。

ベイリは、不安な気持で目を覚ました。ロボットに朝食を給仕させ、ダニールにも話しかけなかった。なにも言わずなにも訊かず、味もわからぬまま上等のコーヒーを飲んだ。なぜ見えない太陽が見えている夢を見たのだろう？　地球とジェシイの夢ならわかるが、それと太陽とどんな関係があるのだろう？　それになぜそんなことが気になるのだろう。

「パートナー・イライジャ」とダニールがやさしく言った。

「なんだ？」

「コーウィン・アトルビッシュが、三十分後に、映像コンタクトをしてくることになっています。わたしが手配しました」

「いったい何者だ、そのコーウィンなんとかってやつは？」とベイリは鋭く訊いて、カップにふたたびコーヒーを注いだ。

「グルアー局長の主任補佐官でした、パートナー・イライジャ。いまは安全保障局長代行です」

「じゃあ、いますぐ連絡しろ」

「ご説明しましたように、アポイントは、三十分後にとってあります」

「いつだってかまわん。いますぐ連絡しろ。命令だ」

「連絡してみましょう、パートナー・イライジャ。しかし呼びだしに応じないかもしれません」

「とにかく連絡してみようじゃないか、さっさとね、ダニール」


安全保障局長代行は、呼びだしに応じた。アトルビッシュは、ベイリがソラリアに来てからはじめて出会った、ふつうの地球人が思い描く宇宙人《スペーサー》そのものだった。長身で痩せ型、青銅《ブロンズ》色の髪で、その目は明るい茶色、顎は大きくがっしりとしている。どこかかすかにダニールに似ていた。だがダニールがほとんど神のように理想化されているのに反し、コーウィン・アトルビッシュの顔は、輪郭がいかにも人間らしかった。

アトルビッシュは髭を剃っている最中だった。小さな研磨用のペンシルが、頬や顎に微粒子を噴霧し、髭をきれいに剃りあげて、剃りあげた髭を微細なダストに変えてしまう。ベイリはその器具のことは話に聞いて知っていたが、それが使われているところを見るのははじめてだった。

「あんたが地球人？」とアトルビッシュは、研磨されたダストが鼻の下をかすめていくので、ほとんど唇を開かずにそう尋ねた。

ベイリは言った。「わたしはイライジャ・ベイリ私服刑事、C－7級。地球からまいりました」

「早いな」アトルビッシュは、シェイバーをぴしゃりとたたみ、ベイリの可視範囲の外へ投げた。「なにか気にかかることでも、地球人？」

相手の口調は、こちらが上機嫌のときでも、とても楽しむ気にはならなかっただろう。彼はかっとなって言った。「グルアー局長の容態はいかがです？」

アトルビッシュは言った。「まだ生きている。たぶん命はとりとめるだろう」

ベイリはうなずいた。「ソラリアの毒殺者は、適量というものを知らないようだ。経験不足ですな。大量に飲ませたので、グルアーは吐きだしてしまった。量を半分にしておけば、殺せただろうに」

「毒殺者？　毒物は出なかったが」

ベイリは目を見張った。「やれやれ《ヨシャパテ》！　毒殺以外に考えられませんがね？」

「いろいろあるさ。人間の体なんかいくらでも具合は悪くなるからね」彼は顔をこすり、剃り残しはないかと指の先で探した。「二百五十歳を過ぎたときに起こる代謝異常については知らないだろうね」

「そういう場合は、医学上の適切な助言を受けるのでしょう？」

「ドクター・スールの報告では——」

いいかげんにしてくれ。目覚めてからこちらベイリの胸のうちでふつふつとたぎってい た怒りが爆発した。彼はあらんかぎりの大声をあげた。「ドクター・スールなんぞどうで もいいんです。わたしは医学上の適切な助言と言ったんだ。ここの医者はなにも知らない。 おたくの刑事だってご同様だ、刑事がいるとしてですがね。刑事だって地球からわざわざ 呼び寄せる始末じゃないですか。医者も呼び寄せたらどうですか」

ソラリア人は冷ややかに彼を見た。「わたしに指図をするのか？」

「そうとも、それも無料で。さあ、どうぞどうぞ。グルアーは毒をもられたんだ。わたし はその現場を目撃した。彼はグラスの中身を飲んで、苦しみだした。そして喉が焼けそう だと叫んだ。あなたはどう考えますかね、彼は捜査中だったんですよ」ベイリはふいに口 をつぐんだ。

「なにを捜査していたと？」アトルビッシュは平然としている。

ベイリは、十フィートほどはなれた定位置にいるダニールに気づいて不愉快になった。 グルアーは、オーロラ人のダニールに、あの捜査のことを嗅ぎつけられるのを望んではい なかった。彼は言葉を濁した。「政治がらみのことですよ」

アトルビッシュは腕組みをし、よそよそしい、うんざりしたような表情をうかべ、ちょ っぴり敵意を顔ににじませた。「このソラリアでは、よその世界で言われるような意味の政治なんてものはないんだ。ハニス・グルアーは善き市民だったが、どうも想像力が旺盛でね。あんたの話を聞いて、あんたを呼び寄せることをわれわれに勧めたのも彼だしね。オーロラ人を同伴させろという条件も呑んだんだからね。そんな必要はないんだが。謎なんかどこにもありゃしませんよ。リケイン・デルマーは、奥さんに殺された。われわれは、その方法と動機を突き止めるだけだ。たとえ突き止められなくても、彼女は遺伝学上の分析をされ、適切な処置を受けるだろう。グルアーについては、毒殺とかいうそっちの空想話なんぞ、なんの意味もない」

ベイリは呆気にとられたように言った。「わたしはここでは必要ないとおっしゃっているようですね」

「そうとも。地球に帰りたいというなら、帰ったらよかろう。さっさとお帰り願おうか」

ベイリは自分の反応にびっくりした。彼は怒鳴ったのである。「いやです。引きさがるつもりはありません」

「われわれがあんたを雇ったんだ、私服刑事。だから解雇もできるわけだ。ふるさとの星にさっさと帰りたまえ」

「いやだ！　聞いてください。あなたにご忠告します。あなたはご立派なスペーサー、わたしはたかが地球人、ですがここは最大限の敬意と衷心《ちゅうしん》からの遺憾の意をもって申しあげますがね、あんたは怖がっているんだ」

「そんな言いがかりはよせ！」アトルビッシュは六フィートなにがしかの長身をすっくと伸ばし、地球人を横柄に見おろした。

「あんたはひどく怖いんだ。この問題を追及していったら、次に狙われるのは自分だと思ってる。追及をあきらめれば、やつらは見逃してくれる。やつらはあんたに、惨めな人生をちゃんと残してくれるというわけだ」ベイリには〝やつら〟がだれかはわからないし、そもそも〝やつら〟なるものが存在するのかどうかもわからない。ただこの尊大なスペーサーをやみくもに叩き、自分の言葉が相手の自制心にまともにぶちあたるときの強い手応《てごた》えを楽しんでいるだけだった。

「立ち去れ」とアトルビッシュは、冷ややかな怒りを面《おもて》ににじませて指を突きだした。

「一時間以内にだ。外交上の配慮なんてものはいらん、覚えておけ」

「脅迫はご無用、スペーサー。地球はあんたたちにとってはなにものでもないが、しかしここにいるのはわたしひとりじゃない。わたしのパートナー、ダニール・オリヴォーをご紹介しよう。彼はオーロラからやってきた。べらべらと喋りはしない。彼は喋るためにここに来たんじゃない。喋るほうはわたしが引き受けている。だが彼は耳をすまし聞いているんだ。ひとことも聞き洩らさずにね。

はっきり言わせてもらおうじゃないか、アトルビッシュ――ベイリはよろこんで敬称を省いた――このソラリアでどんな悪ふざけが進行しているか知らないが、オーロラと四十なにがしのほかの宇宙国家は興味津々《きょうみしんしん》だ。もしわれわれを追いだすなら、次にソラリアを訪問する代表団は、戦艦でやってくるだろう。わたしは地球人だから、組織というものがどう動くか知っている。相手の感情を害すれば、お返しは戦艦軍団だ」

アトルビッシュはダニールのほうに注意を向けて考えこんでいる様子だ。声もだいぶ穏やかになった。「この惑星の外の連中に心配してもらうようなことは、ここではなにも起こってはいない」

「グルアーの考えは違った。わたしのパートナーは彼の言葉を聞いていた」いまは嘘を咎《とが》めるようなときではない。

ダニールは、地球人の最後の言葉を聞いてベイリを振りかえったが、ベイリはそしらぬ顔だった。彼はさらに突き進んだ。「わたしはこの捜査を続行するつもりだ。ふつうだったら、わたしは地球に帰るためならなんだってする。地球の夢を見るだけで、じっとしていられないほど落ち着かなくなるんだ。いまわたしが住んでいるこのロボットだらけの宮殿がもし自分のものだったら、ロボットたちもあんたも、あんたの汚らわしい世界もそっくりそのまま、この宮殿といっしょにくれてやって、かわりに地球行きの切符を手に入れるね。

あんたに出てけと命令されるなんてまっぴらだ。わたしに任せられた事件が未解決なかぎりはね。わたしの意志に逆らってわたしを追い払うつもりなら、宇宙にある火砲にに らまれることになるだろう。

さらにだ、今後この殺人事件の捜査は、わたしの流儀で進めることにする。わたしが責任者だ。わたしが会いたい人間には会う。連中にじかに会う。映像対面はしない。じかに会うのがわれわれのやり方、これから先はそういうことにする。そのためにあんたの役所の公式の承認が欲しい」

「それは不可能だ、耐えがたい――」

「ダニール、彼に言ってやれ」

ヒューマノイドの声は冷静だった。「パートナーがいまあなたに申しあげたように、アトルビッシュ局長代行、われわれは殺人事件の捜査をするためにここへ派遣されたのです。したがって捜査は不可欠であります。われわれは、あなたの世界の慣習を踏みにじるつもりはありませんし、おそらくじかに会うことも不必要でしょう。ですが、私服刑事ベイリが要請されたように、じかに会うことが必要となった場合は、あなたの承認があれば助かります。われわれの意志に反してわれわれがこの惑星をはなれることは、あなたには得策ではないと思いますが、しかしあなたが、あるいはソラリアの方々が、われわれの滞在を不快に思われるのは遺憾であります」

ベイリはその形式ばったものの言い方を聞きながら、微笑をうかべるどころか、むっつりと唇をゆがめていた。ダニールがロボットであることを知っている者には、それはダニールが人間に、ベイリやアトルビッシュに不快感をあたえずに仕事を果たそうという試みであるとわかるだろう。ダニールがオーロラ人であると、宇宙国家のなかでもっとも歴史が古く、軍事的にもっとも強大な国の人間であると思っている者にとっては、この言いまわしは礼儀正しい微妙な脅迫ととれるだろう。

アトルビッシュは指先を額にあてた。「考えてみたい」

「ぐずぐずするなよ」とベイリが言った。「一時間のうちにあるところを訪ねなければならない。ビューアーによるものではない。映像対面終了！」

彼はロボットにコンタクトを切るように合図し、それから驚きとうれしさを面にうかべながら、アトルビッシュがいままでいた場所を凝視した。なにひとつ計画したことではなかった。ゆうべ見た夢と、アトルビッシュの要らざる傲慢さによって生じた衝動のせいだった。だがこうなったからにはありがたい。これこそじっさい自分が望んだことだった――主導権を握るのが。

彼は思った。とにかく、これは、あの胸くそわるいスペーサーには効き目があった。

地球じゅうの人間がやってきて、これを見ていたらよかったのに。あの男はいかにもご立派なスペーサー然としていたから、それだからいっそう効果があった。なお、いっそう。

ただ、じかに会うということに、自分がこれほど固執するのはなぜなのか？　どうもわからない。自分がなにをやりたいかはわかっているし、じかに会うことが（映像対面ではなく）その計画の一部であることもわかっている。そうとも。それでもじかに会うという ことを口にすると、まるで、意味もないのにこの邸宅の壁をぶちやぶってやろうというく らい、気持が昂揚してくるのだ。

なぜだ？

この事件とは別に自分を駆りたてるなにかがある。地球の安全という問題にはまったく無関係ななにかがある。いったいそれはなんだ？

奇妙なことに、あの夢がまた思いだされた。地球の巨大な地下シティの不透明な階層を突き抜けて降りそそぐ太陽の光。

ダニールが考えこむような声で（彼の声があらわせるかぎりの感情をこめて）言った。

「これはまったく安全と言えるかどうかわかりません、パートナー・イライジャ」

「あいつにははったりをかませるのが？　うまくいったじゃないか。それに、こいつははったりとは言えない。ソラリアでなにが起こっているか探りだすのはオーロラにとっても重要なことだと思うがね。オーロラだってそれはわかっている。ところで礼を言うよ、虚偽の申したてをしたのに、話を合わせてくれて」

「あれは当然の判断です。あなたを支持することは、アトルビッシュ局長代行に、ある種の些細な危害をくわえることになります。あなたが虚偽を申したてていることを明らかにするのは、あなたに対して、それよりはるかに大きな、はるかに直接的な危害をくわえることになります」

「ふたつの陽電子ポテンシャルがぶつかりあって、ポテンシャルの高いほうが勝ったというわけかい、ええ、ダニール？」

「そのとおりです、パートナー・イライジャ。この思考プロセスは、もっと漠然とした形で、人間の頭にも生じるものです。しかしながら、もう一度くりかえします。あなたのこの新しい要請は安全ではありません」

「新しい要請とはなんだ？」

「じかにひとと会うというお考えには賛成いたしかねます。つまり映像ではなくじかに会うという意味です」

「言うことはわかるがね。きみの同意を求めているわけじゃない」

「わたしにはいくつか指示があたえられております、パートナー・イライジャ。ハニス・グルアー局長が、わたしのいないあいだに、あなたになさった話の内容をわたしは知りません。彼があなたになにか話したのは、この問題に対するあなたの態度の変化から明らかです。しかしながら、わたしがあたえられた指示に照らしあわせますと、推測はできます。彼は、ソラリアの現在の情況によって他の惑星に生じる危険の可能性をあなたに警告なさったにちがいありません」

ベイリはゆっくりとパイプを探した。ときどき彼はそうするのだが、いつもパイプが見つからず、自分が喫煙できないことを思いだしてはいらいらさせられていた。「ソラリア人はたったの二万人しかいないんだ。そんなやつらにどんな危機的情況が作れるというんだ」

「オーロラのわたしのマスターたちは、しばらく前からソラリアについては不安を感じています。マスターたちの手もとにある情報のすべてを知らされたわけではありませんが」

「それで少しばかり教えてもらったことも、ぼくには話すなと言われたんだな。そうだろう？」とベイリは訊いた。

ダニールは言った。「まず、突き止めねばならないことがたくさんあります。この問題を自由に討議するのはそれからです」

「それで、ソラリア人たちはなにをしているんだ？　新兵器か？　金目当ての政府転覆計画か？　個人の暗殺作戦か？　二万人の人間が何億というスペーサーを相手になにができるというんだ？」

ダニールは黙りこんでいる。

ベイリは言った。「ぼくはそれを突き止めてやるぞ」

「しかしあなたがいま提案なさったようなやり方では無理でしょう、パートナー・イライジャ。わたしは、あなたの安全をお守りするように慎重な指示をあたえられております」

「どのみちそうせざるをえないだろう。第一条さ！」

「それにくわえて、さらにもうひとつ。あなたの安全とあなたを脅かす人間の安全が対立した場合、わたしはあなたの安全を守らなければなりません」

「もちろんだよ。それはわかるよ。ぼくの身になにか起これば、きみがソラリアにとどまるすべはない。無理にとどまろうとすればオーロラがいまだ直面する用意のない紛糾がかならず起きるだろう。ぼくが生きているかぎり、ソラリアの本来の要請に応じてぼくはここにいる、それゆえわれわれも、必要とあらば、おおいばりでここにとどまっていられる。ぼくが死ねば、情況は一変する。したがってきみがあたえられた命令は、ベイリを生かしておけということになる。そうだろう、ダニール？」

ダニールは言った。「わたしにあたえられた命令の背後にある論理の筋道を穿鑿《せんさく》することはできません」

ベイリは言った。「よかろう、心配するな。だれかにじかに会うことが必要になったとしても、屋外の広い空間がぼくを殺しはしまい。ぼくはちゃんと生き延びるさ。それに慣れるかもしれないぞ」

「屋外の広い空間だけの問題ではありません、パートナー・イライジャ」とダニールが言った。「ソラリア人にじかに会うということが問題なのです。わたしは賛成しかねます」

「スペーサーがそれを好まないからと言うのだろう。好まないとは厄介なことだな。鼻フィルターや手袋をさせればいいじゃないか。空中になにか撒けばいいじゃないか。生身のぼくにじかに会うということが、やつらのごたいそうなモラルに背くというなら、顔をしかめて赤くなりゃいいじゃないか。だがぼくはやつらにじかに会うぞ。そうすることがぜひとも必要なんだ、ぜったいそうしてやるぞ」

「でもわたしはそれを許すわけにはいきません」

「きみが許すわけにはいかないと?」

「なぜだかおわかりでしょう、パートナー・イライジャ」

「わからん」

「それではお考えください。この殺人事件の捜査の主役であるソラリア人、グルアー局長は毒をあたえられました。もし生身の人間の前に見境なくご自分の身をさらそうというあなたの計画をわたしが許せば、次の犠牲者は当然あなたご自身ではないでしょうか? そうだとしたら、あなたがこの安全な邸宅を出ていくことを、わたしがどうして許すことができるでしょうか?」

「どうやってぼくを止めるのだ、ダニール?」

「必要とあれば、力ずくでも、パートナー・イライジャ」とダニールは穏やかに言った。

「あなたに怪我を負わせねばならないとしても。そうしなければ、あなたは確実に死にます」

9　ロボットが阻まれる

ベイリは言った。「するともっと高い陽電子ポテンシャルがまた勝つというわけだな、ダニール。きみは、ぼくを生かしておくために、ぼくを傷つけるのだな」

「あなたを傷つける必要はないと思います、パートナー・イライジャ。わたしの力はあなたよりまさっておりますから、あなたは無駄な抵抗はなさらないでしょう。しかしながら、もし必要とあれば、あなたをやむなく傷つけることもあるでしょう」

「きみをその場で吹っ飛ばすことだってできるんだぞ」とベイリは言った。「いまこの場でだ！　こういうことを妨げるようなポテンシャルなんてものは、ぼくにはないんだよ」

「わたしたちのこのような関係では、あなたがいつかそうした行動に出るかもしれないと思っていました、パートナー・イライジャ。ことに、この邸宅に来る途中、あなたが地上車のなかで一瞬興奮状態になられたときに、こうした考えがうかびました。あなたの安全ということにくらべれば、わたし自身が破壊されることなどたいしたことではありませんが、そうした破壊が、けっきょくはあなたに苦悩を引き起こし、わたしのマスターたちの計画を妨げることになるでしょう。したがって、あなたの最初の睡眠時に、あなたのブラスターから電池を抜きとるのが、わたしの第一の務めでした」

ベイリの唇がひきしまった。自分の手もとにあるのは、充電されていないブラスターだったのか！　彼の手がさっとホルスターに落ちた。ブラスターを引き抜き、充電量の目盛りを見つめた。それはゼロを指していた。

一瞬彼は、その役たたずの金属のかたまりをつかみ、ダニールの顔に投げつけてやろうかと思った。そんなことをしてなんになる？　ロボットはさっと身をかわすだけだ。

ベイリはブラスターをもとに戻した。いずれ再充電はできるのだ。

のろのろと、考えこむように彼は言った。「きみには騙されないぞ、ダニール」

「どのようにして、パートナー・イライジャ？」

「きみは出来すぎのマスターさまだよ。きみの前では手も足も出ない。きみはロボットなのか？」

「あなたは以前にもわたしを疑われましたね」とダニールが言った。

「去年地球で、R・ダニール・オリヴォーはほんとうにロボットかとぼくは疑った。あのときは彼はたしかにロボットだった。いまも彼はロボットだと信じている。ぼくのいまの疑問は、しかしながらこうだ。きみはR・ダニール・オリヴォーなのか？」

「そうです」

「そうなのか？　ダニールはスペーサーそっくりにデザインされていた。スペーサーが、ダニールそっくりに仮装することはありえないだろうか？」

「どんな理由で？」

「ロボットにはなしえない強力な主導権と能力をもってこの捜査を進めるためにだ。そしてダニールの役を演ずることによって、きみは、ぼくにマスターだという錯覚をあたえながらぼくを意のままに操ることができるわけだ。けっきょくきみは、ぼくを通して仕事をし、ぼくはきみの言いなりになるしかないのだ」

「それはまったく違います、パートナー・イライジャ」

「それならなぜ、われわれが会うソラリア人たちはみんな、きみが人間だと思っているのかね？　彼らはロボットについては専門家だ。彼らがそうやすやすと騙されるものかね？　多くのものが間違っていて、ぼくひとりが正しいとは思えないのさ。多くが正しく、ぼくひとりが間違っているというほうが、はるかにありうるね」

「そんなことはありません、パートナー・イライジャ」

「証明しろ」とベイリは言い、ゆっくりとサイド・テーブルに近づき、ディスポーザーをもちあげた。「きみにはたやすくできるはずだ、きみがほんとうにロボットなら。皮膚の下の金属を見せたまえ」

ダニールが言った。「ほんとうにわたしは――」

「金属を見せろ」とベイリはきびきびと言った。「命令だ！　それとも命令に服従するという強い衝動を感じないのか？」

ダニールはシャツのボタンをはずした。胸部のすべすべとした青銅色《ブロンズ》の肌はうっすらと毛におおわれていた。ダニールの指が、右の乳首のすぐ下をぎゅっと押すと、皮膚と肉が血を流すこともなく胸の長さだけぱっくりと開き、その下に光る金属があらわれた。

それと同時に、サイド・テーブルにのせられていたベイリの指が半インチ右に動き、コンタクト・パッチをぱっと押した。ほとんど同時にロボットがひとり入ってきた。

「動くな、ダニール」とベイリは叫んだ。「これは命令だ！　停止しろ！」

ダニールは身動きもせず立っている。まるで生命が、あるいは生命のロボット的類似物が彼から抜けていったとでもいうように。

ベイリは入ってきたロボットに向かって叫んだ。「きみはここに残ったまま、ほかのロボットをあとふたりここに呼ぶことはできるか？　できるなら、そうしろ」

ロボットは言った。「はい、マスター」

ロボットがふたり、無線の呼びだしに応じて入ってきた。三人は横一列に並んだ。

「ぼうやたち」とベイリは言った。「おまえたちには、マスターだと思っていたこの者が見えるか？」

六つの赤い目がじっとダニールに向けられた。彼らは口をそろえて言った。「彼が見えます、マスター」

ベイリが言った。「このいわゆるマスターは、中身が金属だから、じっさいはおまえたちと同じロボットだということがわかるな」

「はい、マスター」

「こいつがあたえるどんな命令にも、おまえたちは従う必要はない。わかったか?」

「はい、マスター」

「いっぽう、わたしはほんものの人間だ」とベイリは言った。

一瞬ロボットたちはためらった。ベイリははっと息をつめた。人間に見えるものが、じつはロボットだと彼らに示したのであれば、彼らははたして、人間の姿をしたものをみな人間であると受け入れるだろうか。

だがひとりのロボットが言った。「あなたは人間です、マスター」ベイリはやっと息がつけた。

ベイリは言った。「よろしい、ダニール。楽にしてよろしい」

ダニールは、ふつうの体勢にもどると、静かに言った。「わたしの正体についてあなたが疑問を呈したのは、わたしの正体をあのロボットたちに見せるためのたんなる口実だったのですね」

「そのとおりだよ」とベイリは言って、顔をそむけた。彼は思った。こいつは機械で、人間じゃない。機械を裏切るということは、そもそもありえないのだ。

それでも彼は、恥ずかしいという感情をまったく抑えこむことはできなかった。ダニールが胸を開いたまま立っているのに、とても人間らしいところが、どうしても裏切ることのできないなにかがあるように思われた。

ベイリは言った。「胸を閉じたまえ、ダニール。そして聞いてくれ。肉体的には、きみは、あの三人のロボットたちにはかなうまい。それはわかるね？」

「それは明らかです、パートナー・イライジャ」

「そうか！……さて、ぼうやたち」彼はほかのロボットのほうをふたたび向いた。「おまえたちはこのものがロボットであることを、ほかのロボットにもマスターにも、だれにも話してはならない。いついかなるときも、ぜったいにだめだぞ。わたしの、このわたしの指示がないかぎり」

「ありがとうございます」とダニールが穏やかに口をはさんだ。

「しかしながら」とベイリは言葉をついだ。「この人間に似たロボットは、どのような方法にしろ、わたしの行動を妨げてはならないのだ。もしこれがそうした妨害行為を試みようとしたら、おまえたちは力でこれを抑えこめ。ただしぜったい必要のないかぎりは、これに危害をくわえぬよう注意しろ。またこれが、わたし以外の人間にコンタクトすることは許してはならない。あるいはおまえたち以外のロボットともだ。じかに会うことも映像対面もどちらもだめだ。そしていかなるときもこれをひとりにしてはならない。この部屋に閉じこめ、おまえたちはそばをはなれるな。おまえたちの任務は、さらなる通告があるまでは保留とする。よくわかったか？」

「はい、マスター」彼らは口をそろえて言った。

ベイリはふたたびダニールのほうを向いた。「いまは、きみのすることはなにもない。だからぼくを止めないでくれ」

ダニールの腕はだらりと垂れている。彼は言った。「わたしは、危険を看過することによって人間に危害を及ぼしてはならないのです、パートナー・イライジャ。しかしながら、いまの情況下では、危険を看過するしかありません。この論理は反駁不能です。わたしはなにもできません。あなたは安全であり、健全な状態であろうと信じるばかりです」

ほうら、見ろ、とベイリは思った。論理は論理だ、ロボットには論理以外のなにものもない。論理はダニールに、解決不能と告げたのだ。論理が彼にすべての要因の予測は不可能だと、したがって反対することはかえって誤りになると判断させたのかもしれない。

予測可能な要因などありはしない。ロボットは論理的なだけで、妥当性はない。

ふたたびベイリは、痛いような恥ずかしさをおぼえ、相手を慰めようという試みを抑えることができなかった。「いいかい、ダニール、たとえぼくが、危険に踏みこんでいったとしても、そんなことはないがね」(彼はほかのロボットたちをちらりと見て、あわててつけくわえた)。「これはぼくの仕事にすぎない。そのために報酬をもらっているんだ。きみの仕事が、個々の人間に危害が及ぶのを防ぐことであるのと同様に、ぼくの仕事は、人類全体に危害が及ぶのを防ぐことなんだ。わかるかい?」

「わかりません、パートナー・イライジャ」

「わからないとすると、それはきみがわかるように作られていないからだな。ぼくの言うことを信用しろ。きみが人間なら、わかるはずなんだ」

ダニールは頭を下げて黙諾を示し、そのまま身動ぎもせずに立っている。ベイリはゆっくりとその部屋のドアに近づいた。三人のロボットは、彼のために道をあけ、光電子の目をダニールにじっと注いでいる。

ベイリは、ある種の自由に向かって歩いていく。期待のあまり心臓の鼓動が速くなったが、次の瞬間、心臓が止まりそうになった。別のロボットがドアの向こうから近づいてきたのだ。

なにかまずいことでもあったのか?

「なんだ、ぼうや?」と彼はかみつくように言った。

「あなた宛てのメッセージがまいりました、マスター。安全保障局長代行アトルビッシュのオフィスからです」

ベイリがそのカプセルを手に取ると、それはすぐに開いた。きれいに文字の連なる細長い紙片がくるくると広がった(彼は驚かなかった。ソラリアは、彼の指紋をファイルに載せてあるはずだから、カプセルは、彼の指の渦巻き模様が触れると同時に開くように調整されているにちがいない)。

メッセージを読んだ彼の長い顔に満足の色がうかんだ。被面談者の要望にそうことを条件とした〝直接対面〟の公式の認可だった。ただし被面談者は、〝ベイリ並びにオリヴァー捜査官〟になしうるかぎりの協力をすべしという内容だった。

アトルビッシュは、地球人の名前を最初に置くところまで譲歩してきたのである。これは滑りだしとしてはよい兆候で、ついに捜査はこちらの思いどおりに運ばれることになったわけである。

ベイリは、ニューヨークからワシントンに飛んだときのようにふたたび、飛行機に乗りこんだ。しかし今回は、前とは違う。飛行機は遮蔽されてはいなかった。窓はどれも透明のままだった。

よく晴れた明るい日で、ベイリの席から見た窓はおびただしい青い斑点にすぎない。なんの変化もない単調な眺めだった。彼は屈みこむまいとがんばった。これ以上は耐えがたいというときだけ、頭を膝のあいだに埋めた。

その苦難は、彼自身が招いたものだ。まずアトルビッシュを、それからダニールを打ち負かしたというあの勝利感、あのつねにない解放感、スペーサーに対して地球の尊厳を示してやったという昂揚感とが、その苦難を強いたとも言える。

そもそも彼は、くらくらするような眩暈をなかば楽しみながら、待機している飛行機に向かって屋外の広い地面を歩いていき、そして一種の躁病的な確信をもって、窓はすべておおわずにおくようにと命令したのだ。

ともあれ慣れなくてはと思い、その青いものをじっと見つめていたが、そのうちに心臓の鼓動が速くなり、喉の奥のかたまりが耐えがたいほどにふくらんできた。

目を閉じ、頭を両腕にかかえこむ間隔がだんだん短くなってくる。自信がぽたぽたとしたたりおちていき、充電したばかりのブラスターのホルスターに触れてみても、そのしたたりを逆流させることはできなかった。

彼は自分の攻撃計画に神経を集中させようとした。まず、この惑星の社会的特性というものを学ぶこと。そうした予備知識をもとに下図を描く、すべてはそれをもとにしなければ意味をなさない。

社会学者に会おう！

ソラリアでもっとも優れた社会学者の名を、前もってロボットに訊いておいた。ロボットが相手だと気が楽だ。彼らはいっさい質問はしない。

ロボットは、社会学者の名前と履歴を述べ、それからマスターはおそらく昼食の最中なので、コンタクトはあとにしてほしいと申してるだろうと言った。正午まではあと二時間もある」

「昼食だと！」ベイリは鋭く言った。「ばかなことを言うな。正午までにはあと二時間もある」

ロボットは言った。「当地時間を用いております、マスター」

ベイリは相手を凝視したが、そこで理解した。地球のあの埋もれたシティでは、昼も夜も、覚醒の時間も睡眠時間も、すべては人間がきめた周期で、あの社会や惑星全体の都合に合わせて調整されているものだ。このような惑星、太陽にじかにさらされている惑星では、昼も夜も選択する余地はなく、否応なしに人間に押しつけられているのだ。

ベイリは、回転しながら明るくなったり暗くなったりする球体の世界を想像してみようとした。それはとうてい想像しがたいことだった。時間という重大事を惑星の回転という気まぐれなものに決定させて平気でいるあの高慢ちきなスペーサーに軽侮の念が湧いた。

「とにかくコンタクトしろ」ベイリは言った。

飛行機が着陸するとロボットたちが迎えに出ていた。ベイリはふたたび屋外の広い地面に降りたったが、自分がひどく震えているのに気づいた。

彼はすぐそばにいるロボットに小声で言った。「おまえの腕につかまらせてくれ、ぼうや」

社会学者は、長い廊下の突き当たりで、硬い笑みをうかべて彼を待ちかまえていた。

「こんにちは、ミスタ・ベイリ」

ベイリは息を切らしながらうなずいた。「こんばんは。窓をおおっていただけますか？」

社会学者が言った。「窓はすでにおおってあります。地球の慣習についてはある程度知っておりますから。ついてきてくださいませんか？」

ベイリはロボットの助けを借りずに、かなりの距離をおいて彼についていき、迷路のような廊下をあるいは横切り、あるいはまっすぐに歩いていった。やっとのことで凝った造りの広い部屋に腰をおろし、一息つけたのはうれしかった。

部屋の四方の壁は、湾曲した浅い壁龕《アルコーブ》になっている。ピンクと金色の彫像がそれぞれの壁龕におさまっている。意味はわからぬが人の目を楽しませる抽象的な彫像だった。白い円筒形のものがたくさんぶらさがり、数えきれないペダルが並んでいる大きな箱型のものは、どうやら楽器らしい。

ベイリは、目の前にいる社会学者を見つめた。スペーサーは、もっと前に映像対面で見たときの姿と寸分変わらなかった。長身で痩せており、髪の毛は真っ白だった。顔は際だった楔形《くさびがた》をしており、鼻は高く、深くくぼんだ目は炯々《けいけい》と光っている。名はアンセルモ・クエモット。

ベイリは、自分がふだんの声が出せると見きわめがつくまで、相手と見あっていた。彼の最初の言葉は、捜査とはなんの関係もなかった。じっさい彼が言おうと思っていたこととは無関係だった。

彼はこう言った。「飲み物をいただけますか？」

「飲み物？」社会学者の声はやや甲高く、快いとは言えなかった。彼はこう言った。「水ですか？」

「アルコールの入ったものがよろしいですな」

社会学者の表情はひどく不安げになった、まるで客のもてなし方にはまったく不案内だとでもいうようだった。

それはまったくそのとおりなのだろう、とベイリは思った。映像対面が日常のことになっている世界で、飲食をともにすることはないのだろう。

ロボットが光沢のあるエナメルの小さなカップを運んできた。飲み物は明るいピンク色をしていた。ベイリは用心深く匂いをかぎ、さらにいっそう用心深く味見をした。わずかに口にふくんだ液体は、口のなかでほっこりと広がり、食道までずっと心地よい感触をはこんだ。次の一口はたっぷりとふくんだ。

クエモットが言った。「もっとお飲みになるなら――」

「いや、けっこう、いまのところは。わたしにじかに会うことに同意してくださってありがとうございます」

クエモットは笑みをうかべようとして、どうやら失敗したようだった。「こういうことは久しくやっておりませんので。はい」

そう言う彼はまるで身悶えせんばかりだった。

ベイリは言った。「なかなかお辛いことなんでしょうな」

「おおいに」クエモットはいきなり背を向けると、部屋の向こうはしにある椅子のほうに引きさがった。そしてその椅子をなるべくベイリからはなすように斜めに向きを変えてから腰をおろした。手袋をはめた両手を握りあわせ、鼻孔は震えているように見えた。

飲み物を飲みおえると、ベイリは四肢が温かくなるのを感じ、自信のようなものが甦るのを覚えた。

彼は言った。「わたしとこうして相対していると、いったいどんな感じがなさるんですか。クエモット博士?」

社会学者は小声で言った。「これはまたきわめてたちいった質問ですね」

「それはわかっております。しかし前に映像対面したときにご説明したと思いますが、わたしは殺人事件の捜査をしており、いろいろと質問もしなければなりませんし、質問のなかには、たちいってお訊きしなければならないものもあるのです」

「できることはお手伝いします」とクエモットは言った。「質問はお手柔らかに願います」彼はそう言いながら、ずっと顔をそむけていた。その目が、ベイリの顔に出くわすと、すぐさまそらされた。

ベイリは言った。「たんなる好奇心から、あなたのお気持についてお尋ねするわけではありません。捜査にあたっては、これは肝要なことなんです」

「なぜ肝要なのかわかりませんね」

「この世界について、できるかぎりのことを知りたい。ソラリア人が、日常的な事柄についてどう感じているか理解しなければならない。おわかりでしょうか？」

クエモットはいまはベイリを見ようともしなかった。そしてゆっくりと言った。「十年前、わたしの妻が死にました。じかに妻に会うのは容易ではなかったが、しかし、むろん、これはいずれは耐えねばならぬことですしね。妻は押しつけがましい人間ではありませんでした。以後わたしは新しい妻を割り当てられてはいない。なにしろわたしは年齢を過ぎているから、あの――あの」――彼は次の言葉を補えとでもいうようにベイリを見た。ベイリが答えずにいると、彼は低い声でつづけた――「子づくりには。妻もいないとなると、このじかに会うということにはますます遠ざかるばかりですよ」

「ですが、どんな感じなんですか？」とベイリは迫った。「パニックにおちいるんでしょうか？」彼は飛行中の自分を思った。

「いや。パニックではない」クエモットは、ベイリの視線をちらりと捉えるために顔をそちらに向けたが、すぐに戻した。「まあ率直に言いましょう、ミスタ・ベイリ。あなたの匂いがするような気がするんですよ」

ベイリは、痛いほど自意識過剰になり、思わず椅子に背中を押しつけた。「匂いがする?」

「まったく気のせいですよ、もちろん」とクエモットは言った。「あなたに特有の匂いがあるのかどうか、それがどの程度強いものか、わたしにはわかりません。たとえ強烈な匂いがするとしても、わたしの鼻フィルターがそれをさえぎってくれるはずです。それでも、想像力が……」彼は肩をすくめた。

「わかります」

「もっと悪いことに。許していただきたいのですが、ミスタ・ベイリ、人間がじっさい目の前にいると、まるでなにかぬるぬるしたものがわたしに触れてくるような感じがしてならないんです。わたしはたじろぐばかりですが。まったく気分が悪いのです」

ベイリはゆっくりと耳をこすって、腹だちを抑えようと努めた。けっきょく、これは、単純な事象に対する相手の神経症的な反応にすぎない。

彼は言った。「そういうことでしたら、あなたがわたしとじかに会われることに進んで同意されたのは驚きですね。その不快感は予想されていたでしょうから」

「そうです。しかし、わたしという人間、好奇心が強いものでしてね。あなたはなにしろ地球人だから」

それはじかに会うことに抵抗するもうひとつの理由のはずだがと、ベイリは皮肉に考えたが、こう言うにとどめた。「それがどうかしましたか?」

クエモットの声にぎごちない熱意のようなものが忍びこんだ。「これは簡単に説明できることではありませんが。じっさい自分自身に説明するのも容易ではない。だがわたしは、この十年来、社会学の研究に従事してきましたから。じっさい研究してきましたよ。そしてまったく新しい、驚くべきいくつかの学説をうちたてたのです。元来それが真実なのですが。そもそもこの学説のひとつによって、わたしは地球と地球人に格別の興味をいだくようになった。もしあなたがソラリアの社会やその生活様式を注意深く観察なさるなら、その社会もその生活様式も、地球自体のそれを直接的に細心に模倣してきたのだということにお気づきになるでしょう」

10　文化がたどられる

ベイリは思わず大声をあげた。「なんですと！」

クエモットは沈黙のときが流れるあいだ、あらぬ方を見ていたが、とうとう口を切った。

「現代の地球の文化ではありませんよ。そうじゃない」

ベイリは言った。「ほう」

「過去の文化。地球の古代史。地球人なんだから、ご存じのはずだ」

「ブック・フィルムで見てますが」とベイリは用心深く言った。

「ああ。それではおわかりのはずだ」

ベイリはわからなかったので、こう言った。「わたしがなにを知りたいか、説明させてください、クエモット博士。ソラリアはなぜ、ほかの宇宙国家とこうも違っているのか、なぜ、これほど多くのロボットがいるのか、なぜあなたがたの行動様式がそのようなのか、できるかぎり説明していただきたいのです。話題を変えるようで申しわけありません」

ベイリは話題をどうしても変えたかったのだ。ソラリアの文化と地球の文化の類似点や相違点などを議論しはじめたら、興味はつきないにきまっている。ここでまるまる一日を費やしても、役にたつ情報などなにひとつ得られないだろう。

クエモットは微笑した。「あなたはソラリアとほかの宇宙国家とを比較したいのであって、ソラリアと地球を比較することはお望みではないのですね」

「地球のことは知っておりますので」

「よろしいように」ソラリア人は軽い咳をした。「この椅子の向きを変えて、あなたがまったく見えないようにしてもよろしいかな？　そのほうがずっと――ずっと楽なので」

「よろしいように、クエモット博士」とベイリは硬い声で言った。

「ありがたい」クエモットの小声の命令に応じてロボットが椅子の向きを変えた。そして社会学者はそれに腰をかけ、どっしりした椅子の背が彼をベイリの目からすっかり隠してしまうと、その声に生気が甦り、声には深みと力強さがくわわった。

クエモットが言った。「ソラリアは三百年前にはじめて植民が行なわれました。最初の植民者はネクソン人だった。ネクソンについてはご存じですか？」

「あいにく知りません」

「ソラリアに近く、二パーセクほどしかはなれていない。じっさいソラリアとネクソンは銀河系では、もっとも近くに隣りあうふたつの有人の世界だった。ソラリアには、人間が居住する以前から、すでに生命は存在していたし、人間が住むには最適の環境だった。それはネクソンの富裕層には見逃せない魅力だった。彼らの惑星は人口過密になり、標準的な生活を維持することもむずかしくなっていたからです」

ベイリはさえぎった。「過密だった？　スペーサーは人口を抑制していると思っていましたがね」

「ソラリアはしていますが、ほかの宇宙国家は総体的にその抑制策が手ぬるかった。ネクソンの当時の人口は二百万に達していた。それだけ人口が過密になると、個々の家族が所有しているロボットの数も調整する必要が生じてきた。そこでソラリアに夏の別荘を建設するネクソン人たちがあらわれる。ソラリアの土地は肥沃で、気候は温和、危険な動物もいなかった。

ソラリアに移住したひとびとは、その後もたいした苦労もなくネクソンと行き来ができたし、ソラリアでは、思うように生活できた。彼らが購入可能な数の、あるいは必要と思われる数のロボットは容易に手に入った。地所は思いのままに広くとることができたし、とにかく人口過疎の惑星なので、土地はいくらでもある、ロボットは際限なくいる、開拓するにも苦労はなかったのです。

ロボットはしだいに数を増していったので、無線通信機が装備され、やがてはこれがわれわれの有名な産業に発展した。新しい型式、新しい付属装置、新しい性能がどんどん開発された。文明は発明を要求する、これはわたしが思いついた寸言ですよ」クエモットはくすりと笑った。

ベイリには椅子という障壁の向こうは見えないのだが、なんらかの刺激に応えたロボットが、ベイリがさきほどもらったものと同じ飲み物をクエモットに運んだ。ベイリにはなにも運ばれてはこなかったが、頼むのはやめることにした。

クエモットは話をつづける。「ソラリアにおける生活の利点は、だれの目にも明らかです。ソラリアは、時代の最先端を行く世界になった。さらに多くのネクソン人が家を建て、ソラリアは、別荘惑星とでも呼びたいようなものになった。そして移住者たちは、しだいにこの惑星で年間を通して生活するようになり、ネクソンでのビジネスは、代理人を通じてやるようになった。ソラリアにロボット工場がつくられた。農場や鉱山の開発がはじまり、輸出が可能になるほどの規模にまで発展した。

要するに、ミスタ・ベイリ、ソラリアの人口が、一世紀かそこらのあいだに、かつてのネクソンと同程度に増えるのは明らかだった。このような新しい世界を発見しながら、先見の明を欠いていたために失うことは、まことにばかげたことであり、無駄なことでもあるとひとびとは考えたのです。

複雑きわまりない政治の話はここでは省くこととしますが、これだけはお話ししておきましょう。ソラリアは、戦争をすることもなく、独立を達成したのです。専門ロボットを供給するわれわれは、ほかの宇宙国家にとっては有用であり、したがって味方もでき、協力も得られたからです。いったん独立すると、われわれの最初の関心事は、人口の増加が、妥当な程度を超えないようにすることだった。移住と出生を規制し、われわれが使っているロボットを増やし、形状も多様化させ、あらゆる要求に応えられるようにしたのです」

ベイリは言った。「ソラリア人はなぜ、じかに会うことを嫌がるのでしょうか？」彼は、ソラリアの社会をこと細かに説明しようとするクエモットの態度が不愉快だった。

クエモットは、椅子の背のはしからこちらを覗いたが、すぐに首をひっこめた。「それは必然の成り行きですよ。われわれは広大な地所を所有している。面積が一万平方マイルもある地所は珍しくありません。ただしもっとも広い地所は、不毛地帯もかなり含まれています。わたし自身の地所は、九百五十平方マイルですが、これはすみずみまで肥沃な土地です。

いずれにしても、人間の社会的な地位を決定するものは、なによりも地所の大きさです。そして大規模な地所の特性とはこういうものです。つまりあなたは、その地所をなんの目的もなくさまよい歩くことができ、しかも隣の地所に踏みこんだり、隣人と出会ったりする危険はほとんど、いやまったくないのです。おわかりですか？」

ベイリは肩をすくめた。「わかるような気がします」

「要するに、ソラリア人は、隣人に出会わないことを誇りにしているのです。それと同時に、自分の地所はロボットたちによって完璧に管理されているので、隣人に会わなければならない理由がないのです。会いたくないという欲求が、完全な映像対面装置の発展に拍車をかけ、ビューアーがどんどん改良されるにつれ、隣人とじかに顔を合わせるという必要性はますます減っていったわけです。これは相互強化サイクル、一種のフィードバックですね。おわかりですか？」

ベイリは言った。「ちょっと待った、クエモット博士。なにもわたしのために話をわかりやすくしていただかなくてもけっこうですよ。わたしは社会学者じゃありませんが、大学でふつうの初歩コースはとりましたから。むろん、たかが地球の大学ですがね」ベイリは、同じことを相手からもっと侮辱的な言葉で指摘されるのを避けようというわけで、しぶしぶながら謙遜してみせた。「数学ならわかりますしね」

「数学？」とクエモットは言ったが、語尾がうわずっていた。

「それはまあ、ロボット工学で使われるようなものじゃありませんが、それはついていけませんが、社会学の関数関係ならなんとか理解できます。たとえば、テラミン関数ならよく知っていますよ」

「え？　なんですと？」

「たぶんあなたのお国では、異なる名称があるのでしょう。付与された特権と甘受すべき不都合を微分するとき用いられる関数です。すなわち、.iを.jでn回微分したときの——

――」

「いったいなんの話ですか?」スペーサーの鋭い断固とした口調を聞いたベイリは、当惑して黙りこんだ。

甘受すべき不都合と、付与された特権の関係は、混乱なくひとびとを制御する方法を知る上できわめて重要な要素である。公共バスルームで特権としてあたえられる一人用のシャワーブースは、x人のひとびとを自分の光線浴の順番がくるまで辛抱強く待たせる必要がある。このときの、任意のxに対応する値は、利用可能スペースと人間感情の拘束条件の下で、関数の型とパラメータの値にしたがって変化する。それがテラミン関数によって、量的に記述される。

ところが、あらゆるものに特権が付与されており、なにひとつ不都合のない世界においては、テラミン関数など、無用のものとされているのかもしれない。おそらく彼は見当違いの例をあげてしまったのだろう。

彼は言いなおした。「いいですか、このじかに会うということに対する偏見の発育過程を質的に説明するのもひとつの方法ではありますが、それはわたしの目的にはかないません。わたしは、偏見そのものについての正確な分析を知りたいのです。そうすればじかに会うということに対する偏見に効果的に対処できますからね。わたしはじかに会ってほしいとひとびとを説得したいのです。あなたがいまなさってくださっているように」

「ミスタ・ベイリ」とクエモットは言った。「人間の感情を、陽電子頭脳からできたもののように扱うことはできませんよ」

「できるとは言ってはおりませんよ。ロボット工学は演繹的科学で、社会学は、帰納的な科学です。しかし数学は、どちらの領域にも適用しうるものです」

一瞬沈黙がおちた。そしてクエモットは震える声で言った。「あなたは社会学者ではないとおっしゃったはずだが」

「ええ。しかしあなたは社会学者だとうかがいました。この惑星で最高の」

「わたしは唯一の社会学者です。わたしはこの学問の創始者だと言っていいかもしれない」

「ほう?」ベイリは次の質問を放つのを躊躇した。自分からみても無礼な質問に思えたからだ。「あなたはこの問題についてブック・フィルムをごらんになったことはありますか?」

「オーロラのフィルムは見たことがあります」

「地球のブック・フィルムはごらんになりましたか?」

「地球?」クエモットはおぼつかなく笑った。「地球の科学に関する著作を読もうとは思いもよりませんね。べつに侮辱するつもりはないが」

「いや、失礼しました。特別のデータをいただけると思っていたんです。そうすれば、訊問するにあたって、顔と顔をつきあわせて――」

クエモットが、耳ざわりな、わけのわからない奇声を発し、いままで腰かけていた大きな椅子がうしろにずるずると下がると、すさまじい音をたててひっくりかえった。

くぐもった「失礼」という声がベイリの耳に届いた。

クエモットがよたよたと走っていく姿がベイリにちらりと見えたが、すぐに部屋の外に出て見えなくなった。

ベイリの眉毛が上がった。自分はこんどはなにを言ったのだ？　やれやれ《ヨシャパテ》！　どこでボタンを押しまちがえたのだろう？

おずおずと彼は椅子から立ちあがりかけたが、そこへロボットがひとり入ってきた。

「マスター」とロボットは言った。「わたしのマスターは、すぐに映像でお会いすると、あなたにそうお伝えするようにと命令されました」

「映像でだと、ぼうや？」

「はい、マスター。それまでなにかお飲み物でもいかがでしょうか」

ピンク色の液体の入った大きなコップがベイリのわきに置かれた。今回は、香りのよい温かな砂糖菓子がひとさら添えてあった。

ベイリはまた腰をおろし、おそるおそる液体の味見をしてからコップをおいた。砂糖菓子は、堅くて温かだったが、ばりばりした皮は口のなかですぐ溶けて、中身はというと、ほかほかと熱いほどで、とても軟らかだった。味の成分はわからないが、ソラリア産の香料ないしは香辛料ではないかと思われた。

そのとき彼は、地球のイースト菌から得られるごく限られた食品を思いだし、宇宙国家の食品の味を真似て作りだしたイースト菌の変種を売りだしたらどうだろうかと思った。だがそんな思いも途中で断たれた。社会学者クエモットがどこからともなくあらわれ彼の前に立ったからである。なんとベイリと向かいあっている！　彼は部屋にある小さめの椅子に腰をおろした。その部屋の壁と床は、ベイリをかこむそれらとはまるで調和しない。それに彼は微笑しているので、顔にきれいに刻まれた皺がいっそう深くなっていて、矛盾しているようだが、それがいきいきと輝く目とあいまって、彼を若々しく見せていた。

クエモットは言った。「いくらお詫びをしてもしきれませんな、ミスタ・ベイリ。直接対面にはじゅうぶん耐えられると思っていましたが、わたしの思いこみだったようです。神経がひどくぴりぴりしておりまして、あなたの一言が、いうなればわたしを追いつめたのです」

「どの一言でしょうか？」

「たしか、このように言われた。訊問するにあたって、顔と——」彼は舌で唇のまわりをすばやくなめながら、かぶりを振った。「これは口にはしたくないのです。こちらの言う意味はおわかりと思いますが。その一言は、もっとも衝撃的な光景を眼前に彷彿とさせた。つまりわれわれふたりの人間が呼吸している——おたがいが吐く息を吸いこんでいるという光景です」ソラリア人は身を震わせた。「嫌悪すべきこととは思いませんか？」

「そんなふうに考えたこともありませんがねえ」

「不潔きわまる慣習でしょうが。あなたがその言葉を口にしたとき、その光景が頭にうかびましてね。けっきょくわれわれも同じ部屋にいる。あなたと面と向かっているわけではないが、あなたの肺にあった空気が、わたしのところまでやってきて、わたしの肺に入るのだと気づいたのですよ。わたしの敏感な感性が——」

ベイリは言った。「ソラリアの大気のどこにでもある分子は、かつて何千という肺に入っていたものですよ。やれやれ《ヨシャパテ》！　動物の肺や魚の鰓《えら》に入っていたものです」

「たしかにそうです」とクエモットは、自分の頬を悲しげに撫でた。「そのことも考えたくはないんですよ。しかしですな、あなたが現にあそこにおられて、われわれふたりが息を吸い、息を吐いているという情況には、密着感のようなものが感じられるんですよ。映像で対面しているという安堵感は驚くべきものです」

「わたしはまだ同じ家にいるんですがね、クエモット博士」

「そう、まさにそこなんですよ、この安堵感について驚かされるのは。あなたは同じ家におられる。それが立体ビューアーを使うだけで、情況はまったく変わるんですからね。少なくとも、他人とじかに会うのは、どんな感じがするものかということはわかりました。もう二度とごめんですね」

「と、おっしゃると、じかに会う実験をなさっていたように聞こえますね」

「ある意味で」とスペーサーは言った。「実験だったんじゃないでしょうか。つまらぬ動機でしたが。結果は興味深いものでしたよ。まあ、心穏やかではありませんでしたがね。テストとしては上々で、記録しておくことになるでしょう」

「なにを記録するんです？」ベイリは怪訝そうに尋ねた。

「わたしの感情ですよ！」クエモットはベイリの怪訝そうな目に、怪訝そうな目を返した。

ベイリは吐息をついた。いきちがいだ。つねにいきちがい。「わたしがお尋ねしたのは、あなたがたが、感情的な反応を計測するような器具をお持ちなのではないかと思ったからですよ。おそらく電子脳造影装置のようなものですが」彼はむなしい思いであたりを見ました。「もっとも、直接電源に接続することなく作動するポケット型のやつをお持ちなのかもしれませんが。地球にはそういうものはありませんので」

「わたしはね」とソラリア人は硬い声で言った。「自分の感情の性質ぐらい、器械がなくとも判断できます。じゅうぶんに際だったものでしたからね」

「はい、それはもちろん、しかし定量的な分析は……」とベイリは口を切った。

クエモットは気難しそうに言った。「あなたがなにをおっしゃるつもりなのかわかりません。それに、わたしはもっとほかのことをお話しするつもりなんです。じっさいは、わたしの仮説ですが、ブック・フィルムで見たものではなく、わたしとしてはじつに誇らしい――」

ベイリは言った。「いったい、それはなんですか？」

「それは、ソラリアの文化が、地球の過去に実在していた文化に基づいているという、その仕組みです」

ベイリは吐息をついた。この相手に、胸のうちを打ち明けることを許さなければ、今後の協力を得ることはきわめてむずかしくなるかもしれない。「それで、それは？」

「スパルタ！」とクエモットは言って頭を上げたので、一瞬その白髪が光を反射して輝き、まるで後光のように見えた。「スパルタのことはお聞きになったことはありますね！」

ベイリはほっとした。彼は地球の古代史には、若いころおおいに興味をもっていた（地球人の多くにとって、それは魅力的な学問だった――当時は地球だけだったので、地球が至上のものであり、スペーサーは存在しなかったから、地球人が主《あるじ》だった）。しかし地球の過去は厖大《ぼうだい》なものだ。クエモットが、ベイリの知らない時代を持ちだそうとしているなら、知ったかぶりをするのはみっともないと思った。そういうわけで、彼は慎重に答えるしかなかった。「ええ、スパルタについてはフィルムで見たことがあります」

「けっこう、けっこう。全盛期のスパルタは、かなり少数のスパルタ人、つまり上級市民にくわえて、多数の下層市民、つまりペリオイコイと、そして非常に多くの完全な奴隷、つまりヘロットから成りたっていた。ヘロットの数はスパルタ人の二十倍だった。そしてヘロットは、人間の感情も人間の欠点ももったひとたちだった。

圧倒的多数のヘロットの反乱を決して成功させないために、スパルタ人たちは、軍事のスペシャリストになった。それぞれが軍人として生活し、社会はその目的を果たした。ヘロットの反乱は決して成功しなかったのです。

ところでソラリアのわれわれ人間は、ある意味でスパルタ人と同じです。われわれにもヘロットがいるが、われわれのヘロットは人間ではなく機械です。彼らは反乱を起こすことができないから、スパルタの人間であるヘロットが数においては圧倒的にスパルタ人より多かったのと同様、われわれのロボットの数はその千倍も多いにもかかわらず、恐れる必要はないのです。そこでわれわれは、厳しい支配力をわが身に課することもなく、スパルタ式の独占的支配を享受できているわけです。われわれは、そのかわりに、スパルタと同時代人であったアテネ人の文化的、芸術的な生活様式をわれわれのモデルにすることができ——」

ベイリは言った。「アテネ人についてもフィルムで見ました」

クエモットは話が進むにつれ、ますます雄弁になった。「文明というものはつねに、ピラミッド型の構造をもっている。ひとが、その社会体系の頂点に向かって登っていけば、余暇が増し、幸福を追求する機会も増していく。そして登るほどに、これを楽しむ人間がますます少なくなることを発見する。必然的に持たざる者が多数になる。ここで大事なことは、ピラミッドの下層部が絶対尺度でどれほど豊かに暮らそうと、彼らは頂点のひとびとと比較すれば、つねに持たざる者なのです。例をあげれば、オーロラでもっとも貧しい人間でも、地球の貴族よりはよい生活をしているが、オーロラの貴族と比べれば、彼らは持たざる者です。彼らがじっさいに比較する相手は、自分たちの世界の支配層なのですよ。したがって通常の人間社会にはつねに社会的な摩擦がある。社会的な革命運動や、そうした運動を阻もうとする勢力、あるいは革命がはじまったとき、それと闘おうとする勢力、そうしたものが、人類を悲惨な情況におとしいれる原因となり、それは歴史にあまねく滲みわたっています。

さて、ここソラリアでは、人類史上はじめて、このピラミッドの頂点だけが聳《そび》え立っています。持たざるものの座にいるのはロボットです。われわれは初の新社会を、ほんとうに新しい初の社会を、初の偉大なる社会の創造を実現したのです。シュメールとエジプトの農民が都市というものを創造して以来はじめての」

彼は椅子の背によりかかり、笑みをうかべた。

ベイリはうなずいた。「この学説は発表なさいましたか？」

「するかもしれませんね」とクエモットは、さりげない様子を装いながら言った。「いずれは。まだしていませんが。これはわたしの三つ目の業績になります」

「ほかのふたつもこのように包括的なものですか?」

「社会学の分野ではありません。若いころは彫刻家でしてね。あなたのまわりにある作品は――彼は影像を指さした――わたしの作品です。作曲もやりましたよ。しかし年をとるにつれて、リケイン・デルマーが、芸術よりも実践的な学問の利を強く提唱したので、わたしは社会学をやることにしました」

ベイリは言った。「というとデルマーはあなたの親友だったんですね」

「知り合いでしたね。だれでもわたしぐらいの年ごろになると、ソラリアのすべての成人と知り合いになります。だがリケイン・デルマーとわたしが親しかったことは否めません」

「デルマーはどんなひとでしたか?」(奇妙なことに、その名を口にすると、ベイリの頭にグレディアの姿がうかび、最後に会ったときの、怒りで顔をゆがめて猛り狂っていた彼女の鮮明な記憶に心が乱れた)。

クエモットは考えこんでいるように見えた。「彼は尊敬すべき人物だった。ソラリアに、ソラリア流の生き方に心を砕いたひとだった」

「言いかえれば、理想主義者だった」

「そう。たしかに。彼があの仕事――胎児技師という仕事をみずから志願したという事実がそれを物語っています。あれは実践科学でしたからね。それについての彼の考え方はお話ししましたよ」

「みずから志願するのは異例のことだったのですか？」

「あなたはそうは思わないと――いや、あなたが地球人であることを忘れていましたよ。ええ、異例のことです。必要不可欠な仕事のひとつですが、志願するものはだれもいないのです。ふつうは、だれかがその仕事を割り当てられ、何年ものあいだ、その任にあたるわけですが、選ばれるのはよろこばしいことではありません。デルマーは志願し、しかも終生やりとげる覚悟だった。その仕事は非常に重要なものだったので、不承不承引き受けるものには任せておけなかったのです。彼はその意見にわたしも同意しろと迫りました。それでもわたし自身は志願はしなかった。わたしは個人的な犠牲を払うことはどうしてもできなかった。ところが彼にとってはあれは犠牲以上のものでした。なにしろ彼は自分自身の衛生環境については、ほとんど狂信的といってもよいほどでしたからね」

「わたしにはまだ彼の仕事の性質が理解できないのですが」

クエモットの老いた頬に赤みがさした。「これについては、彼の助手と話しあうほうがいいんじゃありませんか？」

ベイリは言った。「当然これまでにそうしていたでしょうね。彼に助手がいたことを、わたしに教えるべきだと考える人間がいたら」

「それは残念でしたな」とクエモットは言った。「しかし助手の存在は、彼の社会的な責任の重要性を知るもうひとつの目安ですよ。あの仕事の前任者で助手をつけてもらった者はおりませんからね。しかしながらデルマーは、有能な青年を見つけだし、みずから必要な教育をし、専門的な後継者を残しておきたいと思っていたのです。自分が引退するとき、あるいは死んだときにそなえてね」老いたソラリア人は重い吐息をついた。「それなのに、わたしのほうが生き残ってしまった。彼のほうがずっと若かったのに。彼とはチェスをよくやりました。何度もねえ」

「いったいどうやっておやりになったんです？」

クエモットの眉が上がった。「いつものやり方ですよ」

「じかに対局されたわけですか？」

クエモットの顔に恐怖がうかんだ。「まさか！　このわたしは耐えられても、デルマーは一瞬たりと耐えられなかっただろう。胎児技師だったが、感受性は鈍ってはいなかった。気難しい男でしてね」

「それではどうやって――」

「ふたりの人間がチェスをやるときは、ふたつのチェス盤を用意する」ソラリア人は、ふいに大目に見ようという身振りをした。「まあ、あなたは地球人だから。わたしの指し手は、彼の盤上に示され、彼の指し手はわたしの盤上に示される。簡単なことだ」

ベイリは言った。「ミセス・デルマーをご存じですか？」

「映像で対面したことはありますよ。あのひとは空間彩色師《フィールド・カラーリスト》ですからね。作品の展示は何度か映像で見ましたよ。ある意味では素晴らしい作品ですが、芸術品というより、珍品としてのおもしろみですな。それでも見て楽しいものだし、鋭敏な感性がよくあらわれている」

「彼女は、夫を殺せるでしょうか？」

「そんなことは考えたこともない。女性というのは驚くべき生き物ですからね。しかし議論の余地はないんじゃありませんか？　殺すためにリケインに近づくことができたのはミセス・デルマーだけですからね。リケインは、いかなる場合においても、いかなる理由があろうと、じかに会うという特権をだれにもあたえるはずはない。まことにやかましい人物でした。やかましいというのは適当じゃないな。つまり彼に異常性というものはまったくない、倒錯的なところはなにもなかった。彼は善きソラリア人でしたよ」

「するとあなたは、じかに会う特権をわたしにあたえてくださったことを、倒錯的な行為だとおっしゃるのですか？」とベイリは訊いた。

クエモットは言った。「ええ、そうだと思いますよ。いささか汚濁《おだく》嗜好の気味があるんじゃないでしょうかね」

「デルマーは政治的な理由で殺されたという可能性はありますか？」

「なんですと？」

「彼は伝統主義者だと呼ばれていたようですが」

「ああ、われわれはみんなそうですよ」

「伝統主義者ではないソラリア人のグループはいないということですか？」

「いくらかはいるでしょうが」とクエモットはゆっくりと言った。「つまり過激な伝統主義者は危険だと考える者たちはいるでしょう。彼らは、われわれの少ない人口に、ほかの世界がわれわれより数においてまさっていることに過敏になっているのです。われわれはほかの宇宙国家から受けるかもしれない攻撃に無防備であると思っているのですよ。そんなことを考えるのはじつに愚かですな、数は少ないが。彼らが影響力をもつとは思いませんん」

「彼らが愚かだと、なぜ言われるのですか？ ソラリアには、数の上ではおおいに不利であるにもかかわらず、力の均衡に影響を及ぼすようなものが、なにかあるのですか？ 新型の兵器とか？」

「兵器ね。だが新型ではありませんよ。いま言ったような連中は、そうした兵器がいまも活動しており、それにはだれも抵抗できないことに気づかぬのだから、愚かというより盲目なんですな」

ベイリの目が細くなった。「本気で言っておられるのですか？」

「それがどんな兵器かご存じですか？」

「もちろん」

「だれでも知っているはずです。あなたでも、ちょっと考えてみればわかるはずだ。わたしはほかの連中より、少しは容易にわかる、なにしろ社会学者ですからな。たしかに、ふだんは兵器として使われているわけではありません。それは人間を殺しもせず、傷つけもしないが、抑えがたい相手です。だれもそれに気づかぬので、ますます抑えがたいのですよ」

ベイリはいらだって言った。「それでその非殺人的兵器というのは、いったいなんですか？」

クエモットは言った。「陽電子ロボットですよ」

11　養育所《ファーム》が調べられる

一瞬ベイリは背筋が冷たくなった。陽電子ロボットは、宇宙人《スペーサー》が地球人に対していだいている優越感のシンボルである。あれならじゅうぶん兵器になる。

彼は声が震えないようにした。「それは経済的な兵器ですな。ソラリアは、ほかの宇宙国家にとっては、新型モデルの供給源として重要ですからね。したがって彼らから危害をくわえられることはない」

「それは、明白な事実だ」とクエモットも無頓着に言った。「あれのおかげで、われわれは独立を達成できた。わたしが考えているのは、もっとほかのことだ。もっと微妙で、もっと宇宙規模のものだ」クエモットの目は、自分の指の先に注がれ、心は明らかに抽象的概念に向けられていた。

ベイリは言った。「それは、また別の社会学理論ですね？」

とうてい隠しきれないクエモットの得意気な表情は、地球人からわずかな笑みを絞りだした。

社会学者は言った。「たしかにわたしの理論だ。知るかぎりでは、わたし独自のものだが、ほかの宇宙国家の人口データを子細に検討すれば、明白なことです。そもそも、陽電子ロボットが発明されてから、あらゆるところで集中的に使われるようになった」

「地球ではそうではありませんが」とベイリは言った。

「さて、さて、私服刑事。あなたの地球のことはよく知りませんが、ロボットがあなたの経済にとりこまれていることぐらいは知っている。地球人は、巨大なシティのなかに引きこもり、惑星表面の大部分はそのままになっている。それであなたがたの農場や鉱山はだれが管理しているのです？」

「ロボットです」とベイリは認めた。「しかしそもそもは、博士、地球人が最初に陽電子ロボットを発明したのですよ」

「地球人が？　ほんとうですか？」

「お調べになってください。事実ですから」

「おもしろい。それなのにロボットは、地球ではほとんど進歩していない」社会学者は思案げに言った。「おそらくそれは地球の厖大な人口のせいなのだろう。人間の労働力があるから、ロボットの進歩には時間がかかることになる。そうだ……とはいうものの、あなたがたのシティのなかにもロボットはいる」

「はい」とベイリは言った。

「いまでは、そう、五十年前より増えていますね」

ベイリはいらだたしそうにうなずいた。「はい」

「それなら話は合いますな。違いは時間の問題にすぎない。ロボットは人間の労働力を排除する傾向がある。ロボット化経済は、この唯一の方向にしか動かない。ロボットはさらに増え、人間は減っていく。ロボットと人間の人口データを注意深く調べ、それを図表《プロ》に記入《ット》して、外挿してみました」彼ははっとしたように口をつぐんだ。「おや、これは社会学における数学の応用ということになる、そうですな？」

「そうです」とベイリは言った。

「数学の応用もおもしろそうですな。そのうちに考えてみよう。とにかくわたしはひとつの結論に達しました。その正しさに疑念の余地はないと確信しています。ロボットを内包している経済においては、ロボット対人間の比率は、それを阻もうとするいかなる法律があろうとも、恒常的に増加します。増加を遅らせることはできても、止めることは決してできない。はじめのうちは人間の人口が増加するが、それをはるかにうわまわる速さでロボットの数が増加します。そしてある臨界点に到達したとき……」

クエモットはまた口をつぐんだ。そしてこう言った。「ここで考えてみましょう。臨界点というものは正確に決定できるんじゃないかと思いますがね。計算式にじっさい数値をいれてみることができるなら。またあなたの数学が出てきますが」

ベイリはそわそわと身動きした。「臨界点に到達したあとはどうなるんです、クエモット博士？」

「えっ？　ああ、人間の人口がじっさいに減りはじめます。惑星は真の社会的安定に到達します。オーロラもそうなるはずです。あなたの地球だってそうなるはずですよ。地球はあと数世紀はかかるかもしれないが、それは必定です」

「社会的安定とはどういうことですか？」

「ここの現状がそうです。ソラリアの。この世界では人間は有閑層だけです。だから、ほかの宇宙国家を恐れる理由がないのです。おそらく一世紀ほど待ちさえすれば、彼らはみなソラリア化するでしょう。これはある意味では、人類史の終焉になるかもしれない。少なくとも達成点ですね。ついに、ついに、あらゆる人間が、必要とするもの、欲しいものをすべて手に入れるのですからね。ほら、いつだったか聞きかじった文句があるんです。出典は知りませんがね、幸福の追求というようなことでしたよ」

ベイリは慎重に言った。「すべての人間は、造物主によって、ある分かつことのできない権利を授けられている……これらの権利のなかには、生命、自由、そして幸福の追求がある」

「そのとおり。出典はなんですか？」

「ある古文書です」とベイリは言った。

「ここソラリアで、そしていずれは全銀河系で、それがどう変わるかおわかりですか？　追求は終わるのですよ。人類が受け継ぐ権利は、生命、自由、そして幸福です。ただそれだけ。幸福です」

ベイリはそっけなく言った。「そうかもしれない、しかしこのソラリアでは人間が殺されました。さらにもうひとり死ぬかもしれない」

そう言った瞬間、彼は後悔していた。クエモットの表情が、まるで平手打ちをくらったようだったから。老人はうなだれた。そして顔を上げもせずにこう言った。「わたしは答えうるかぎり、あなたの質問にお答えした。ほかになにをお望みか？」

「もうじゅうぶんです。ありがとうございました。ご友人が亡くなられ、お悲しみのところにたちいった質問をして申しわけありませんでした」

クエモットはゆっくりと顔を上げた。「あんなチェス仲間はもう見つからないだろう。会う時間は厳守したし、驚くほど互角の勝負ができた。彼は善きソラリア人でしたよ」

「わかります」とベイリは静かに言った。「あなたのビューアーを使うことをお許し願えませんか、会わねばならぬ次の人物とコンタクトする必要がありますので」

「よろしいですとも」とクエモットは言った。「わたしのロボットはあなたのものだ。ではこれで失礼しよう。映像対面終了」

クエモットが消えてから三十秒たらずで、ロボットがベイリのかたわらに立っていた。ベイリはまたまた、この生き物たちはいったいどう操作されているのだろうと考えた。クエモットが去るとき、彼の指がコンタクトのほうに動くのが見えたが、それだけだった。

おそらくシグナルは、「務めを果たせ！」とでも言うだけの、ごく一般的なものなのだろう。おそらくロボットたちは、進行していることにじっと耳をすまし、いつなんどきでも人間がなにを望んでいるかを認識しているのだろう。そしてもしある特定のロボットが、頭脳的にも身体的にも、ある特定の仕事に向くように作られていない場合には、ロボットたちを束ねている無線網がたちまち作動し、しかるべきロボットが即座に行動するようになっているのではなかろうか。

一瞬ベイリの頭にソラリアのこんな未来像がうかんだ。ロボット網の網目は小さく、小さくなりつづけ、そしてあらゆる人間がその網目にきっちりと捕らえられていく世界。全世界がソラリアになっていくというクエモットの描いた未来図を思いだした。地球ですら、その網が作られ、網目はどんどん小さくなっていき、ついには——

彼の思考は中断された。さっき入ってきたロボットが、穏やかな、機械特有の敬意すらこめた調子で話しだしたのだ。

「いつでもお手伝いいたします、マスター」

ベイリは言った。「リケイン・デルマーが働いていた場所と連絡をとる方法を、おまえは知っているか?」

「はい、マスター」

ベイリは肩をすくめた。無駄な質問でも訊かずにいるのはどうも苦手だった。ロボットたちは知っているにきまっている。疑いなし。ロボットをまったく効率よく扱うには、エキスパートであること、ある種のロボット工学者であることが求められるのだと、彼はふと思った。平均的なソラリア人は、いったいどれほどうまくロボットを操れるのだろうか? まあ、そこそこといったところか。

彼は言った。「デルマーの仕事場と連絡して、彼の助手とコンタクトをとってくれ。助手がそこにいなければ、どこにいようと探しだしてくれ」

「はい、マスター」

行きかけたロボットを、ベイリは呼び止めた。「待て! デルマーの仕事場では、いま何時だ?」

「およそ〇六三〇です、マスター」

「朝のか?」

「はい、マスター」

ベイリは、またもや、太陽の運行の犠牲に甘んじている世界が腹だたしくてならなかった。はだかの惑星の表面などで生活しているから、こんなことになるんだ。

彼はふと地球のことを思いだしたものの、その思いはむりやり振りはらった。目前のこの問題にしっかり集中していれば、なんとかうまくやっていけるのだ。ホームシックなどにかかっていては身がもたない。

ベイリは言った。「とにかく助手を呼びだして、これは政府の仕事だと言ってやれ、ぼうや――それからほかのぼうやに、なにか食うものをもってこさせてくれ。サンドイッチと一杯のミルクでいい」

ベイリは、燻製肉のようなものがはさまっているサンドイッチを黙々と食べながら、頭の片隅では、ダニール・オリヴォーなら、グルアーの事件のあとでは、どんな食べ物も疑ってかかるにちがいないと考えていた。たしかにダニールは正しいかもしれない。

だが吐き気もなく（ともあれ直後の吐き気はなく）サンドイッチを食べおえ、ミルクをちびちびと飲んだ。クエモットから聞きだすつもりでいたことは聞けなかったが、得るところはあった。それを頭のなかで整理してみると、かなり多くのことを知りえたような気がする。

殺人事件については得るところはわずかだったが、もっと大きな問題については収穫があった。

ロボットがもどってきた。「助手は、コンタクトに応じるはずです、マスター」

「けっこう。それでなにか問題があったのか？」

「助手は眠っていました、マスター」

「いまは目を覚ましているんだね？」

「はい、マスター」

　助手がいきなり彼と向かいあっていた。ベッドで半身を起こし、むっつりと不機嫌な顔をしている。

　ベイリは、力場が予告なしに目の前にたちはだかったとでもいうように、思わずのけぞった。またもや重要な情報のひとつがあたえられていなかった。彼もまた、しかるべき質問をしていなかったのだ。

　リケイン・デルマーの助手が女性であることを、彼に伝えようと考えたものはだれもいなかったのである。

　彼女の髪は、スペーサーのふつうの青銅《ブロンズ》色よりやや濃く、それも乱れたままなので多めに見えた。顔は卵形、鼻は鼻翼がややふくらみ、顎は大きかった。彼女がのろのろと、腰の少し上あたりを掻いているので、どうかシーツがずれないようにとベイリは祈った。そして映像対面で許されるかぎりの、グレディアの奔放な振る舞いを思いだした。

　この瞬間に幻滅している自分に自虐的なおかしさを覚えた。地球人は、どういうわけか、スペーサーの女性たちはみんな美人だと思っている。たしかにグレディアは、その思いこみをさらに助長してくれた。だがこの女性は、地球の標準からみても不器量の部類だった。だからこう言ったときの彼女の低い声が魅力的なのに驚いた。「ちょっと、ちょっと、いったい何時だかわかっているの？」

「わかっていますよ」とベイリは言った。「だがあなたにじかにお会いするつもりなので、あらかじめお知らせしておきたいと思いましてね」

「じかに会うって？　まさか――」その目が丸くなり、彼女は顎に手をやった（一本の指に指輪をはめている。これはベイリがソラリアで見たはじめての装身具だった）。「待って、あなた、わたしの新しい助手じゃないのね？」

「ええ。そういう者ではありません。わたしは、リケイン・デルマーの死について捜査している者です」

「へえ？　それじゃ、どうぞお調べくださいな」

「お名前は？」

「クロリッサ・カントロ」

「デルマー博士のもとで働きはじめて何年になりますか？」

「三年」

「あなたはいま仕事場にいるわけですね」（ベイリはこのあいまいな表現が気に入らなかったが、胎児技師が働いている場所をなんと呼ぶのか知らなかった）。

「つまり、わたしは養育所《ファーム》にいるのかということね？」とクロリッサは、不機嫌そうに言った。「たしかにいるわ。ボスが亡くなってから、ここに詰めっきりだもの。ここから出ていけないのよ、新しい助手がわたしに割り当てられるまでは。ところで、あなただったら助手の手配はできるのかしら？」

「申しわけありません。ここではなんの権限もあたえられていませんのでね」

「訊いてみようと思っただけ」

クロリッサはシーツをはぎ、人前もはばからずベッドから下りたった。ワンピースの寝間着を着ており、片手が縫い目の上端にある首のあたりの切れこみに伸びた。

ベイリがあわてて言った。「ちょっとお待ちを。じかに会うことに同意していただければ、さしあたりわたしの用事は終わるわけだから、おひとりで着替えなさってください」

「おひとりで？」彼女は下唇を突きだし、興味深げにベイリを見つめた。「あなたって、気難しいのね？　ボスみたいに」

「じかに会ってくれますね？　ファームを見たいのです」

「じかに会うとかいう話はよくわからないけど、もしファームを映像で見たいとおっしゃるなら、わたしがご案内しますわよ。顔を洗って、二、三やることをやって、もうちょっとはっきり目が覚めたら、気晴らしにやってあげるわ」

「なんにしろ、映像はごめんです。どうしてもじかに会いたい」

彼女は首をかしげた。彼女の鋭い目には、職業的な興味がうかんでいた。「あなたって、変質者かなにかなの？　遺伝子分析を最後に受けたのはいつだった？」

「いやはや《ヨシャパテ》！」とベイリはつぶやいた。「ねえ、わたしはイライジャ・ベイリ。地球から来た人間ですよ」

「地球から？」彼女は大声をあげた。「まあ、あきれた！　いったいここでなにをしているの？　それともこれはなにか手のこんだ冗談かしら？」

「冗談じゃありませんよ。わたしは、デルマーの死を調査するために呼ばれたんです。わたしは私服刑事、警察官ですよ」

「事件の捜査というわけね。でも彼の奥さんが犯人だということはみんな知っていると思ってたけど」

「いいえ、それについては疑問があると思っています。ファームをじかに見ることと、あなたにじかに会うことをお許しいただけませんか？　なにぶんにも地球人なので、映像対面には慣れておりませんでね。気分が悪くなるんです。安全保障局長からは、わたしに協力してくれる人間とじかに会うことを許可していただいています。お望みなら、許可書をお見せしますよ」

「見せてもらおうじゃない」

ベイリは、彼女の映像の目の前に公文書を掲げてみせた。

彼女はかぶりを振った。「じかに会うって！　汚らわしい。だけどこの汚らわしい仕事に、もうひとつ、少々汚らわしい仕事を押しつけられても、どうってことないわよね。でもいいこと、わたしに近よらないでね。ちゃんと離れたところにいるのよ。必要なら大声で叫べばいいし、ロボットに伝言を届けてもらってもいいわ。おわかり？」

「わかりました」

コンタクトが切れる瞬間、彼女の寝間着の縫い目の部分がぱっと開いた。彼が聞いた彼女の最後の言葉は、「地球人め！」というつぶやきだった。

「それでも近すぎるくらい」とクロリッサが言った。

彼女から二十五フィートほど離れているベイリは言った。「この距離でけっこうですが、わたしとしてはすぐに屋内に入りたい」

ともあれ、今回はさほどひどくはなかった。飛行機の旅はほとんど気にならなかったが、度を超すのは考えものだ。彼はもっと楽に息ができるように、カラーをたえず引っ張っていた。

クロリッサが鋭く言った。「どうかしたの？　あなた、ふらふらね」

ベイリは言った。「屋外には慣れていませんでね」

「そうか！　地球人だもの！　なにかに閉じこめておかなきゃいけないんだ。やれやれ！」なにか不味《まず》いものをなめたかのように、舌が宙に突きだされた。「じゃあ、なかにお入りなさいよ。でもわたしを先に行かせてちょうだい。いいわ。なかに入って」

彼女の髪の毛はふたつに分けられて二本の太い三つ編みにされ、複雑な幾何学模様を描きながら頭のまわりに巻きつけられている。こんなふうにととのえるには、いったいどれだけの時間がかかるだろうと思ったが、ベイリはそのとき気づいた。おそらくロボットの正確無比な指がこの仕事をやってのけたにちがいないと。

その髪型は彼女の卵形の顔を引きたて、たとえ顔が美しくなかろうと、心地よい均整美を生みだしていた。化粧はせず、衣服も、彼女の体をおおうものにすぎない。衣服の色はだいたいがダーク・ブルー、ただ腕のなかばまでおおっている手袋は、ブルーにはまったく合わない薄紫色だった。手袋は明らかにふだんの服装の一部ではなかった。ベイリは、手袋の指の一本が、指輪のために太くなっているのに気づいた。

ふたりは、部屋の両端に陣どって向かいあった。

ベイリが言った。「あなたはこういうことがおいやなんですね、マダム？」

クロリッサは肩をすくめた。「好きなわけないでしょ？　動物じゃないんだから。でも耐えられるわよ。けっこう強くなるものなの、扱うものが、その――その」――彼女は口ごもり、その顎がぐいと上がる、まるで言わねばならぬことはずばりと言おうと決心したかのように――「子供なんだから」彼女はその言葉を慎重に正確に発音した。

「その仕事が好きではないような口ぶりですね」

「大事な仕事よ。やらねばならぬことだわ。それでもわたしは、この仕事が好きになれない」

「リケイン・デルマーはこの仕事がお好きでしたか？」

「好きではなかったと思うけど、それを面《おもて》には出さなかった。善《よ》きソラリア人でしたから」

「そして彼は気難しかった？」

クロリッサは驚いた顔をした。

ベイリは言った。「あなた自身がそう言ったんですよ。映像対面のさいに、わたしが、ひとりで着替えをすればいいと言ったら、ボスみたいに気難しいひとねとあなたは言いました」

「ああ。そう、彼は気難しやでしたよ。映像対面でさえなれなれしい態度はとらなかったわ。いつも礼儀正しかったわね」

「それは珍しいことなんですか？」

「ほんとうはそれがあたりまえなんだわ。理想を言えば、礼儀正しくあるべきなんだけど、だれもそうはしませんからね。映像対面のときでもね。直接対面というわけじゃないから、そんな苦労する必要ないのよ。そうでしょ？　映像対面のときは気をつかわない、ボス以外には。彼に対しては礼儀正しく振る舞うべきだったわね」

「あなたは、デルマー博士を尊敬していましたか？」

「彼は善きソラリア人でした」

ベイリは言った。「あなたは、ここをファームと呼び、子供のことを口にした。あなたはここで子供を育てているのですか？」

「生後一ヵ月の子供から。ソラリアのすべての胎児がここに来ます」

「胎児？」

「ええ」彼女は眉をひそめた。「妊娠後一ヵ月の胎児を預かります。なにかまずいことを言ったかしら？」

「いいや」とベイリはそっけなく言った。「案内してくれませんか？」

「いいわ。でも近よらないでね」

長い部屋を上から見おろしたベイリの長い顔は、呆然とした厳しい表情になった。その部屋とふたりのあいだはガラスで隔てられている。ガラスの向こうは、完全に調整された温度と完全に調整された湿度が保たれ、完全な無菌状態であることは疑いなかった。いくつも連なっているタンクには精密な合成成分の水溶液が満たされ、そのなかに小さな生き物がうかんでおり、理想的な配合量の栄養剤が注入されている。生命の成長が進行しているのだ。

小さな生き物たちが、なかには彼の拳の半分より小さいものもいるが、ふくれあがった頭蓋、生えたばかりの小さな四肢、消えかけている尻尾などをかかえて丸く縮こまっている。

クロリッサは、二十フィートほど離れたところから言った。「いかがですか、私服刑事？」

ベイリは言った。「どれくらいいるのですか？」

「けさの時点で、百五十二です。毎月十五から二十を受け入れ、同数を卒業させ、独立させています」

「こういった施設は、この惑星で唯一のものですか？」

「そうです。人口を安定させるには、それでじゅうぶん、三百歳という平均余命と、二万人という人口を考慮すればね。この建物はごく新しいものです。この建設についてはデルマー博士が監督し、養育工程についてもいろいろ変更がありました。現在の胎児の死亡率は、文字どおりゼロですよ」

ロボットたちはタンクのあいだを縫うように歩いている。それぞれのタンクの前で立ち止まり、根気よく細心に制御システムを点検し、なかにいる小さな胎芽をのぞきこんでいる。

「だれが母親の手術をするのですか？」とベイリは訊いた。「つまりあの小さなものを取りだすために」

「ドクターです」とクロリッサは答えた。

「ドクター・デルマーが?」

「もちろん違いますよ。医者のドクターです。まさか、デルマー博士がそんな屈辱的な——いえいえ、なんでもありません」

「なぜロボットを使えないのですか?」

「手術にロボットを? 第一条があるから非常にむずかしいですね、私服刑事。ロボットは、方法を知っていれば、人間の命を救うために虫垂切除はやるでしょう。でも手術をしたあと、そのロボットは大がかりな修理なくしては使いものにならない。人間の体を切るということは、陽電子頭脳にとってはトラウマを生じるような体験ですからね。人間の医者なら、それに慣れて無神経になれますけど。必要なら直接対面にもね」

ベイリは言った。「それでもロボットたちは胎児の世話をしていますね。あなたやデルマー博士が干渉することはないのですか?」

「ときには、その必要がありましたね、いろいろがうまくいかないときには。たとえば胎児に発育上のトラブルがあるときとか。人間の生命がかかわる場合、ロボットは、その情況を正しく把握することができませんから」

ベイリはうなずいた。「誤った判断によって人命が失われるという大きな危険がありますからね」

「そんなことはありませんよ。人命を過大視して、誤って人命を救うほうがよっぽど危険だわ」クロリッサは険しい顔をした。「胎児技師としてはね、ベイリ、健康な子供が生まれるよう配慮しています。健康な、ですよ。両親の遺伝子分析の結果が最良であっても、遺伝子の置換と組み合わせが成功するとはかぎらない。突然変異の可能性はむろんありますから。予期せぬ突然変異がわたしたちの最大の関心事です。いまでは、その比率を千例に一例以下に引き下げることができましたけど、それでも、平均して十年に一度は、トラブルがあるということですよ」

彼女は、バルコニーのほうに進むよう身振りでベイリに示したので、彼はそのあとに従った。

彼女は言った。「嬰児《えいじ》の養育室と幼児の寮舎をお見せしますよ。こちらのほうが胎児より多くの問題をかかえているんです。彼らについては、ロボットの労働力は限られた範囲でしか当てにできませんからね」

「なぜです?」

「ロボットに躾《しつけ》の重要性を教えようとすれば、その理由はわかりますよ。第一条があるから、ロボットに躾は無理なんです。それに子供たちは、片言を喋るようになると、もうそのことに気づいてしまいますものね。三歳の子供が、〝おまえはぼくに痛いことをするのか、痛いよう〟と叫んだだけで、一ダースのロボットを動けなくしてしまった例を見たことがありますよ。子供は故意に嘘をつくことがあるという事実を理解できるのは、きわめて進歩したロボットに限られていますからね」

「デルマーには、子供たちをうまく扱うことができたんですか？」

「たいていは」

「彼はどうやったんだろう？　子供たちのあいだに入っていって、体を揺さぶってわからせようとしたのだろうか？」

「デルマー博士が？　子供たちにさわる？　まさか！　もちろんやるはずがないわ！　でも子供たちに言いきかせることはできましたよ。ロボットに特殊な命令をあたえることもできた。博士が十五分間、その子に映像で対面し、そのあいだロボットには、お尻を叩く体勢をとらせておき、そして叩かせる――ぴしゃ――ぴしゃ。こういうことを何度かくりかえすと、子供は、ボスをからかおうとはしなくなる。そしてボスがそれに習熟してくれば、ロボットもその後は通常の再調整程度ですむようになったんです」

「あなたはどうです？　子供たちのなかへ入っていくんですか？」

「そうしなければならないときもあるでしょうね。ボスみたいにはいきませんけどね。たぶんいつかは、遠くにいるほかのロボットも扱えるようになるでしょう。でもいまやろうとしたって、ロボットをだめにするだけ。ロボットをほんとうに上手に扱うには技術がいるんです。でもあれを考えると。子供たちのあいだに出ていくなんて。小さい野獣ども！」

彼女はふいにベイリを振りかえった。「あなたなら、子供たちにじかに会うのも平気なのね」

「まあ平気ですね」

彼女は肩をすくめ、おもしろそうに彼を見つめた。「地球人！」そしてふたたび歩きだす。「とにかく、こんなことしてなんになるの？　どうあがいてもグレディア・デルマーが犯人だということでしょ。そうじゃない？」

「そこまでの確信はないですね」とベイリは言った。

「これ以上確かなことがほかにあるというの？　ほかのだれに、あんなことができたというの？」

「いろいろな可能性がありますね」

「だれなの、たとえば？」

「まあ、あなたかな、たとえば」

それに対するクロリッサの反応はベイリを仰天させた。

12　標的をはずす

彼女は笑ったのである。

その笑い声はどんどん大きくなり、ついには激しく息を切らし、まるまるとした顔は赤くなり、ほとんど紫色になった。彼女は壁によりかかり、はあはあ喘いでいる。

「だめ、来ないで――近よらないで」彼女は哀願した。「だいじょうぶだから」

ベイリは重々しく言った。「その可能性が、それほどおかしいのでしょうかね？」

彼女は答えようとして、また笑いだした。それから、小声でこう言った。「ああ、あなたって、つくづく地球人だわ！　なんでわたしだなんて言えるの？」

「あなたは彼をよく知っている」とベイリは言った。「彼の習慣もよくご存じだ。あらかじめ計画をたてることができたはずだ」

「このわたしが、彼とじかに会うと思うのね？　彼の頭をなにかで撲《なぐ》ることができるほどそばに近づけると思うのね？　あなたには、あのことがなにもわかっていないのよ、ベイリ」

ベイリは顔が赤くなるのを感じた。「なぜ彼に近づくことができないんです、マダム？あなたには経験がある——ああ——混じりあうことに」

「子供が相手よ」

「一事が万事ということもある。わたしとじかに会うことだって、あなたには耐えられるじゃないですか」

「二十フィートはなれてね」彼女は蔑むように言った。

「ある人物を訪問しましたがね、かなりの時間、じかに対面していたために、彼は危うく失神するところだった」

クロリッサは冷静になり、こう言った。「程度の差だわね」

「程度の差こそ、まさに必要なんですよ。子供たちにじかに会うという習慣のおかげで、あなたは、デルマーとある程度の時間、じかに会うことにも耐えられるようになったんでしょう」

「お言葉ですが、ベイリさん」とクロリッサは言ったが、もはや楽しんでいる様子はまったくない。「わたしが耐えられるかどうかということはまったく問題になりませんよ。デルマー博士は気難しいひとです。リービッグと同じくらいひどかった。ほとんど同じくらい。彼にじかに会うことにわたしが耐えられたとしても、彼のほうはわたしとじかに会うなんて耐えられなかったはずです。じかに会う距離に近づくことを許されるのは、ミセス

・デルマーだけですよ」

ベイリは言った。「そのリービッグとやらは何者ですか？」

クロリッサは肩をすくめた。「奇嬌な天才タイプ。どんなひとかわかるでしょ。ボスといっしょにロボットの研究をしていたんです」

ベイリは、頭のなかでその人物にチェック・マークをつけてから、当面の問題に戻った。

「あなたに動機があったと言うことはできますね」

「どんな動機？」

「彼の死によって、あなたにこの施設が委ねられ、あなたに地位があたえられた」

「それが動機だと言うの？　あきれた、こんなところの地位をだれが欲しがると思うの？ソラリアでだれが？　それこそ彼に生きていてもらおうという動機になるわね。それこそ彼につきまとって大事に守ろうという動機になるわ。もう少しましなことをお考えなさいよ、地球人」

ベイリは指でぼんやりと首筋を掻いた。彼女の言うことは正しいと思った。

クロリッサが言った。「わたしの指輪に気がついたかしら、ベイリさん？」

その瞬間、彼女は右手から手袋を取ろうとするように見えたが、思いとどまったようである。

「気がついていましたよ」とベイリは言った。

「これの意味は知らないでしょ?」

「知りませんね」(なにをやっても知らないことだらけだ、と彼は苦々しく考えた)。

「それじゃあ、ちょっとした講義をしてあげようかしら?」

「このいまいましい世界のことが、それで少しでもわかるようになるなら」とベイリはうっかり口を滑らせた。「ぜひぜひ」

「おやまあ!」クロリッサは微笑した。「あなたにとってのソラリアは、わたしたちにとっての地球のようなものらしいわね。想像して。ほら、あそこに空いた部屋があるわ。あそこに行きましょう、そして椅子に腰をおろしましょう——あら、この部屋、それほど広くはないわね。それじゃ、こうしましょう。あなたはあそこの椅子にすわって、わたしは、ここに立っているから」

彼女は廊下を先のほうまで歩いていき、彼をまずその部屋に入らせ、引き返して自分も部屋に入り、彼の向かいの壁の、彼が見えるあたりに背をもたせかけた。

それを見て、ベイリの騎士道精神がちょっぴり揺らいだものの、かまわず腰をおろした。そして反抗的にこう考えた。いいじゃないか? スペーサーの女など、立たせておけばいいんだ。

クロリッサは筋肉質の腕を胸の前に組んだ。「遺伝子分析がわたしたちの社会を解きあかす鍵なんですよ。遺伝子を直接分析するわけじゃありませんけどね。それぞれの遺伝子が、それぞれの酵素を支配している。そしてその酵素は分析することができる。酵素を知れば、生体化学がわかる。生体化学がわかれば、人間がわかる。ここまではおわかり？」

「理論はわかりますよ」とベイリは言った。「じっさいの適用方法はわかりませんがね」

「そこの部分がここで行なわれるんです。嬰児が後期胎児の段階にあるあいだに血液のサンプルが採取される。それによって第一次近似値が得られる。理想的に言えば、われわれはこの段階で、あらゆる突然変異を把握し、出生を敢行するかどうか判断すべきなんです。じっさいはまだ、誤りを犯す可能性をすべて排除できるほど、じゅうぶんなデータは得られていません。いつかは得られるでしょうが。とにかく誕生後はテストを続けていきます。体液採取も、生体組織の一部切除も。いずれにしても、成人になるだいぶ以前に、ここにいる子供たちが、いかなる組成をもっているかが正確にわかるわけですよ」

（嬢ちゃん、なんでできてるの、お砂糖とスパイスさ……童謡のばかげた一節がベイリの頭をふいによぎった）。

「わたしたちは、それぞれの遺伝子の組成をコード化した指輪をはめているんです」とクロリッサが言った。「これは古い習慣で、ソラリア人がまだ優生学的に無用なものを除去されていない時代の原始的なものがちょっぴり残されているのよ。いまじゃ、わたしたちはみんな健康そのものなのにね」

ベイリは言った。「でもあなたはまだそれをはめている。なぜですか？」

「わたしは特別だから」彼女は、明らかな誇りをもって平然と答えた。「デルマー博士は長いあいだ助手を探していたんです。特別な人間が必要だったのね。頭脳、創意、勤勉、安定性がそなわった人間。とりわけ安定性が重要だった。子供たちとじかに触れあうことができ、しかも挫折しない人間が必要だったんです」

「博士には無理だったんですね？　それは博士の不安定性を示すものですね？」

クロリッサは言った。「ある意味ではそうだけど、少なくとも、たいていの場合は、望ましいタイプの不安定性だったわね。あなたは手を洗うでしょ？」

ベイリの目は、自分の両手に落ちた。それは必要最大限まで清潔だった。「ええ」と彼は答えた。

「けっこう。それは、汚れた手に嫌悪を感じるという程度の不安定性だわね。緊急の場合でもオイルだらけの機械装置を自分の手できれいにできないのと同じことよ。それでも日常生活では、その嫌悪感のおかげで自分を清潔にしておくわけだから、それはよいことだわね」

「なるほど。先をどうぞ」

「これ以上話すことはありません。わたしの遺伝子の健康状態は、ソラリアでこれまでに記録されているなかでは第三位なの。だからこうして指輪をはめているのよ。いつも身につけているのが楽しめる記録ですからね」

「それはおめでとう」

「冷やかさないで。わたしのお手柄じゃありませんから。親の遺伝子の偶然の組み合わせなんだけど、とにかくこの遺伝子をもっているのは誇らしいことなの。だから、殺人のようなまったく精神異常者的な行動をわたしがとるなんて、だれも信じませんよ。わたしの遺伝子の構造からいってもありえない。だからわたしに罪をかぶせるような無駄な真似はしないことね」

ベイリは肩をすくめ、なにも言わなかった。彼女は遺伝子の組成と証拠を混同しているらしい。おそらくほかのソラリア人も同様だろう。

クロリッサが言った。「子供たちにじかに会いますか？」

「ありがとう。ぜひとも」

廊下は永遠に続くかと思われた。建物は、明らかに巨大なものだった。むろん地球のシティのアパートメント群とはまったく違うが、惑星の表皮にしがみついているひとつの建物としては、巨大な建築物にちがいなかった。

何百という小さなベッドが並び、ピンク色の赤ん坊が、大声で泣いたり、眠っていたり、授乳されていたりする。はいはいする子のための遊戯室もいくつかあった。

「赤ん坊たちは、こんなに小さくても、それほど扱いにくいわけじゃないわ」とクロリッサはしぶしぶ言う。「そりゃ世話にはたくさんのロボットたちが必要ですけれどね。じっさい歩くようになるまでは、赤ん坊ひとりにロボットひとりがついているんですよ」

「それはなぜ？」

「ひとりひとり世話してやらないと病気になるから」

ベイリはうなずいた。「なるほど、愛情《アフェクション》を注ぐ必要性は、どうしても排除できませんね」

クロリッサは眉をひそめ、ぶっきらぼうに言った。「赤ん坊には気配り《アテンション》が必要です」

ベイリは言った。「ロボットたちが愛情を満たすことができるとは、いささか驚きですね」

彼女がくるりと彼のほうを向いた。ふたりを隔てる距離も、彼女の不快感を隠すには足りなかった。「いいですか、ベイリ、不愉快な言葉を使ってわたしにショックをあたえようとしても無駄ですよ。まったく、子供じみたことはやめてください」

「ショックをあたえる？」

「わたしだって、そんな言葉ぐらい使えます。愛情《アフェクション》ね！　もっと短い言葉がおのぞみかしら、四文字言葉が？　わたしだって言えるわ。愛《L o v e》！　愛《L o v e》！　さあ、これで気がすんだでしょ、行儀よくしてください」

ベイリは不潔な言葉の良し悪しについて論駁しようとは思わなかった。「それじゃあロボットは必要な気配りをすることができるんですね？」

「当然ですよ。さもなければ、この養育所《ファーム》は、こんな成功はおさめてはいないはずよ。ロボットは、子供たちとふざけるんです。鼻をすりつけたり、抱きよせたりするのよ。子供たちは相手がロボットだから、そんなことをされても平気なんです。でも、三歳から十歳のあいだは、いろいろとむずかしいことがあるわね」

「ほう？」

「その歳ごろになると、子供たちは、みんなといっしょに遊びたがるようになるんです。だれかれかまわずに」

「そうさせればいいじゃないですか」

「そうしなければいけないんだけど、成人したときに必要なことを子供たちに教える義務を忘れるわけにはいきません。ひとりひとりに、閉めきることのできる部屋があたえられます。そもそも最初から、子供たちはひとりで寝なければならない。それはかならず強要される。それから毎日、子供たちがひとりになる時間をあたえ、その時間は年齢とともに増えていく。子供が十歳になった時点で、一度に一週間ずつ映像対面をすることが許されます。もちろん映像対面の設定はいろいろと苦心がいるんです。子供たちは、移動しながら屋外の映像を見ることができるし、一日じゅう映像を見ていてもいい」

ベイリは言った。「あなたがたが、本能にそれほど完璧に逆らうことができるとは驚きですね。あなたがたは本能に逆らっている。それはよくわかる。それでもこれは驚きだな」

「どんな本能？」とクロリッサが訊いた。

「群居本能ですよ。これはじっさいに存在します。あなたはこう言いましたね、一人前の子供になると、おたがい相手を求めて遊びたがると」

クロリッサは肩をすくめた。「それを本能と呼ぶのかしら？　でも、それが本能だとして、どうだというの？　やれやれ、子供たちは落下することに本能的な恐怖をいだくけど、大人になれば訓練によって、落下の危険のある高い場所でも働けるようになるんです。綱渡りの公開演技を見たことがあるでしょう？　人間が高層ビルに住むような世界もあるし。子供は大きな音に本能的な恐怖をいだくけれど、あなたも、大きな音が怖いのかしら？」

「常識をはずれない程度なら怖くはない」とベイリは言った。

「地球人は、まったく静かなところでは眠れないんでしょ。まあね、つねにたゆまぬ、よい教育をほどこせば、屈伏できない本能はありませんよ。本能が弱い人間のあいだではね。じっさい、正しい方法を使えば、世代ごとに教育するのはずっと楽になるはずですよ。これは進化の問題なんですからね」

ベイリは言った。「ということは？」

「わかりません？　人間はそれぞれに、発展の過程で自身の進化の歴史をくりかえしているんです。あそこにいる胎児たちには、しばらくのあいだは鰓や尻尾があるんですよ。そうした過程を省略することはできないんです。子供たちは、社会生活を営む動物の段階をどうしても経なければならない。でも胎児は、進化が一億年かかってなしとげた段階をひと月でなしとげてしまうんです。だからわたしたちの子供たちも、社会的動物の段階をさっさと通りすぎることができる。デルマー博士は、そうした段階を通過する速度は、世代が進むにつれていっそう速くなるという意見でしたね」

「そうなんですか？」

「現在の進歩の速度でいくと、まあ三千年以内には、子供たちは映像対面を即座に受け入れるようになると博士は言っておられました。ボスにはほかにもお考えがありました。精神的に不安定にならずに、子供たちを躾けられるようなタイプのロボットを作ることに興味をお持ちだったんです。いいでしょう？　今日の躾は明日の幸せ、まさに第一条の真髄ですもの。ただしロボットにそれをわからせることができるならですけど」

「そうしたロボットがすでに開発されているんですか？」

クロリッサはかぶりを振った。「残念ながらまだですね。デルマー博士とリービッグが、試作モデルでテストを重ねていましたけど」

「デルマー博士は、そうしたモデルの一部をご自分の地所のうちに運ばせていたんでしょうかね？　自分でテストができるほど優秀なロボット工学者でしたか？」

「ええ、そうです。博士はよくロボットのテストをなさっていました」

「博士が殺されたとき、そのそばにロボットがひとりいたことを、あなたはご存じでしたか?」

「そう聞いています」

「どんな種類のモデルだったか、ご存じですか?」

「それはリービッグに聞いてもらわないと。さっきもお話ししましたが、彼は、デルマー博士と共同で仕事をしていたロボット工学者ですから」

「あなたは、それについてはなにもご存じない?」

「なにも」

「なにか思いつくことがあったら、教えてください」

「そうします。ただし、デルマー博士が興味をもったのは、新型モデルだけだったとは考えないでください。デルマー博士は、よくこう言っておられましたよ。未受精の卵子が、液体空気の温度でバンクに貯蔵され、人工授精に活用されるような時代がくるだろうと。そういう方法なら、優生学的原理がじっさいに適用されて、じかに会いたいという欲求の最後の名残りを完全に排除できるわけですよ。そこまで博士の意見を支持するかどうかは、よくわからないけれど、とにかく博士は、進歩的な考えの持ち主でしたね。とても立派なソラリア人だった」

彼女はいそいでつけくわえた。「あなた、外に行きたいんじゃありません？　五歳から八歳までのグループには屋外の遊びがすすめられているんです。動きまわっている子供たちが見られますよ」

ベイリは用心深く言った。「行ってみましょう。ただし、すぐになかに戻ってこなければならないかもしれませんが」

「ああ、そうか、忘れていた。外には出ないほうがいいんですね？」

「いや」ベイリはむりやり笑顔を作ってみせた。「屋外に慣れるようにしているんでね」

風は耐えがたいほど強かった。息をするのもむずかしい。肉体的な感覚としては、風は冷たくはなかったが、その感触、服があおられ体にぴたりと張りつく感触が、ベイリに冷気のようなものを感じさせた。

話そうとすると歯ががちがちと鳴り、言葉を少しずつ押しださなければならない。遠くにかすむ緑と青の地平線を見ていると目が痛くなり、爪先のすぐ前の歩道を見ていると多少楽になった。とりわけ、からっぽの青、虚空、つまり、ときたまむくむくとあらわれる白い雲の峰や、はだかの太陽のぎらつく光のほかはなにもない虚空を見あげることは避けていた。

それでもなんとか逃げだしたいという、囲いのなかに戻りたいという衝動を抑えつけることはできた。

十歩ほどはなれてクロリッサのあとに従い、一本の木のそばを通りすぎたとき、彼はおそるおそる手を伸ばしてそれに触れてみた。ざらざらした硬い感触だった。細長い葉が頭上でさらさらと鳴ったが、目を上げて見ようとはしなかった。生きている木とは！

クロリッサが大声で言った。「ご気分はどう？」

「だいじょうぶ」

「ここから、子供たちのグループが見えますよ」と彼女は言った。「なにかのゲームをやっているわ。ロボットがゲームを準備して、小さな子たちが、おたがいの目を蹴らないように気をつけているのよ。直接対面なら、そういうことも起こりうるわね」

ベイリはゆっくりと目を上げ、セメントの歩道に沿って、その目を草地からスロープのほうに滑らせていき、さらに遠くに、遠くに――きわめて慎重に――もし怖くなったら、すぐに視線を爪先に切り換えられるよう用心しながら――目を走らせ……

夢中になって走りまわっている男の子や女の子の小さな姿が見えた。空気と虚空があるばかりの世界の表皮の上で、彼らは平気で走りまわっている。ときおり、彼らのあいだを機敏に動きまわるロボットのきらりと光る姿が見える。子供たちが発する騒音は、はるかかなたに響きわたる意味不明の喚声だった。

「みんな、あれが好きなの」とクロリッサが言った。「押しあったり、引っ張ったり、取っ組みあいをしたり、転んだり、起きあがったり、おたがいにただ触れあってみたり。やれやれ！　あの子たちがどうやって成長していくのやら」

「あそこの年長の子たちはなにをやっているんです？」とベイリは訊いた。そして片側にかたまっている子供たちのグループを指さした。

「あれは映像対面をしているんです。あの子たちは直接対面しているわけじゃありません。映像によって、いっしょに歩いたり、話しあったり、いっしょに走ったり、遊んだりできる。肉体の接触を除けばなんでもできるんです」

「子供たちは、ここを出たら、どこへ行くんですか？」

「彼ら自身の地所へ。死者の数は、平均して卒業者の数と同じなんです」

「彼らの両親の地所ということ？」

「まあ、とんでもない！　子供が成年に達すると同時に両親が死ぬなんて、あまりにも驚くべき偶然ということになりません？　いいえ、子供は、そのときたまたま空席になったところに行くんです。子供たちが、両親が住んでいた家に住むことが、はたして幸福かどうか、わたしにはわかりません。彼らが自分の両親がだれであるか知っているとしてですけど」

「知らないんですか？」

クロリッサは眉を上げた。「なんで知る必要があるんです？」

「両親は、自分の子供たちをここへ訪ねてはこないのですか?」

「あなた、正気なの? 両親がなぜ、そんなことをしたがるの?」

ベイリは言った。「ある点をはっきりさせたいのですが、よろしいですか? ひとに、お子さんはおありですかと尋ねるのは失礼なんですか?」

「それは個人的な質問だと思いません?」

「まあ」

「わたしは鍛えられていますからね。子供たちがわたしの仕事ですもの。ほかのひとたちはそうはいかない」

ベイリは言った。「お子さんはおありですか?」

クロリッサは唾を呑みこみ、喉仏がごくりと動くのが見えた。「持つ資格はあると思うわ。それにあなたには答えをもらう資格もあるわね。子供はいません」

「結婚はしていますか?」

「ええ、自分の地所もあるし、いつもそこにいたいんですけど、ここで緊急事態が起これぱそうはいきません。自分がここにいないと、ロボットをちゃんとコントロールできる自信がないんです」

彼女は悲しそうに顔をそむけ、そして指さした。「ほら、あそこの子が転んだ、むろんあの子は泣いている」

ひとりのロボットが、猛烈な速さで走っていく。

クロリッサが言った。「あの子はかかえあげられ、抱きしめられ、もしなにか怪我でもしていれば、わたしが呼ばれる」彼女はいらだたしそうにつけくわえた。「その必要がないように願うわ」

ベイリは息を深く吸った。五十フィートほど左手に、三本の木が、小さな三角形を作っている。彼はそちらに向かって歩きはじめた。靴が踏んでいく草は柔らかく、その柔らかさがなんとも気味が悪い（腐肉を踏みつけていくような感触、そう思うとげっと吐きそうになる）。

彼は三本の木のあいだに立って、背中を一本の木の幹にもたせかけた。まるで隙間だらけの壁に囲まれているようだ。太陽は、葉むらのあいだでちらちら動きまわる光の群れにすぎず、恐怖はもはやほとんど拭いさられていた。

クロリッサは歩道に立って彼のほうを向いていたが、やがてゆっくりとその距離を半分に縮めた。

「しばらくここにいてもかまいませんか？」

「どうぞ」とクロリッサは言った。

ベイリは言った。「子供たちがファームを卒業したあとは、どうやってたがいに求愛させるのですか？」

「求愛?」

「たがいを知りあうことですよ」とベイリは言ったものの、この言葉の意味をどう説明すれば、相手に無事に伝わるだろうかと、ぼんやり考えた。「結婚できるようにね」

「それは、彼らがきめることじゃないわ」とクロリッサは言った。「彼らは遺伝子分析によって相手を見つけてもらうんです、ふつうはまだ幼いうちに。それが賢明な方法でしょ?」

「彼らはつねにそれを望んでいるのだろうか?」

「結婚することを? 望むわけがないじゃありませんか! とっても不快なプロセスですもの。はじめは、おたがいに慣れるようにしなければならない、そして毎日、少しずつじかに会って、はじめの不快感がなくなったら、いろいろと驚くようなこともできるようになるんです」

「たがいにパートナーが好きになれなかったら、どうするんですか?」

「なんですって? 遺伝子分析によってパートナーが選ばれれば、そんなことは問題では——」

「わかりました」とベイリはいそいで言った。彼は地球のことを考え、溜め息をついた。

クロリッサが言った。「ほかになにかお知りになりたいことはありますか?」

ベイリは、これ以上ここにいても、なにか得られることはあるのだろうかと思った。次の段階に進むために、クロリッサと胎児技術の問題はこれでおしまいにしても心残りはなかった。

彼が口を開いて、そう言いかけたとき、クロリッサが遠くのあるものに向かって大声を発した。「あなた、そこの子供、そこのあなたよ！　いったいなにをしているの」それから肩ごしにこう言った。「地球人！　ベイリ！　気をつけて！　気をつけて！」

ベイリにはほとんど彼女の言葉が聞こえなかった。ただその声のただならぬ気配に反応した。張りつめていた神経がぷっつりと切れ、彼はすさまじいパニックに襲われた。屋外の空気と恐るべき天空がとつじょ彼におおいかぶさってきた。

ベイリはわけのわからぬことをわめいた。口が意味のない音を発し、膝ががくりと折れ、体がゆっくりと横倒しになるのがわかった。まるで遠くから自分のその動きを見ているようだった。

そしてひゅーっという音が遠くから頭上の空気を貫き、ぱしっと鋭い音をたててやんだ。

ベイリは目を閉じ、指は地面の上を這っている細い木の根をつかみ、爪は土のなかに食いこんでいた。

彼は目を開けた（おそらく数秒後のことだったろう）。クロリッサは、遠くのほうにいる少年のひとりを激しく叱っている。ロボットが無言のまま、クロリッサの近くに立っている。ベイリは、目をそらす前に、少年がその手に、糸を張りわたしたものをもっているのに気づいた。

苦しそうに喘ぎながら、ベイリは苦労して立ちあがった。そしてさっきよりかかっていた木の幹に突き刺さった鈍く光る金属の矢を凝視した。引っぱってみると、すぐに抜けた。深く突き刺さってはいなかった。矢の先を見つめたが、それには触れなかった。矢の尖端はとがってはいなかったが、もし彼が倒れていなければ、皮膚を裂くにはじゅうぶんだった。

二度もためしてみて、ようやく脚を動かせるようになった。クロリッサのほうに一歩踏みだしてから、彼は大声で呼んだ。「おい。ぼうず」

クロリッサが振りかえった。顔が紅潮している。「これは事故です。怪我はありませんでしたか？」

「いや！　これはなんだ？」

「矢ですよ。弓によって発射されるものです。ぴんと張った弦《つる》が矢を飛ばすんです」

「こんなふうにだよ」と少年が生意気に言い、空中にもう一本矢を放ち、げらげら笑った。明るい色の髪の毛に、しなやかな体だった。

クロリッサが言った。「あとでお仕置きよ。さっさと行きなさい！」

「待て、待て」とベイリは叫んだ。そして倒れたとき石にぶつかってすりむいた膝をさすった。「質問があるんだ。きみの名前は？」

「ビク」と少年は無造作に言う。

「きみは、あの矢をぼくに向けて放ったのかい、ビク？」

「そうですよ」と少年は言った。

「かがめという警告が間に合わなかったら、ぼくに当たっていたかもしれないんだぞ？」

ビクは肩をすくめた。「当たるように狙ったんだもの」

クロリッサがいそいで口をはさんだ。「わたしに説明させてください。アーチェリーは、奨励しているスポーツなんです。接触せずに競りあうことのできるものですからね。映像のみを用いたコンテストもあるんです。こうなると、だれかがロボットを狙う心配が出てきたわね。みんな、おもしろがるでしょうし、ロボットには傷もつかないし。この地所にいる唯一の大人はわたしだけだから、この子はあなたを見て、きっとロボットだと思ったんじゃないかしら」

ベイリはじっと聞いていた。頭ははっきりしていたし、長い顔にあらわれる持ち前の気難しい表情が、いっそう険しくなった。「ビク、きみは、このぼくがロボットだと思ったのか？」

「ううん」と少年は言った。「あんたは地球人だよ」

「わかった。もう行きなさい」

ビクは背中を向けると、口笛を吹きながら走り去った。ベイリはロボットのほうに向きなおった。「おい！　あの少年は、わたしが地球人だとなぜわかったんだ？　それともおまえは、あの子が矢を射ったとき、そばにいなかったのか？」

「そばにおりました、マスター。あなたは地球人だと、わたしが教えました」

「地球人とはなにかということをあの子に教えたのか？」

「はい、マスター」

「地球人とはなにか？」

「病原菌を繁殖させるため、ソラリアにはいてはならない劣等人種です、マスター」

「そのことをおまえに教えたのはだれなんだ、ぼうや？」

ロボットは沈黙している。

ベイリは言った。「だれが教えたか、おまえは知っているね？」

「知りません、マスター。それは、わたしの記憶装置のなかにあります」

「するとおまえはあの子供に、わたしが病原菌を繁殖させる劣等人種だと教え、彼はすぐさまわたしを射ったのだね。なぜおまえはあの子を止めなかった？」

「止めたかったのです、マスター。たとえ地球人でも、人間に危害が及ぶのを見逃すことはできません。彼の動きはとてもすばやく、わたしはそれほど敏速ではなかったのです」

「おそらくおまえは、わたしが完全な人間ではない、ただの地球人だと思ったから、それでほんのちょっと躊躇した」

「いいえ、マスター」

その言葉はきわめて冷静に述べられたが、ベイリの唇は、醜くゆがんでいた。ロボットは誓って否定するだろうが、ベイリには、それこそが理由だと感じられた。

ベイリは言った。「あの子となにをしていたんだ？」

「矢を運んでいました、マスター」

「見せてもらえるか？」

彼は手をさしだした。ロボットが近づいて、一ダースの矢を手わたした。ベイリは、木に命中した一本は注意深く足もとにおき、それからほかの矢を一本ずつ検《あらた》めていった。そしてそれをロボットに返すと、件《くだん》の矢をふたたび取りあげた。

「なぜこの矢をあの子にわたしたのか？」とベイリは言った。

「理由はありません、マスター。矢を一本くれと言われました。この矢は、わたしの手が最初に触れた矢です。彼はあたりを見まわして的を探していましたが、あなたに気づくと、あの見知らぬ人間はだれかと尋ねました。わたしが説明を――」

「なにを説明したかはもうわかった。おまえがあの子にわたしたこの矢だけは、矢じりに灰色の矢羽根がついている。ほかの矢には黒い矢羽根がついている」

ロボットはまじまじと見つめているだけである。

ベイリは言った。「おまえが、あの子をここに案内してきたのか？」

「わたしたちはあてもなく歩いていたのです、マスター」

地球人は、二本の木のあいだの隙間を見た。矢は、その隙間から的に向かって飛んできたのだ。「たまたま、このビクという少年は、ここにいる子供たちのなかでもっとも巧みな射手だったんじゃないのか？」

ロボットはうなだれた。「彼はいちばんでした、マスター」

クロリッサは息を呑んだ。「いったいどうしてそんなことを考えついたんです？」

「当然のことだ」とベイリはそっけなく言った。「灰色の矢羽根をもつこの矢と、ほかの矢を、どうか見くらべてください。灰色の矢羽根をもつ矢だけは、尖端に油のようなものがついている。芝居がかった台詞に聞こえるでしょうが、マダム、あなたの警告がわたしの命を救ったわけですよ。わたしに当たらなかったこの矢には、毒が塗ってあるんです」

13 ロボット工学者との対決

クロリッサが言った。「ありえない！　天に懸けて、ぜったいありえない！」

「天だろうと地だろうと、なんとでも言えばいい。使い捨てにできる動物がこの養育所《ファーム》にはいますかね？　そいつを連れてきて、この矢の先でつついてみたまえ、どうなるか？」

「でもなぜあなたを――」

ベイリは苦々しげに言った。「なぜかはわかっている。問題は、だれが、だ」

「だれもそんなひとは」

ベイリはふたたび眩暈を感じ、怒りが猛然とわきあがった。彼はクロリッサに矢を投げつけた。彼女は矢が落ちた場所を見た。

「拾え」とベイリが叫ぶ。「テストするのがいやなら、この矢を始末したまえ。ほうっておいて子供たちに拾われたら、また事故が起きるんだ」

彼女は、あわてて人指し指と親指で矢をつまみあげた。

ベイリは建物のいちばん近い入り口に向かって走った。クロリッサはこわごわと矢を持ったまま、彼のあとから建物のなかへ入った。

ベイリは、建物のなかにいるという安心感で、どうやら冷静になれた。「だれがこの矢に毒を塗った？」

「想像もつきません」

「あの子が自分でやったとは思えない。彼の両親がだれであるか知る方法はないのか？」

「記録を調べればいいんです」とクロリッサはぼんやりと言った。

「すると、親子関係の記録は取ってあるんだね？」

「遺伝子分析のために記録は取らなくてはなりません」

「あの子は自分の両親がだれであるか知っているのかね？」

「ぜったい知りません」クロリッサは語気を強めた。

「あの子が調べる方法はあるのだろうか？」

「そうするには記録室に侵入しなければならない。不可能です」

「ある大人がここにやってきて、自分の子供はどれか知りたいと言ったら——」

クロリッサの顔にさっと血がのぼった。「とうていありえません」

「しかしかりにだ。その人物が、かりに尋ねたとしたら、教えてもらえるのだろうか？」

「わかりません。その人物が知っても違法行為にはなりません。でも一般の慣習に背いているのは確かです」

「あなたなら教えますか？」

「教えないようにします。デルマー博士なら教えなかったでしょうね。親子関係を知ることは、遺伝子分析の場合にのみ必要だという考えでしたから。博士がここに来られる前は、万事がいいかげんだったかもしれない……なぜそんなことを訊くんです？」

「あの子自身が動機を持ちうるかどうかはわからない。両親を通じてなら、持ちうるかもしれないと思ったのでね」

「ほんとうに恐ろしいこと」すっかり動揺しているクロリッサは、これまでになく近くに寄ってきた。彼のほうに腕を伸ばしさえした。「いったいどうして、こんなことが起こるんですか。ボスが殺された。あなたが殺されかけた。ソラリアには、暴力を振るうようないかなる動機も存在しません。わたしたちは欲しいものはなんでも手に入る。だから、個人的な野望というようなものはないんです。親子関係も知らないし、だから家族としての野望というようなものもありません。わたしたちの遺伝子はすべて健全なんですよ」

彼女の顔がとつぜん晴れやかになった。「待って。この矢に毒を塗ることはできませんよ。毒が塗ってあるというあなたの言葉を信じてはいけなかったんだわ」

「なんでとつぜん、そんなことを言いだすんです？」

「ビクはロボットといっしょにいたんです。毒を手にすることはぜったい許されません。ロボットは、人間に危害を及ぼすおそれのあることはできるはずがないんです。ロボット工学三原則の第一条に明記されています」

ベイリは言った。「そうかな？　第一条とはなんだろう？」

クロリッサはまじまじとベイリを見つめた。「なにを言っているんですか？」

「なにも。矢を調べてもらえば、毒が塗ってあることはわかる」ベイリ自身は、そんなことに関心がなかった。くわしい調査をするまでもなく、それに毒が塗ってあることはわかっていた。「あなたはまだ信じているんですか、ミセス・デルマーが夫殺しの犯人だと？」

「現場にいたのは彼女だけです」

「なるほど。あなたもまた、わたしが毒矢で射たれたときに、この地所にいた唯一の大人の人間だ」

彼女は勢いよく叫んだ。「わたしはこれには無関係です」

「たぶんね。そしてたぶんミセス・デルマーも潔白なんだ。あなたのビューアーを使わせてもらえないだろうか？」

「ええ、どうぞ」

ベイリは、自分が映像対面をするつもりの相手がだれであるかはわかっていた。それは、ぜったいにグレディアではなかった。自分の声が、「グレディア・デルマーにコンタクトしてくれ」と言っているのを聞いて愕然とした。

ロボットはなにも言わずに命令に従い、ベイリは、自分がなぜそんな命令をあたえたのか不思議に思いながら、ロボットの巧みな操作を驚きの目で見守っていた。

彼女の名が、クロリッサとのやりとりに上がったからか、あるいは、この前の映像対面の終わりぎわの彼女の態度に、いささか穏やかならぬものを感じていたからか。あるいは、クロリッサという、嗄れ声の、はなはだしく実務的な人物を目の前にして、それとは逆の存在であるグレディアを一目見たいという欲求が強まったからなのか？

彼は自分を弁護したくなった。やれやれ《ヨシャパテ》！ ときには人間、物事を臨機応変に片づけなければならないときがあるものさ。

グレディアがたちまち彼の前にあらわれた。背もたれのまっすぐな大きな椅子にすわっているので、いつもより小さく、たよりなげに見えた。髪の毛はうしろで束ね、そのままゆるやかに巻きあげてある。ダイヤモンドとおぼしい宝石を埋めこんだイヤリングをつけている。服はシンプルなもので、腰の部分がきゅっと引きしぼってある。

彼女は低い声で言った。「映像のあなたにお目にかかれてうれしいわ、イライジャ。ずっとあなたにコンタクトをとろうとしていたのよ」

「おはよう、グレディア」（こんにちは？ こんばんは？ グレディアの時間がわからなかったし、着ているものから、時間の見当をつけることもできなかった）。「なぜコンタクトをとろうと思ったんです？」

「この前の映像対面のときに、あたしが癇癪《かんしゃく》を起こしてしまったことをお詫びしようと思って。ミスタ・オリヴォーは、あなたの連絡先を知らなかったわ」

ベイリは、ダニールが監視ロボットに拘束されている情景をちらりと思いうかべ、笑みをもらしそうになった。「いいですよ、二、三時間後なら、お会いしましょう」

「もちろん、もし――あたしに会うですって？」

「直接対面で」とベイリは重々しく言った。

彼女の目が大きく見開かれ、その指は、椅子の滑らかなプラスチックの肘掛けに食いこんだ。「そうする理由がなにかあるのかしら？」

「ぜひ必要なんです」

「あたしはそうは思いませんけど――」

「お許しいただけますか？」

彼女は目をそらした。「どうしても必要なのかしら？」

「そうです。ただし、その前に、じかに会わねばならないひとがいましてね。夫君は、ロボットに関心をもっておられましたね。あなたがそう言われたが、ぼくもほかの筋から聞きました。でもロボット工学者ではありませんでしたね？」

「専門ではなかったわ、イライジャ」彼女はいぜん彼の目を避けている。

「しかしロボット工学者と共同で研究をなさっていたでしょう？」

「ジョサン・リービッグ」彼女は即座に言った。「彼は、あたしの善き友人です」

「彼が？」ベイリは勢いよく言った。

グレディアは驚いた顔をした。「言っておくべきだったかしら？」

「いいでしょう、事実なら？」

「あたし、いつも不安なの。なにか言うたびに、自分がまるで――あなたにはわからないわね、おまえがやったんだとみんなに思われるのが、どんな気持のものか」

「気にしないこと。彼とはどうして友達になったんです？」

「さあ、わからないわ。彼が隣の地所にいたからかもしれない。映像対面のエネルギーはほぼゼロですもの。あたしたちは、ほとんどなんの支障もなく、自由行動機能でずっと映像で対面できるの。いつでもいっしょに散歩もできる。いえ、とにかく散歩したわ」

「あなたが、だれかといっしょに散歩ができるとは知らなかった」

グレディアは顔を赤らめた。「映像対面だと言ったでしょ。ああ、あなたが地球人だということをつい忘れてしまうのよ。自由行動機能で映像対面するということは、自分たちに焦点を合わせたまま、おたがいのコンタクトを失わずに、どこでもいっしょに好きなところに行けるということなの。あたしは自分の地所を歩き、彼は彼の地所を歩く。それであたしたちはいっしょに歩いているのよ」彼女は顎を上げた。「楽しいわけだわね」

それからふいにくすくすと笑いだした。「かわいそうなジョサン」

「なんでかわいそうなんです？」

「あたしたちが映像機能を使わずに、いっしょに散歩していたと、あなたは思ったんでしょ。そんなことを考えるひとがいると想像するだけで、彼は死んでしまうわよ」

「どうして？」

「彼は、そのことになるとたいへんなの。彼の話だと、五歳のときに、ひとにじかに会うのはやめたんですって。もっぱら映像対面だったそうよ。なかには、そういう子供たちもいるわ。リケインは」――彼女はとまどったように黙りこみ、そしてまた言葉をついだ――「リケイン、あたしの夫は、あたしがジョサンの話をしたときに、こんなことを言っていたわ。そういう子供はだんだん増えるだろうって。つまりそれは、映像推進派を存続させる一種の社会進化だって言うの。あなたもそうお思いになる？」

「ぼくは専門家じゃない」とベイリは言った。

「ジョサンは結婚もしなかったのよ。リケインは彼が反社会的だと腹をたてて、せっかく遺伝子共同プールに必要な遺伝子をもっているのにと彼を責めたわ。でもジョサンは考えなおすことを拒否したんです」

「拒否する権利はあるんですか？」

「い――いいえ」グレディアはおずおずと言った。「でも彼はロボット工学者の偉才でしたからね、ロボット工学者はソラリアでは貴重な存在ですもの。ふたりは結論を引き延ばしていたんじゃないかしら。でもリケインはジョサンとの共同研究をやめるつもりだったんだと思うの。夫は、ジョサンが悪いソラリア人だと言ったことがあるわ」

「ジョサンにもそう言ったのかな？」

「わからない。最後までジョサンと仕事はしていましたもの」

「だが彼は、ジョサンが結婚を拒否するような悪いソラリア人だと思っていたわけですね」

「リケインはこう言ったことがあるの。結婚は人生でもっとも苛酷なものだって、でも耐えなければならないって」

「あなたはどう思っていました？」

「なんのこと、イライジャ」

「結婚ですよ。結婚は人生でもっとも苛酷なものだと思っていましたか？」

彼女の面《おもて》は、まるで苦心して感情を洗い流そうとしているように、ゆっくりと無表情になっていった。「そんなことは考えたこともないわ」

ベイリは言った。「あなたは、ジョサン・リービッグとはしじゅう散歩をすると言い、それから言いなおして、散歩をしたと過去のことにしましたね。もう彼とは散歩はしないんですか？」

グレディアは首を振った。その面に表情が戻ってきた。悲しみ。「ええ。そのようね。一度か二度、映像で対面しました。彼はいつも忙しそうだし、あたしはとても——おわかりよね」

「それは、ご主人が亡くなられてから?」

「いいえ、もっと前から。数カ月前かしら」

「デルマー博士は、あなたにこれ以上関心をもつなと彼に命じたのだろうか?」

グレディアは驚いたようだった。「なんでそんなことを? ジョサンはロボットではないし、あたしもそうじゃないわ。なんで命令されなければならないの、それにリケインがなぜ命令しなければならないんです?」

ベイリは説明しようとはしなかった。地球流の表現でなら説明できただろうが、それで彼女がはっきり理解できるわけでもない。たとえ理解できたとしても、彼女に不愉快な思いをさせるだけだろう。

ベイリは言った。「訊いてみただけですよ。また映像で会いましょう、グレディア、リービッグと会ったあとで。ところで、いま何時ですか?」質問をしたとたんに後悔した。ロボットなら地球時間で答えただろうが、グレディアは、ソラリアの単位で答えるかもしれない。ベイリは無知をさらけだすのはうんざりだった。

だがグレディアはまったく数字を使わずに答えた。「午後の中ごろ」と彼女は言った。

「するとリービッグの地所でもその時間ですね」

「ええ、そうよ」

「けっこう。できるかぎり早く、また映像で会って、そこでじかに会う段どりを決めましょう」

ふたたび彼女は尻ごみをした。「どうしても必要なのかしら？」

「そうです」

彼女は低い声で言った。「じゃあ、いいわ」

リービッグにコンタクトするのは多少遅れたが、そのあいだベイリは、包装したまま運ばれてきたサンドイッチを食べることにした。それでも彼は前より用心深くなっていた。包装を開ける前に、まずシールを注意深く調べ、中身を入念にあらためた。

プラスチックの容器に入った解凍しかかったミルクを受け取り、自分の歯で開け口を嚙みきり、そこからじかに飲んだ。皮下注射の針か、高圧針型ジェット・ノズルによって注入可能の無味無臭の遅効性の毒物が入ってはいないかと、彼は鬱々と考えたが、いかにも子供じみた考えだとしりぞけた。

ここまでは、殺人も殺人未遂も、もっとも単純素朴な方法で行なわれてきた。頭部への一撃とか、一ダースの人間を殺せるほどの毒入りのグラスとか、人前で堂々と獲物に毒矢を放つとか、緻密で巧妙な計画性はまったくない。

それから彼は、同じように鬱々と考えた。こうして標準時と異なる時間帯に飛びまわっているかぎり、規則的な食事はとれそうもないし、これがこのまま続くなら、規則的な睡眠もとれそうにない。

ロボットが近づいてきた。「リービッグ博士は、明日コンタクトを取るようにと言われました。重要なお仕事中です」

ベイリは跳びあがって怒鳴った。「あいつに言ってやれ――」

彼は口をつぐんだ。ロボットを怒鳴っても仕方がない。つまり、怒鳴りたければ怒鳴ってもいいが、怒鳴ろうとささやこうと結果は同じことなのだ。

彼はふつうのやりとりの口調になった。「リービッグ博士か、あるいは連絡相手が彼のロボットだったら、そいつに言ってくれないか。わたしは、彼の同僚である善きソラリア人が殺された事件を捜査しているんだと。そちらの仕事がすむのを待ってはいられないと言ってくれ。五分のうちに映像対面ができないのなら、一時間たらずのうちに飛行機で、彼の地所にじかに会いにいくとね。じかに会うと言うんだぞ、そうすりゃあ間違いなしだ」

彼はサンドイッチに戻った。

五分たたぬうちに、リービッグが、あるいは少なくともベイリがリービッグであると推定するソラリア人が、彼を睨みつけていた。

ベイリも睨みかえした。リービッグは、ぴんと背筋を伸ばした痩せぎすの男だった。飛びだした暗い目は超然とした印象をあたえているが、いまや怒りが相半《あいなか》ばしている。片方の目蓋がやや垂れさがっていた。

リービッグは言った。「きみが例の地球人か？」

「イライジャ・ベイリ」と彼は言った。「私服刑事C－7級、リケイン・デルマー博士殺害事件の捜査に当たっています。そちらの姓名は？」

「わたしはジョサン・リービッグ博士。きみはなぜ、わざわざわたしの仕事の邪魔をするのかね？」

「理由は簡単」とベイリは静かに言った。「それがわたしの仕事です」

「そんな仕事はよそでやりたまえ」

「まずいくつか質問があります、博士。あなたはデルマー博士の親しい同僚だったと思いますが。そうですね？」

リービッグの片方の手がふいに拳を握り、つかつかとマントルピースに歩みよった。マントルピースの上には、小さなぜんまい仕掛けの奇妙な器械が複雑で間欠的な動きをしており、それが目に催眠術のような効果をもたらした。

ビューアーはリービッグにたえず焦点をあてているので、彼の姿は歩いていても映像の中心からははずれない。むしろ彼の背後の部屋のほうが、彼が歩むにつれてやや上がったり下がったりしながら後方に動いていくように見えた。

リービッグが言った。「きみが、グルアーが呼び寄せると脅した例の外国人なら――」

「そうですよ」

「わたしの助言に反して、きみがここにいるわけだね。映像対面終了」

「まだだめだ。コンタクトを切るな」ベイリはふいに声をはりあげ、同時に指を上げた。彼がその指をロボット工学者に突きつけると、相手はたじろいで身を引き、唇をねじまげて嫌悪の表情を示した。

ベイリは言った。「はったりやこけおどしで、あなたにじかに会うと言ったんじゃありませんよ」

「地球人の無礼な言動は願いさげだ」

「わたしが意図しているのは、率直な言明ですよ。あなたにはじかに会うつもりだ、そうする以外に耳を傾けてもらう方法がないならね。あなたの襟首をつかんで、聞かせてやりますよ」

リービッグはまじまじと見返した。「なんとも不愉快な動物だ」

「どうとでも言ってください、それでもわたしはやりたいようにやる」

「もしわたしの地所に侵入してみろ、わたしは――わたしは――」

ベイリは眉をぐいとあげた。「このわたしを殺しますか？　そういう脅しをよくするんですかね？」

「脅しているわけじゃない」

「じゃあ話そうじゃないですか。こうやって無駄にしている時間があれば、いろいろとお尋ねできるんですがね。あなたはデルマー博士の親しい同僚だった。そうですね？」

ロボット工学者がうつむいた。ゆっくりとした規則正しい呼吸とともに肩がかすかに動く。目をあげたとき、彼は自分を取り戻していた。気の抜けた微笑をちらりとうかべさえした。

「そうだった」

「デルマーは新しいタイプのロボットに興味があったそうですね」

「そうだ」

「どんな種類の？」

「あんたはロボット工学者か？」

「いいや。素人むきに説明してください」

「説明できそうもない」

「してみてください！　たとえば、子供を躾けることのできるロボットを、彼は欲しがっていたと思いますがね。それにはなにが必要なんですか？」

リービッグは眉をちょっと上げ、こう言った。「難解なところはすべて省略して、ごく簡単に説明すると、W－65レベルにおけるシコロヴィッチ直列系反応のC－積分値を増強するということだ」

「でまかせだな」とベイリは言った。

「事実だ」

「わたしをけむにまいているんだ。ほかに言い方はないんですか？」

「第一条をやや弱めるということだ」

「なぜそんなことを？　子供自身の将来によかれと思うから躾をするんじゃないんですか。それが躾というものでしょう？」

「ああ、将来によかれと思ってか！」リービッグの目は熱意に燃え、どうやら聞き手の存在が意識から消えていき、それにつれて前より口が滑らかになった。「単純な考え方だね。いったいどれだけの人間が、大きな善き将来のためにささやかな不便をよろこんで耐え忍ぶというのか。いまおいしい食べ物が、後日腹痛を引き起こし、いま不味《まず》い食べ物が、後日腹痛を癒やすということを子供に教えこむのにどれほどの時間がかかると思うのかね？　それなのにそれをロボットに理解させようと言うのか？

ロボットによって子供にあたえられた痛みは、陽電子頭脳の強力な破壊を引き起こす可能性がある。これを阻止するために、将来の役にたつことをロボットに理解させ、破壊防止機能を起動させるためには、陽電子頭脳の回路と補助回路を五十パーセント増加させる必要がある。さもなければ、他の回路が犠牲となる」

ベイリは言った。「それではその種のロボットの製作にはまだ成功していないんですね？」

「ああ、わたしにも成功の見こみはない。ほかのだれにしても」

「デルマー博士は死ぬ直前に、そのようなロボットの実験的モデルをテストしていたんですか？」

「そのようなロボットではない。われわれは、ほかのもっと実用的なものに興味があったのだ」

ベイリは静かに言った。「リービッグ博士、どうやらわたしは、ロボット工学についてもう少々学ばねばならないようです。あなたに教えを乞うことにしましょう」

リービッグは激しくかぶりを振った。少々垂れていた目蓋が、いよいよ垂れて、ぞっとするようなウインクを思わせた。「ロボット工学について講義するとなると、短時間のわけにはいかない。わたしにそんな時間はない」

「それでも、わたしに教えてくださらねばいけませんよ。ロボットの匂いは、ソラリアのあらゆるものに染みついている。もし時間が足りないとおっしゃるなら、これはますますあなたにじかに会う必要がある。わたしは地球人だから、映像対面では気持よく仕事もできなければ、考えることもできないんですよ」

ベイリが、リービッグの強硬な態度をこれ以上硬化させることは不可能だと思われたが、じつは可能だった。「地球人であるきみの恐怖の対象がなんだろうと、わたしには関係ない。じかに会うのは不可能だ」

「あなたにご相談したいことがなんであるかお教えすれば、きっとお気持も変わると思いますが」

「変わるわけがない。なにを言っても無駄だ」

「そうだろうか？　それでは聞いてください。わたしの信じるところでは、陽電子頭脳のロボットが生まれてからこのかた、ロボット工学三原則第一条は、故意に誤った引用がなされているのです」

リービッグが発作でも起こしたように体を動かした。「誤った引用だと？　ばかな！　狂人め！　なぜそんなことを？」

「事実を隠すためです」とベイリは落ち着きはらって言った。「ロボットは殺人を犯すことができるという事実です」

14 動機が暴露される

リービッグの口がゆっくりと開いた。ベイリは最初はそれをうなり声をあげるためだと思ったが、なんと驚いたことに、それは笑みを作ろうという、彼がこれまで見たもののうちでも、もっとも無理な試みだった。

リービッグが言った。「そんなことは言ってはならん。二度と言うな」

「なぜです？」

「なぜなら、いかに些細なことであろうともロボットへの不信を助長することは有害だからだ。ロボットに対する不信は、人間の病なのだよ！」

まるで小さな子供に言ってきかせているようだった。怒鳴りつけたいところを、やさしく言いきかせているとでもいうような。ほんとうは死刑を言いわたしたいのに、なんとか説得を試みているようだった。

リービッグは言った。「きみはロボット工学の歴史を知っているのか？」

「少々なら」

「地球の人間なら知っているはずだ。そうだな。そもそも人間が、ロボットというものに対して、フランケンシュタイン・コンプレックスをいだいていたことは知っているかね？ロボットとは疑わしいものだった。人間はロボットを信用せず恐れていた。その結果、ロボット工学は、ほとんど秘密の学問だった。三原則は、そうした不信を克服するために、はじめてロボットの頭脳に組みこまれたものだが、それでも地球は、ロボット社会が発展することを決して許さなかった。最初の開拓者が地球を去って他の銀河系に植民した理由のひとつは、ロボットが、人間を貧困と苦難から解き放ってくれるような社会を建設できるかもしれないと思ったからだった。そのときでさえ、意識のそう深くないところに潜在的な疑念が残っており、きっかけさえあればいつでも表に飛びだそうとしていた」

「あなた自身も、ロボットに対する不信と闘わねばならなかったんですね？」

「何度もね」とリービッグは不快そうに言った。

「それは、あなたがたロボット工学者が事実を少々ゆがめても、不信感をできうるかぎり回避しようとした理由なんですかね？」

「ゆがめたことなどはない！」

「たとえば、意識的に三原則を不正確に引用したことはありませんか？」

「ない！」

「三原則の引用が不正確だったと、わたしには説明できますよ。もしあなたがわたしを納得させることができないなら、このことを、できれば全銀河系世界に立証してみせます」

「きみは狂っている。どんな論拠があるのか知らないが、そんなものはぜったいでたらめだ」

「それについて話しあいますか？」

「あまり時間がかからなければね」

「顔と顔をつきあわせて？　じかに会って？」

リービッグの細い顔がゆがんだ。「だめだ！」

「さよなら、リービッグ博士。ほかの連中なら、わたしの話に耳を傾けてくれますよ」

「待て。おいおい、待てったら！」

「じかに会いますか？」

ロボット工学者の両手がひらひらと上がって、顎のまわりをさまよっている。それからゆっくりと親指が口のなかにもぐりこみ、そのまま動かない。彼はぼんやりとベイリを見つめている。

ベイリは思った。やつめ、五歳以前の段階に退行するつもりなのか、じかに会うことが正当化できるように？

「じかに会いますか？」とベイリは言った。

だがリービッグはゆっくりとかぶりを振った。「むりだ。むりだよ」彼はうめいた。言葉は親指にふさがれて出てこようとしない。「やりたいようにやればいい」

ベイリがじっと見つめていると、相手は背を向け、顔を壁のほうに向けた。まっすぐ伸びていたその背中が曲がり、その顔は震える両手でおおわれた。

ベイリは言った。「それじゃあ、けっこうです。映像対面でいきましょう」

リービッグが向こうをむいたまま言った。「ちょっと待ってくれ。すぐに戻る」

ベイリはそのあいだに用をたし、バスルームの鏡に映った洗ったばかりの自分の顔を見つめた。自分はこれで、ソラリアの、そしてソラリア人の感触というものがつかめたのだろうか？　よくわからなかった。

彼は溜め息をついてコンタクト・パッチを押すと、ロボットがあらわれた。彼はロボットのほうを向きもせずに言った。「この養育所《ファーム》には、わたしがいま使っているもののほかにビューアーがあるのかね？」

「ほかに三台のビューアーがあります、マスター」

「それではクロリッサ・カントロに――きみの女主人に、しばらくのあいだここの装置を使うと伝えてくれ、こちらから連絡するまでは邪魔しないでほしいと」

「はい、マスター」

ベイリは、ビューアーが、リービッグが立っていた部屋の無人の部分に焦点を当てている、その場所にもどった。そこはまだ無人だったので、彼は腰を落ち着けて待った。

長くは待たなかった。リービッグが入ってくると、部屋はふたたび、彼が歩くにつれて軽く揺れ動いた。焦点はすぐさま部屋の中心から、人間へと切り替わった。ベイリは、ビューアーの複雑さを思いだし、その複雑さにあらためて感嘆をおぼえた。

リービッグがすっかり自分を取り戻しているのは明らかだった。髪の毛をうしろに撫でつけ、服も替えていた。着ているものはゆったりしており、布地はきらきらとした光沢を放っている。彼は壁からするすると出てきた華奢《きゃしゃ》な作りの椅子に腰をおろした。

彼は落ち着いて言った。「さて、第一条に関するそちらの見解を話してもらおうか？」

「盗聴はされていませんよね？」

「ああ。だいじょうぶだ」

ベイリはうなずいた。「では第一条をあらためて引用しましょう」

「その必要はあるまい」

「はい、しかし、とにかく引用させてください。ロボットは人間に危害を加えてはならない。また、その危険を看過することによって、人間に危害を及ぼしてはならない」

「それで？」

「さて、わたしが最初にソラリアに着いたとき、割り当てられた地所に地上車で連れていかれました。地上車は、わたしを屋外の広い空間にさらさぬよう設計された特別の有蓋車だった。地球人なので——」

「そのことは承知している」とリービッグはいらだたしそうに言った。「それが、この問題とどういう関係があるのかね？」

「運転していたロボットは、そのことを知らなかった。車輛の屋根を開放するよう指示すると、すぐさま応じた。第二条。ロボットは命令には従わなければならない。わたしはむろん気分が悪くなった、そして車輛の屋根が閉じられる直前に気絶しそうになった。このロボットはわたしに危害を及ぼしたんじゃありませんか？」

「あんたが命令した」とリービッグはぴしりと言った。

「第二条を引用しましょう。ロボットは人間にあたえられた命令に服従しなければならない。ただし、あたえられた命令が、第一条に反する場合は、この限りではない。それゆえ、おわかりでしょう、わたしの命令は無視されなければならなかった」

「なにをばかなことを。ロボットはなにも知らされては——」

ベイリは椅子から身を乗りだした。「ああ！　そこですよ。さあ、第一条は、正しくはこう書かれるべきなんです。ロボットは、その知識に照らして人間に危害を及ぼすと思われることはしてはならない。また知識がありながら、不作為によって人間に危害が及ぶのを許してはならない」

「そんなことはわかりきっている」

「一般の人間にはわかっていませんよ。さもなければ一般の人間にも、ロボットは殺人を犯せるということがわかるはずだ」

リービッグは青ざめた。「狂ってる！　正気の沙汰ではない！」

ベイリは、指の先をじっと見つめた。「ロボットは無害な仕事はやるでしょうね。人間に危害を及ぼさないような仕事なら」

「そう命令されればだ」とリービッグは言った。

「ああ、もちろんです。もしそうするように命令されればですよ。そして第二のロボットも、無害な仕事はやるかもしれない。同じように人間には危害を及ぼさないような仕事をですよ？　もし命令されればですね？」

「ああ」

「もしこのふたつの無害な仕事が、それぞれにはまったく無害な仕事が、ふたつ合わされば殺人を犯すことになるとしたら？」

「なんだと？」リービッグの顔がゆがみ渋面を作った。

「この点についてあなたの専門家としてのご意見をうかがいたい」とベイリは言った。

「ひとつ仮定的なケースをお示ししましょう。人間がロボットにこう言ったとする。『ミルクの入ったグラスが、どこそこにあるから、それにこの液体を少量入れよ。液体は無害だ。わたしはその液体がミルクに及ぼす効果を知りたいだけだ。効果がわかったら、捨てるつもりだ。その作業を終えたのちは、自分のしたことは忘れろ』」

リービッグはいぜん顔をゆがめたまま、なにも言わなかった。

ベイリは言った。「もしわたしがロボットに、謎の液体をミルクにくわえて、人間にさしだせと命令したとしたら、第一条が、ロボットにこう質問させる。『この液体は、どういう性質をもっていますか？　人間に害をあたえるようなことはありませんか？』そしてもし液体が無害であると保証されても、第一条により、いぜんとしてロボットは躊躇し、ミルクをあたえることを拒否するでしょう。しかしながら、ミルクは捨てるつもりだと言われれば、その場合、第一条は関係しません。ロボットは命令されたとおりにするのではありませんか？」

リービッグは目をむいた。

ベイリは言った。「さて二番目のロボットは、そもそものミルクを注いだロボットですが、ミルクになにか混入されたことはまったく知らない。なにも知らぬまま、そのロボットは、ミルクを人間にあたえ、その人間は死ぬ」

リービッグは叫んだ。「そんなことはない！」

「なぜです？　ふたつの行為は、それ自体は無害です。ふたついっしょになると殺人になります。このようなことが起こりうるということを否定できますか？」

「殺人者は、その命令をあたえた人間だ」とリービッグが叫んだ。

「冷静に考えれば、そうかもしれない。しかしながらロボットは、直接手を下したもの、殺人の道具です」

「人間がそんな命令をあたえるものか」

「ひとりはいますね。ひとりはじっさいあたえたんです。グルアー局長に対する殺人未遂行為はこのようにして行なわれたにちがいありません。グルアー殺人未遂事件のことはお聞き及びですね？」

「ソラリアでは」とリービッグはつぶやいた。「すべてのことが耳に入る」

「それではグルアーが、わたしとわたしのパートナー、オーロラのミスタ・オリヴォーが見ているときに、夕食の席で毒をもられたことはご存じですね。毒物が彼の口に入るために、ほかに方法があれば教えていただけませんか？　あの地所のうちに、ほかに人間はいませんでした。ソラリア人として、その点は認めるでしょう」

「わたしは刑事ではないのでね。推論はしない」

「ひとつはお示ししましたがね。これが可能かどうか知りたいんです。ふたりのロボットがそれぞれ別の行動をし、その行動はそれ自体は無害であるとして、このふたつが合わさると殺人を犯すということがあるのかどうか知りたいんですよ。あなたは専門家だ、リービッグ博士。これは可能ですか？」

リービッグはなにかに憑かれたように言った。「可能だ」あまりにも低い声だったので、ベイリにはほとんど聞きとれなかった。

ベイリは言った。「なるほど。第一条の件はこれでけりがついた」

リービッグはベイリを凝視した。垂れさがった目蓋が、一、二回、ぴくぴくと震えた。ぎゅっと組みあわされていた両手は離れたが指先はまだ曲がったまま、いまだ空中の幻の手とからみあっているように見える。掌は下向きに膝の上におかれ、それからようやく指先が弛緩《しかん》した。

ベイリは、呆然としてそれを見ていた。

リービッグが言った。「理論的には可能だ。理論的にはだ！　だが第一条はそれほど簡単に無視はできないぞ、地球人。第一条を出しぬくためには、ロボットにきわめて妥当な命令があたえられねばならない」

「そのとおり」とベイリは言った。「わたしはたかが地球人です。ロボットについては無知も同然、わたしが出した命令は、ほんの一例にすぎない。ソラリア人なら、もっと巧妙にやるでしょう。それは確かだ」

リービッグは聞いていなかったのかもしれない。大声でこう言った。「人間に危害をあたえるよう、ロボットを操作するとなれば、陽電子頭脳の能力を高めなければならないということだ。人間を改良すべしと言ったほうがよいかもしれない。それは不可能だから、ロボットはぜったいに危険のないものにしなければならない。

われわれは日々進歩している。われわれのロボットもより多様化し、より特殊化し、機能も増え、一世紀前のものよりははるかに無害になっている。今後一世紀もすれば、さらに大きな進歩が見られるだろう。陽電子頭脳を制御機構そのものに組みこめるというのに、わざわざロボットに制御機構を誤作動させることはないだろう？　それには個別の改良が必要だが、汎用化《はんようか》することもできるのだ。四肢の取外しや交換が可能なロボットというのはどうだ。ええ？　なぜ作らない？　もしわれわれが——」

ベイリがさえぎった。「ソラリアではあなたが唯一のロボット工学者ですか？」

「ばかを言え」

「ただそんな気がしたもので。デルマー博士は唯一の——ああ——胎児技師ですね、助手を除いては」

「ソラリアには二十人以上のロボット工学者がいる」

「あなたがもっとも優秀なロボット工学者ですね」

「そうだ」リービッグは臆面もなく言った。

「デルマーはあなたといっしょに研究していた？」

「そうだ」

ベイリは言った。「たしか博士は、あなたとの共同研究を打ち切ろうとしていたということですが」

「そんな気配はまったくなかった。なぜそんなことを考えるのかね？」

「博士は、あなたの独身主義には反対だったとか」

「そうかもしれない。彼は完璧なソラリア人だからね。しかし、それはわれわれの共同研究とはいっさいかかわりのないことだ」

「話題を変えましょう。ロボットの新型モデルの開発にくわえて、現存するタイプのロボットを製造し、修理もしておられますね？」

リービッグは言った。「製造や修理は、主にロボットの仕事だ。わたしの地所のうちに大きな製造工場と修理工場がある」

「ところで修理を要するロボットは多いのですか？」

「非常に少ない」

「というと、ロボットの修理技術は未発達というわけですね？」

「そんなことはない」リービッグの声は硬かった。

「デルマー博士の殺害現場にいたロボットはどうしましたか？」

リービッグは顔をそむけた。眉がぎゅっと寄せられ、まるで苦悩が心に押し入ってくるのを阻んでいるように見えた。「あれは全壊した」

「完全に？　するとあのロボットは質問にはまったく答えられなかったわけですね？」

「まったくね。まったく使いものにならなかった。あれの陽電子頭脳は完全にショートしていた。無傷な回路はひとつとしてなかった。考えてもみたまえ！　あれは、殺人を目撃しながら阻止できなかった――」

「ところで、殺人をなぜ阻止できなかったのでしょうか？」

「わたしにわかるわけがないだろう？　デルマー博士は、あのロボットを使って実験中だった。彼があれをいかなる精神状態においていたか、わたしにはわからない。たとえば、博士が、ある特定の回路エレメントをチェックしているあいだ、あらゆる操作を一時停止するようあれに命じていたかもしれない。そのときデルマー博士もロボットも、危害を及ぼすとは思いもよらない人物が、とつぜん博士を襲撃したとしても、ロボットが第一条の陽電子ポテンシャルによってデルマー博士の停止命令に打ち勝つまでには、わずかな間《ま》があっただろう。その間《ま》の長さは、その襲撃の性質と、デルマー博士の停止命令の性質とによるだろう。ロボットがなぜ殺人を防げなかったかという理由なら、あと一ダースほど思いつけるがね。しかしだ、防げなかったということは、明らかに第一条の違反になる。ロボットの陽電子頭脳のあらゆる回路が破壊されるにはそれでじゅうぶんだ」

「しかしロボットが殺人を防ぐことが物理的に不可能だったとしたら、ロボットに責任がありますかね？　第一条は不可能なことを要求しているんですか？」

リービッグは肩をすくめた。「きみはどうやらけちをつけたいようだが、第一条は可能なかぎりのあらゆる方法で人間を守っている。いかなる弁明も許さない。もし第一条が破られれば、ロボットは破壊される」

「それは普遍的なルールでしょうか？」

「ロボットの存在と同じくらい普遍的だね」

ベイリは言った。「そういうことなら、わたしはひとつ学んだわけですね」

「それなら、もっとほかのことも学びたまえ。ひとつひとつの行動は無害な、ロボットの一連の行動による殺人というきみの推論は、デルマー博士の死にはあてはまらない」

「なぜです？」

「博士の死は、毒殺ではなく撲殺《ぼくさつ》だった。だれにしろ、まず棍棒を握らなければならない。それは人間の腕でなければならない。ロボットは棍棒を振りまわし、人間の頭蓋を叩きつぶすことはできない」

「たとえば」ベイリは言った。「ロボットが一見無害なあるボタンを押すと、デルマーの頭上に仕掛けられた重量物が落下した」

リービッグは苦笑いをした。「地球人、わたしは、映像で犯行現場を見た。すべての情報は聞いた。ソラリアでは殺人は大事件だからね。だから、犯行現場に機械仕掛けのようなものや、落下した重量物などはどこにも見当たらなかったことも知っている」

ベイリは言った。「あるいは鈍器のようなものもですね」

リービッグはあざけるように言った。「きみは刑事だ。探したまえ」

「ロボットがデルマー博士の死に責任がないとすると、いったいだれが犯人なんでしょう?」

「だれでも知っているじゃないか」とリービッグは叫んだ。「彼の奥さんだ! グレディアだ!」

ベイリは思った。どうやら全員一致の意見らしい。

声に出して彼は言った。「それではグルアーに毒をもったロボットを背後で操っていたのはだれですか?」

「それは……」リービッグは口をつぐんだ。

「まさか殺人犯がふたりいるとは思わないでしょう? グレディアが、ひとつ目の犯行にかかわっているというなら、ふたつ目の犯行にもかかわっているはずです」

「そうだ。そうにちがいない」彼の言葉に力がこもった。「疑いなしだ」

「疑いなし?」

「デルマー博士を殺すために、彼のそばに近よれる者はほかにはいないからね。彼はわたし以上に、直接対面を嫌がった。ただし奥さんは例外だった。わたしに例外はないがね。わたしのほうが賢明だ」ロボット工学者は耳ざわりな笑い声をあげた。

「あなたは彼女をご存じだったたでしょう」とベイリがとつぜん言った。

「だれ?」

「彼女です。われわれが話題にしている彼女はひとり、グレディア！」

「わたしが、ほかの人間より彼女と親しかったと、だれがきみに言ったのかね？」とリービッグが訊いた。片手を喉にあてる。指がかすかに動き、呼吸がしやすいように、首のあたりの服の合わせ目を一インチほど開けた。

「グレディアご本人がそう言いましたよ。おふたりで散歩をしたそうで」

「だから？　われわれは隣同士だ。散歩はあたりまえのことだよ。彼女は好ましいひとのように思えた」

「すると彼女に好意をもっていたんですね？」

リービッグは肩をすくめた。「気楽に話ができた」

「なんの話をされたのですか？」

「ロボット工学」その声音には驚きのひびきがあった。まるでそんな質問をされるのが不思議だとでもいうような。

「彼女もロボット工学の話をしたのですか？」

「彼女はロボット工学についてはなにも知らない。無知だよ！　だが耳は傾けてくれた。あのひとは、一種の力場装置みたいなものを持っていて、そのがらくたで遊んでいるんだ。空間彩色《フィールド・カラーリング》とか言っているが。あれにはうんざりなんだが、話だけは聞いてやったよ」

「その場合、いつも直接対面ではないんですね？」

リービッグは答えず、不快そうな顔をした。

ベイリはもう一度訊いてみた。「あなたは彼女に惹かれていたんですか？」

「なんだと？」

「彼女を魅力的だと思いましたか？　肉体的に？」

リービッグの悪いほうの目蓋までが上がって、唇がわなないた。「汚らわしい動物め」と彼はつぶやいた。

「それではこう言わせてもらいましょう。あなたがグレディアを好ましい人物であると思わなくなったのはいつでしたか？　好ましいという言葉を使ったのはあなたですよ、覚えておいででしょうが」

「それはどういう意味だ？」

「彼女は好ましい人物だとあなたはおっしゃった。ところがいまやあなたは、彼女が夫を殺したと信じている。そうなると、好ましい人物だとは言えませんね」

「彼女については誤解をしていた」

「しかしあなたは、彼女が夫を殺す前に、まあ、殺したとしてですが、自分は思いちがいをしていたと判断した。しかも殺人事件が起こるだいぶ前から、彼女と散歩をするのはやめていた。なぜですか？」

リービッグは言った。「それは重要なことなのか？」

「重要でないと立証されるまで、あらゆることが重要です」

「いいかね、もしきみがロボット工学者であるわたしから情報を得たいと思うなら、それについて質問したまえ。個人的な質問については答えるつもりはない」

ベイリは言った。「あなたは、殺された人物とその第一容疑者の両方と親密だった。個人的な質問を避けるわけにいかないのはおわかりでしょう？　グレディアとの散歩をなぜやめたのですか？」

リービッグがぴしゃりと言った。「話の種がつきたということだよ。あまりに忙しくてね。散歩を続ける理由がなくなったんだ」

「言いかえれば、もはや彼女が好ましい人物とは思えなくなったから」

「いいとも。そう言うがいい」

「なぜもう好ましい人物ではなくなったんですか？」

リービッグは大声で言った。「理由なんてない」

ベイリは相手が激昂するのを無視した。「それでもあなたはグレディアをよく知る人物です。彼女の動機はなんだと思いますか？」

「動機？」

「あの殺人の動機については、だれもなにも言いません。グレディアだって、動機なしに殺人を犯すはずはないでしょう」

「いやはや！」リービッグが頭をのけぞらせたので、笑うのかと思ったが笑わなかった。

「だれもきみに話さなかったのか？　まあ、おそらくだれも知らなかったんだな。わたしは知っているぞ。彼女が話してくれたんだ。よく話してくれたものだよ」

「なにを話したんです、リービッグ博士？」

「そりゃね、彼女はよく夫と喧嘩をした。ひどい喧嘩をしじゅうやっていた。彼女は夫を憎んでいたんだよ、地球人。だれもそのことをきみに話さなかったのかね？　彼女も話さなかったのかね？」

15　肖像《ポートレイト》が彩色される

ベイリは、この言葉を頭のなかにしまいこんで、表情にあらわさないようにした。

おそらく、ソラリア人のような暮らし方をしていると、たがいの私生活は神聖で侵すことのできないものと考えるのだろう。結婚や子供に関する質問は悪趣味なのだ。そしてこうも考えた。夫と妻のあいだに長年の不和があったとしても、その不和に対して好奇心をもつことも禁じられているのだろう。

だが殺人が行なわれたときにもそうなのだろうか？　容疑者に、夫とは不和だったかと質問するような社交上の規律違反をだれも犯すことはないのだろうか？　あるいは、たまたま不和を知った人間がそれについて触れることも、社交上の規律違反なのだろうか？

いや、リービッグは触れたのだ。

ベイリは言った。「不和の原因はなんでしたか？」

「彼女に訊いたほうがいいだろう」

たしかにそうだ、とベイリは思った。彼はぎくしゃくと立ちあがった。「ご協力ありがとうございました、リービッグ博士。後日またご協力をあおぐかもしれませんが。いつでも連絡がつくようにしておいてください」

「映像対面終了」とリービッグが言い、彼と部屋の切り取られた一部がふいに消えた。

生まれてはじめてベイリは、ひろびろとした空間を飛んでいく飛行機が気にならなかった。まったく気にならなかった。まるで自分が本来あるべきところにいるような感じだった。

地球のこともジェシイのことも考えさえしなかった。地球をはなれてからわずか数週間なのに、何年もはなれているような気がする。ソラリアに来てからわずか三日だったが、それは永遠のように思われた。

人間というものは、なんとやすやすと悪夢に適応してしまうのだろう。

それともグレディアのせいか？　もうすぐ彼女とじかに会うことになっている。映像対面ではない。それが自分に自信と、そして不安と期待のいりまじった奇妙な感情をもたらしているのか？

彼女は耐えられるのだろうか、と彼は考えた。それともほんの数分、じかに対面したあとで、クエモットのように言いわけをして立ち去るだろうか？

入っていくと、彼女は長い部屋の向こうの端に立っていた。まるで印象派の肖像画を体現したような趣きで、ありのままの彼女になっていた。

唇はうっすらと赤く、眉は薄く引かれ、耳たぶはかすかな青、そのほかはなんの化粧もしていない。顔は青ざめ、ちょっと怯えているような感じだが、とても若く見える。

茶色がかったブロンドの髪はうしろでまとめられ、灰色がかった青い目はどことなく恥じらいの色を見せている。ドレスは黒に近い濃いブルー、白く細い縁飾りがドレスの両側にうねりながら流れている。袖は長く、白い手袋をはめ、踵の低い靴をはいていた。顔のほかに皮膚というものはいっさい露出していない。首筋でさえ、控え目に襞をよせた布でおおわれている。

ベイリはその場で立ち止まった。「近すぎるだろうか、グレディア？」

彼女の息づかいは浅く速かった。「じっさいどんな感じのものかすっかり忘れていたわ。映像対面みたいなものだわね？　もし、生身で会っていると思いさえしなければ」

ベイリが言った。「ぼくにはまったく自然に思われるが」

「そうね、地球では」彼女は目を閉じた。「ときどき想像してみるの。いたるところにたくさんのひとがいる。道路を歩いていくと、いっしょに歩いていくひとたちもいれば、反対側から歩いてくるひとたちもいる。何十人という——」

「何百人だ」とベイリが言った。「『ブック・フィルム』で地球の風景を見たことはないんですか？　あるいは地球が舞台の小説をフィルムで読んだことは？」

「そういう種類のものはあまり読まれていないのよ。でもほかの宇宙国家が舞台の小説はフィルムで読んだことがあるわ、そこでは生身の人間がいつでもじかに会っているのよ。でも小説では感じがちがうわ。けっきょくマルチビューアーと同じなんですものね」

「小説のなかで、ひとはキスをしますか？」

彼女は真っ赤になった。「そういうたぐいの小説は読みません」

「一度も？」

「まあ――そういう汚らわしいフィルムはそこらにあるわ。まあ、ときどきは、ただの好奇心から――でもほんとに気色《きしょく》が悪いわ」

「そうかな？」

彼女はふいに活気づいた。「でも地球はまったくちがうのよね。あんなにひとがたくさんいて。歩くときは、イライジャ、きっとひとに、ふ、触れたりするんでしょ。うっかりだけど」

ベイリはかすかな笑みをうかべた。「うっかりひとを押したおすこともある」彼はエクスプレスウェイの雑踏を思いうかべる。揉みあったり、押しあったり、移動帯《ストリップ》にぴょんぴょん跳びのったり下りたりするひとの群れ。当然のことながら、彼は一瞬強いホームシックに襲われた。

グレディアが言った。「そんなにはなれている必要はないのよ」

「もう少し近づいてもいいのかな?」

「いいと思うわ。これ以上だめと思ったら、そう言います」

一歩ずつベイリは近づいていき、そのあいだグレディアは目を大きく見開いたまま彼を見つめている。

彼女がふいに言った。「ねえ、あたしの空間彩色《フィールド・カラーリング》を見ていただけないかしら?」

ベイリは六フィートはなれたところにいた。立ち止まって、グレディアを見つめた。とても小さくかぼそく見えた。彼は頭に思い描こうとしてみる、彼女の手に握られているものが(なんだろう?)、夫の脳天めがけてすごい勢いで振りおろされる情景を。憤怒に気も狂わんばかり、憎しみと怒りに駆りたてられ、殺人を犯そうとする彼女を頭に思い描こうとしてみた。

ありうることだと認めねばなるまい。五十キロ弱の体重の女性でも、しかるべき凶器をもち、猛り狂っているならば、頭蓋骨を叩きつぶすことはできるだろう。ベイリは大勢の女の殺人犯を知っているが(むろん地球で)、平静でいるときはみんなかわいいうさぎだった。

彼は言った。「空間彩色とはなんですか、グレディア?」

「一種の芸術よ」と彼女は言った。

ベイリは、グレディアの芸術についてリービッグが言及していたのを思いだした。「拝見したいですね」

「じゃあ、ついていらっしゃい」

ベイリは注意深く六フィートの間隔をとるようにした。それでも、クロリッサが要求した距離の三分の一より少なかった。

ふたりは、光があふれかえる部屋に入った。部屋のすみずみまであらゆる色の光が輝いていた。

グレディアは誇らしい様子だった。ベイリを見あげる目が期待に輝いている。

ベイリはなにも言わないが、その反応は彼女がまさしく期待したものだったにちがいない。目に見えるものを見きわめようと、彼はゆっくりとあたりを見まわすが、そこにあるのは光ばかり、実質のある物体はなにひとつなかった。

光のかたまりが、それをかかえこむような台座の上にある。それは生きている幾何学的オブジェ、色彩の直線と曲線がからみあいながらひとつに合体し、合体しながらそれぞれに明らかな独自性を保っている。どれひとつ似かよっているものはない。

ベイリは適当な言葉をあれこれ考えたあげく、こう言った。「これにはなにか意味があるのかな？」

グレディアは快いコントラルトで笑った。「お好きなように考えてくださればいいのよ。

これはただの光の造形、あなたに怒りや幸せや好奇心を感じさせるもの。さもなければ、これを創ったときのあたしが感じていたことが感じられればいいの。あなたのために、創ろうかしら、肖像《ポートレイト》のようなものを。あまりうまくはできないかもしれない、だってこの場でさっと創るんですもの」

「ほんとうに？　そいつは楽しみだな」

「いいわよ」と彼女は言った。そして部屋の隅にある光の像のほうに小走りに走っていった。彼からほんの数インチというところを通ったのに、気づいた様子もない。

光の像の台座のなにかに手を触れると、上にある光輪がまたたくまに消えた。

ベイリは息を呑んだ。「そんなことはしないで」

「いいの。どっちみちこれにはもう飽きたの。ほかのもちょっと消しておくわね、気が散らないように」彼女は、なんの変哲もない壁にあるパネルを開けて調光器を操作した。色がうっすらと消えていった。

ベイリが言った。「こういうことをやるロボットはいないんですかね？　スイッチを入れるような？」

「静かにして」と彼女はいらだたしそうに言った。「ここにはロボットは入れないの。これはあたし自身なの」グレディアは眉をひそめて彼を見た。「あなたのことはよく知らない。それが問題ね」

彼女は台座を見てはいないが、その指は滑らかな台座の表面に軽くおかれている。十本の指は曲げられ、緊張し、なにかを待っている。

一本の指が動いて台座の表面に半円を描く。濃い黄色のバーがあらわれ、空中で斜めにかたむく。指がじりじりとほんのわずか後方に動くと、光の色あいがわずかに薄れる。

彼女はそれをちらりと見る。「これだわ。重量のない一種の力」

「いやはや《ヨシャパテ》」とベイリが言った。

「怒っているの？」彼女の指が上がると、黄色の光のバーはそのままじっと静止している。

「いや、とんでもない。だが、いったいそれはなんです？　どうやるんです？」

「説明するのはむずかしいわね」グレディアは台座をじっと見つめる。「自分でもよくわからないのよ。一種の視覚的幻影だと教わったわ。まずさまざまなレベルのエネルギーによって力場《フォース・フィールド》を設定する。それは、超空間《ハイパー・スペース》の鋳造物で、通常の空間の属性はないの。エネルギーのレベルによって、人間の目はさまざまな明暗の光を見る。形と色は、台座の適切な個所を押すあたしの指の温もりによってコントロールされる。それぞれの台座にはあらゆる種類のコントロール装置がそなわっているの」

「すると、もしぼくが自分の指をあの上におくと——」ベイリが歩を進めると、グレディアは道を空けた。彼がおずおずと人指し指を台座の上におくと、穏やかな鼓動が感じられた。

「さあ、やってみて。指を動かすのよ、イライジャ」とグレディアが言った。

ベイリがそうすると、汚らしい灰色のぎざぎざした光が上方に向かい、黄色の光をゆがめた。ベイリがさっと指を引くと、グレディアは笑ったが、すぐに後悔の色を見せた。

「笑っちゃいけないわね」と彼女は言った。「これはほんとうにむずかしいの、長いことやっているひとだって」彼女の手がさっと動く。とても速いのでベイリはついていけないが、彼が作りあげた怪奇なものは、黄色の光を残して消え去った。

「これをどうやって勉強したんです?」とベイリは訊いた。

「ずっとひとりでやっていたのよ。これは新しい形式の芸術なの、やり方を知っているのはひとりかふたり――」

「そしてあなたが最高なんですね」とベイリは陰鬱に言った。「ソラリアじゃ、だれもが、唯一の存在、もしくは最高の存在、もしくはその両者なんだ」

「笑うことはないのよ。あたしの台座はいくつか展示もしたし、ショウもやったのよ」彼女の顎が上がった。誇らしい様子は見誤りようがなかった。

彼女は言葉をついだ。「あなたの肖像《ポートレイト》をつづけさせて」彼女の指がまた動きだす。

彼女の指が生みだす光の造形には曲線というものがほとんどなかった。それはすべて鋭角だった。そして主な色は青だった。

「とにかくあれが地球よ」グレディアは唇を噛んだ。「地球を考えるときは、いつも青なの。そしてひとの群れ、だれもがじかに、じかに、じかに見あっている。映像対面はバラ色なの。地球はあなたにはどう見えるの？」

「やれやれ、なにかに色をつけて思い描くなんてことはできませんよ」

「できない？」彼女はぼんやりと訊いた。「あなたはときどき〝ヨシャパテ〟っていうけれど、あれは紫色の小さな斑点ね。くっきりした小さい斑点。だっていつもぴしっと飛びだすでしょ、こんなふうに」すると小さな斑点があらわれ、中心からはなれたところで光っている。

「それからこうして」と彼女は言った。「こんなふうに仕上げるの」光沢のない青灰色の、なかがうろになっているのっぺりした立方体があらわれ、あらゆるものを包みこむ。そのなかで光るものがすけて見えているが、それもだんだん暗くなっていき、閉塞されたような感じになる。

ベイリはそれを見て、なんだか悲しくなった。自分がそれに取り囲まれ、自分の欲しいものから遠ざけられているような感じがした。「あの最後のものはなんだろう？」

グレディアが言った。「あら、あれはあなたを囲む壁よ。いつもあなたのなかにあるもの、あなたが外に出られない状態、あなたが内に閉じこもらざるをえない状態ね。あなたはいつもあのなかにいるの。わからない？」

ベイリにはわかったが、なぜか否定した。彼はこう言った。「あの壁は永久的なものじゃない。きょうも外にいましたよ」

「あらそう？　平気だった？」

彼は皮肉のひとつも言ってやりたくなった。「あなたがぼくとじかに会っているようなもんだな。いやだけど、耐えることはできる」

彼女はじっとベイリを見つめた。「じゃあいま外に出てみる？　あたしといっしょに？散歩に？」

ベイリは、反射的にこう言いたかった。ヨシャパテ、とんでもない。

彼女は言った。「あたしはだれとも、じかに会って散歩などしたことはないの。まだ昼間だし、いいお天気だし」

ベイリは、自分の抽象像を見つめ、そして言った。「行くから、あの灰色は消してくれませんか？」

彼女は微笑した。「あなたがどう振る舞うか見てからね」

光の造形は、ふたりが部屋を出たあともそのまま残っていた。それは背後で、シティの灰色のなかに囚われているベイリの魂をしっかりとつかんでいた。

ベイリはかすかに身震いした。彼に向かってくる空気は冷たかった。

グレディアが言った。「寒いの？」

「さっきはこんなふうじゃなかった」とベイリはつぶやいた。

「もう遅いし、でもそんなに寒くはないわ。コートが欲しい？　ロボットに言えば、一分で持ってくるわよ」

「いいや。だいじょうぶ」ふたりは舗装された狭い道を歩いていった。ベイリが言った。

「ここは、あなたがリービッグ博士とよく散歩した道ですか？」

「あら、ちがうわ。畑のほうを歩いたのよ。ときたま見かけるのは働いているロボット、聞こえるのは動物の鳴き声だけというようなところ。あなたとあたしは家の近くにいましょう、用心のために」

「なんの用心？」

「そうね、あなたがなかに入りたいというときの用心に」

「あるいは、きみがじかに会うことにうんざりしたときの用心かな？」

「あたしは平気」と彼女は無頓着に言った。

頭上にはかすかな葉ずれの音、そしてあふれるような黄色と緑。空中には細く鋭い鳴き声、それに耳ざわりなぶんぶんいう音、そしてさまざまな影も。

彼はことに影が気になった。影のひとつは、人間そっくりの形をして彼の前に伸びており、彼とそっくりそのまま同じような動きをする。ベイリはむろん影のことは聞いていたし、それがなんであるか知ってはいたが、シティにくまなく広がる間接照明の光のもとでは、影の存在に気づくことはなかった。

背後にはソラリアの太陽がある。それを見ないよう用心しているが、その存在はわかっている。

宇宙空間は広大で、宇宙空間は孤独だが、それでも彼はそれに惹きつけられる。彼の頭は、周囲数千マイル、数光年という空間が広がる世界の表面を闊歩《かっぽ》する自分を思い描く。

彼はなぜ、孤独という概念に魅力を感じるのか？　彼は孤独を望んではいない。地球を、人間がぎっしりと詰めこまれているシティの温もりを、触れ合いを望んでいた。

だが喧噪のシティの光景は甦ってはこなかった。ニューヨークを、あの雑踏を、騒音に満ちたあの街を眼前に思いうかべようとしたが、ソラリアの表面の、静かな、動く冷気だけが意識の底にあった。

ベイリは、無意識のうちにあと二フィートというあたりまでグレディアに近づいており、そこで彼女の驚いた顔にようやく気づいた。

「すまない」と彼はすぐに言って、引きさがった。

彼女は喘いでいた。「いいのよ。こっちのほうに行きましょうか？　あなたが好きそうな花壇があるの」

彼女が指さした方角は、太陽とは逆方向だった。ベイリは黙々とあとに従った。

グレディアが言った。「しばらくすると、このあたりは素晴らしくなるの。暖かい日には、湖まで走っていって泳いだり、野原をただ走りまわったり、思いきり速く走って、それから地面に寝転がって、そのままじっとしていると気持がいいの」

彼女は自分の体を見おろした。「でもこれは走るための服じゃないわ。こんなものを着ていると、つい歩くことになるのよ。おとなしく」

「どんな服装が好きですか」とベイリは訊いた。

「せいぜいホルターブラウスとショートパンツ」と彼女は叫んで両腕を上げ、それを着たときの解放感を想像しているようだった。「ときには着るものをもっと減らすわ。たまにサンダルだけのときもあるの、そうすれば全身くまなく空気が感じられるでしょ――あら、ごめんなさい、失礼なことを言ってしまって」

ベイリは言った。「いいや。いいんです。リービッグ博士と散歩に出るときもそういう服装だったんですか?」

「いろいろね。天候にもよるし。ときどき、ほんの少ししか身にまとっていないときもあったけど、でも映像だから。わかってくださるわよね」

「わかります。だが、リービッグ博士のほうはどうでした? 彼も軽装でしたか?」

「ジョサンが軽装ですって?」グレディアはちらりと笑みをうかべた。「とんでもない。あのひとはいつだって生真面目なのよ」彼女は、いかにもリービッグらしい、顔をゆがめ真面目くさった表情で片目をなかばつむってみせたので、ベイリは思わずうーんとうなってしまった。

「話し方ときたら、こうなのよ」と彼女は言った。「グレディアさん、陽電子フローの第一順位ポテンシャルの作用を考えますと――」

「そんな話をあなたにするんですか？　ロボット工学の話を？」

「たいていはそう。ああ、あのひとは大真面目なのよ。いつもあたしにロボット工学を教えようとするの。ぜったいあきらめずに」

「なにか学ぶところがあったのかな？」

「まったくなかったわ。なにひとつ。なんのことやら、さっぱりだった。ときには怒りだすこともあったわね。あたしは叱られると、湖のそばにいれば水に飛びこんで水をひっかけてやるの」

「水をひっかける？　だって映像対面をしていたわけでしょう」

彼女は笑った。「あなたときたら、どこまでも地球人。彼が部屋にいようと、自分の地所のうちにいようと、水ぐらいひっかけてやるわ。水はひっかからないはずだけど、彼ときたら、まるでひっかかるみたいにひょいと体をよけるのよ。ほら、あれを見て」

ベイリは見た。ふたりは、木立をぐるりとまわってきたのだが、ちょうど中央に観賞用の池がある広場に出た。小さな煉瓦を敷きつめた歩道が広場を二分してつらぬいている。たくさんの花が整然と咲いていた。ベイリは以前にブック・フィルムで見たことがあるので、それが花だとわかった。

見方によれば、その花は、グレディアが創りだす光の造形のようだった。ベイリは、花の精を造形するグレディアを想像した。そして花のひとつにおそるおそる触れながら、あたりを見まわした。赤と黄色があふれていた。

ベイリが振りかえってあたりを見まわしたとき、太陽がちらりと見えた。

彼は不安そうに言った。「太陽が低いところにあるんだな」

「夕方ですもの」とグレディアがうしろで答える。池のほうに走っていった彼女は、池の縁にある石のベンチにすわっていた。「ここにいらっしゃいな」と彼女が叫んで、手を振っている。「石の上にすわりたくないなら、立っていらっしゃい」

ベイリはゆっくりと歩を運んだ。「太陽は毎日、あんなに低いところに来るんですかね？」そう言ったとたん後悔した。惑星が回転しているなら、太陽は、朝と夕には低いところにいるはずだ。昼日中だけ、高いところにいるわけである。

そう自分に言いきかせても、生まれてこのかた心に描いてきた想像図を変えることはできなかった。夜というものがあることは知っているし、人間と太陽のあいだを惑星という厚い層をなす固体がまちがいなく隔てているその夜という刻限を体験してもいた。雲というものが存在することも、その灰色の遮蔽物が、屋外の最悪の状態をおおいかくしてくれることも知っていた。それでも彼が惑星の表面を思いうかべるとき、それは空高くのぼっている太陽の眩いばかりの光に照らされている光景なのだった。

彼は肩ごしに振りかえって、太陽のきらめきをちらりと見た。そしていざ戻らねばならなくなったとき、いったい家までどれくらいかかるのかと不安になった。

グレディアが石のベンチの向こうはしを指さした。

ベイリは言った。「少し近すぎはしませんか？」

彼女は小さな掌を上にして両手を広げた。「あたしは慣れてきたわ。ほんとうよ」

彼は腰をおろし、太陽を避けようとグレディアのほうを向いた。

彼女は水辺のほうに体をひねり、小さなカップのような形をした花の茎を折りとった。外側は黄色、内側に白い縞があり華やかな感じはなかった。彼女が言った。「これは土着の植物よ。ここの花の大部分は、もともとは地球から持ってきたものなの」

茎の折れ口から水がしたたりおちている花を、彼女はおずおずとベイリにさしだした。

ベイリもおずおずと手を伸ばした。「きみはこれを殺したんだね」と彼は言った。

「たかが花でしょ。こんなもの、いくらでもあるわ」彼の指が黄色の花弁に触れるより早く、彼女はその目をかっと見開き、とつぜん花をもぎとった。「それとも、あたしが花を折りとったから、人間も殺せると言いたいの？」

ベイリはやさしくなだめるように言った。「そんなことは言ってませんよ。それを見せてくれませんか？」

ベイリはほんとうはそれに触れたくはなかった。泥土に生えていたから、まだその臭いがした。地球人やおたがい同士が触れあうことはひどく警戒している連中が、そのへんにある泥土に触れるのはまったく平気だとは気が知れない。

だが彼はその茎を親指と人指し指でつまんで観察した。カップの形をした花は、薄紙のような何枚かの花弁からなり、花心から外に向かい曲線を描いて開いている。花心には白いものがこんもり盛りあがり、ぬめぬめと濡れていて、まわりを縁どる黒い髪の毛のようなものが風にそよいでいる。

彼女が言った。「匂うでしょう?」

ベイリはすぐに、それが発散する匂いに気づいた。花のほうに顔をよせ、こう言った。

「女性の香水のような匂いがする」

グレディアはうれしそうに手を叩いた。「地球人らしいこと。ほんとうは、女性の香水はこの花のような匂いがするという意味ね」

ベイリは悲しげにうなずいた。屋外にはもううんざりしていた。影が長くなり、あたりは薄暗くなってきた。それでも降参はすまいと思っていた。あの光の肖像《ポートレイト》を翳《かげ》らしている灰色の光の壁が取り除かれればいいと彼は願っていた。あれは非現実的なものだが、たしかに現実に存在していた。

グレディアは花をベイリから取りあげ、ベイリはあっさりとそれを手放した。彼女はゆっくりと花弁をむしりはじめた。「女はそれぞれちがう匂いがするんでしょうね」

「つけている香水によってちがうだろうな」とベイリは無頓着に言った。

「匂いがわかるほどそばに近づくのを想像して。あたしは香水はつけないの、だってだれもそれほどそばにはこないから。いまは別ね。でもあなたは香水の匂いをときどき、あら、いつもかしら、かいでいるのね。地球にいるあなたの奥さんは、いつもあなたといっしょにいるんでしょう?」彼女はもっぱら花に意識を集中させ、眉をひそめながら花を念入りに細かくちぎっている。

「いつもいっしょにいるわけじゃない」とベイリは言った。「四六時中というわけでは」

「でもほとんどの時間でしょ。そしてあなたが望むときは——」

ベイリはふいに言った。「リービッグ博士は、なぜロボット工学をあれほど熱心にあなたに教えようとしたんだろう?」

ばらばらにちぎられた花は、いまや茎とこんもり盛りあがった花心だけになった。グレディアはそれを指のあいだでくるくると回してから、ほうり投げた。それは池の面《おもて》にしばし浮いていた。「あたしに助手になってもらいたかったんだと思うわ」と彼女は言った。

「博士がそう言ったんですか、グレディア?」

「散歩も終わり近くになってからよ、イライジャ。待ちきれなくなったんだと思うの。とにかく、ロボット工学の研究はおもしろいと思わないかと訊いたわ。当然あたしは、あれほど退屈なものはほかにないって言ってやったの。彼、そりゃ怒ったわよ」

「そのあとは、二度といっしょに散歩はしなかったんですね？」

「そう、それが理由かもしれないわね。きっと傷ついたんでしょうね。でも、ほかに答えようがあったかしら？」

「でもその前に、デルマー博士と喧嘩したことを彼に話したんですね？」

彼女の両手が拳になり、痙攣でも起こしたように固く握りしめられた。体はそのまま硬直したようになり、やや傾きかげんの頭が下を向いた。声は不自然なほど高かった。「喧嘩ってなに？」

「夫君との喧嘩ですよ。あなたは彼を憎んでいたそうですね」

彼女の表情がゆがみ、ベイリを睨みつける顔に赤い斑点が浮きだした。「そんなことをだれが言ったの？　ジョサン？」

「リービッグ博士が話してくれました。事実なんですよね」

彼女は動揺した。「あなたはまだ、あたしが彼を殺したと、立証しようとしているのね。あなたはあたしのお友達だとずっと思っていたのに、あなたはたんなる——たんなる刑事なのね」

彼女が拳をふりあげ、ベイリは待っていた。

彼は言った。「ぼくに触れることはできませんよね」

ふりあげた両手が下に落ち、彼女は声をたてずに泣きだした。そして顔をそむけた。

ベイリはうつむき、目を閉じて、目障りな長い影を閉めだした。「デルマー博士は、愛情のこまやかなひとではなかったんですね？」

彼女は締めつけられたような声で言った。「とても忙しいひとだった」

ベイリは言った。「それにひきかえ、あなたは愛情のこまやかなひとだ。あなたは男に興味がある。意味はわかるでしょう？」

「ど、どうしようもないの。忌まわしいことだとわかっているけれど、どうしようもないのよ。こんなこと、く、口にするのも忌まわしいのに」

「しかし、そのことをリービッグ博士に話しましたね？」

「どうにかしなければならなかったの。ジョサンは手近なひとだし、気にもしないようだったから、あたしも気が楽になった」

「そのことが原因で夫君と争った？　彼は冷たいひとで、愛情に欠けていたから、それであなたは腹をたてた？」

「憎んだこともあるわ」彼女は力なく肩をすくめた。「あのひとはたんに善きソラリア人で、あたしたちは、予定もなかった、子——子の——」彼女は泣きくずれた。

ベイリは待っていた。腹のあたりが冷たくなり、外気が重くのしかかってくるようだった。グレディアのむせび泣きが静まると、彼はできるだけやさしく訊いた。「あなたは彼を殺しましたか、グレディア？」

「いえ――いえ」ふいにあらゆる抵抗力が、体内で腐食してしまったとでもいうようだった。「あなたには、まだすべてを話してはいないの」

「ほう、では、いま話してください」

「あたしたちはあのとき喧嘩をしていた。あのひとが死んだときです。いつもの喧嘩。あたしはわめきちらしていた、でもあのひとは怒鳴りかえしもしないの。ほとんどいつも黙っているだけだから、情況はますます悪くなるいっぽう。あたしは、怒って、怒って、もう怒り狂っていた。そのあとは覚えていない」

「なんてこった《ヨシャパテ》！」ベイリはちょっとふらつき、その目は灰色の石のベンチに向けられた。

「覚えていないとは、どういう意味です？」

「あのひとが死んで、あたしは悲鳴をあげた。そこにロボットたちがやってきて――」

「あなたは彼を殺しましたか？」

「覚えていないんです、イライジャ。あたしが殺したのなら覚えているはずよね？ あたしはなにも覚えていない。あたし、とても怖いの、ほんとうに怖いんです。助けて、おねがい、イライジャ」

「心配しないで、グレディア。助けてあげるから」ベイリのふらつく頭に殺人の凶器のことがうかんだ。凶器はいったいどうなったのか？ きっとどこかに持ちだされたにちがいない。そうだとすると、それができるのは犯人だけだ。グレディアは殺人が行なわれた直後に現場で発見されているのだから、彼女には不可能だったはずだ。だとすれば犯人はほかの人間でなければならない。ソラリアのあらゆる人間がどう思おうと、ほかの人間であることはまちがいない。

ベイリは元気なく考えた。家にもどらなくちゃいけない。

彼は言った。「グレディア――」

どういうわけか彼は太陽を見つめていた。それは地平線すれすれにあった。頭をめぐらしてそれを見たのだが、慄然とするような魅力に目が釘づけになった。こんな太陽はいままで見たことがない。赤く、まるまるとふくれあがり、なぜか光は薄れ、目が眩《くら》みもせずじっと見つめることができた。血のような細い雲がいくすじもその上を流れ、黒い棒のような雲がその面《おもて》をよぎっていく。

ベイリはつぶやいた。「太陽がとても赤い」

グレディアが震える声で悲しそうに言うのが聞こえた。「日没のときはいつも赤いの、赤くなって死んでいくの」

ベイリの頭にある光景がうかんだ。太陽が地平線に沈んでいくのは、この惑星が時速千マイルの速度で回りながら太陽からはなれていくから、まわる惑星のその表面を人間と呼ばれる微生物がちょろちょろと動きまわっているが、それを守るものはなにもなく、それといっしょに永遠にぐるぐるとまわる、まわる——まわる……

ぐるぐるまわっているのは彼の頭だった。石のベンチが体の下で傾き、青と紺青《こんじょう》の空が隆起し、太陽は消え失せ、そして樹冠と地面がふいにせりあがり、グレディアがかぼそい声で悲鳴をあげ、そして別の音が……

16　解答が示される

　ベイリはまず、まわりを囲むものに、果てしない空間がなくなったことに、そして自分の上に屈みこんでいる顔に気がついた。一瞬だれかわからずに、その顔を見つめた。そして、「ダニール！」そう呼びかけられても、ロボットの顔はほっとしたような表情も見せず、いかなる感情も示さなかった。ダニールは言った。「意識を回復してよかった、パートナー・イライジャ。肉体的な危害は受けてはいないと思います」

「ぼくはだいじょうぶさ」とベイリはとげとげしく言い、肘をついてむりやり起きあがろうとした。「なんてこった《ヨシャパテ》、ぼくはベッドにいるのか？　なんのために？」

「あなたはきょうは何度も屋外に体をさらしていました。その影響が累積したため、あなたには休養が必要です」

「まずいくつか質問に答えてもらいたい」ベイリはまわりを見まわし、まだほんの少し頭がくらくらするのを認めまいとした。部屋には見覚えがなかった。カーテンは閉められている。明かりは心地よい人工照明だ。気分はだいぶよくなっている。「そもそも、ここはどこなんだ？」

「ミセス・デルマーの邸宅の一室です」

「次に情況をはっきりさせようじゃないか。そもそもきみはここでなにをしている？　きみにつけておいたロボットたちから、どうやって抜けだした？」

ダニールは言った。「このような成り行きをあなたは不快に思われるでしょうが、それでもあなたの安全と、わたしにあたえられた命令を考えますと、こうせざるをえないと思い――」

「いったいなにをしたんだ？　まったく《ヨシャパテ》！」

「ミセス・デルマーは、数時間前にあなたと映像対面をなさろうとしたようですね」

「そうだ」ベイリはグレディアが、だいぶ前にそんなことを言っていたのを覚えている。

「それは知っている」

「あなたがロボットたちにわたしを拘束するようにと命令されたとき、あなたのお言葉はこうでした。『彼が（わたしのことです）ほかの人間、あるいはほかのロボットと、じかに会う、あるいは映像対面によってコンタクトをとることを許してはならない』。しかしながら、パートナー・イライジャ、あなたは、ほかの人間ないしはロボットが、わたしとコンタクトをとることを禁じるとは言いませんでした。この違いがおわかりでしょうか？」

ベイリはうめいた。

ダニールが言った。「嘆かれることはありません、パートナー・イライジャ。あなたの命令の不備が、あなたの生命を救うのに役だったのです。そのおかげでわたしは現場に行くことができました。つまりミセス・デルマーは、わたしを監視するロボットの許可をとり、わたしと映像対面をしたとき、あなたの居場所をお尋ねになったので、わたしはまったく正直に、あなたの居場所は知らないと、しかし探してみることはできますとお答えしました。あの方は、ぜひそうしてもらいたいご様子でした。あなたはおそらく一時的に家をはなれたのではないかと思うので、それを確認したいと思うと申しあげました。ついては、わたしといっしょにこの部屋にいるロボットたちに、ミスタ・ベイリが屋敷内にいるかどうか探すように命令してほしいと、あの方におたのみしたのです」

「きみが自分でロボットたちに命令しないことに、彼女は驚いたんじゃないか？」

「わたしはオーロラ人なので、ロボットの扱いにはあまり慣れてはいないという印象をあの方にあたえたと思います。あの方なら、高圧的にロボットに命令を下し、より迅速に事を運ぶだろうと、わたしは思いました。これは明白な事実ですが、ソラリア人は、ロボットに関する優れた技術をたいそう誇りにしており、ほかの惑星の人間たちのロボットを扱う能力のなさを蔑んでいます。これについては、あなたも同じご意見ではありませんか、パートナー・イライジャ？」

「そして彼女がロボットに行けと命令を下したわけだね？」

「困難を伴いました。彼らは、前にあたえられた命令を主張しましたが、その命令の内容を明らかにすることができませんでした。わたしの正体をだれにも言ってはならぬとあなたが命令なさったからです。あの方は、前の命令を取り消されました。もっとも、最後の命令は怒り狂った金切り声で発せられましたが」

「そしてきみはその場を立ち去った」

「そうです、パートナー・イライジャ」

残念だった、とベイリは思った。グレディアがその出来事をそれほど重大とは捉えず、映像対面したさいにそのことをわたしに伝えなかったのは。「ぼくを探すのにだいぶ時間がかかったんだね、ダニール」

「ソラリアのロボットには、三次元映像接続《サブエーテル》による情報通信網があります。熟練したソラリア人なら即座に情報が得られるのですが、その情報は何百万という個々のマシンを通して伝達されるので、わたしのようにこの種の経験のない者は、ひとつのデータを発掘するのにだいぶ時間がかかります。あなたの所在に関する情報がわたしのもとに届くのに一時間あまりかかりました。あなたが立ち去ったあと、わたしもデルマー博士の仕事場を訪れたので、さらに時間を無駄にしました」

「あそこでなにをしていたんだ？」

「わたし自身の捜査をしていました。あなたがおられぬあいだに捜査しなければならなかったのは残念ですが、捜査が緊急を要するため、選択の余地はありませんでした」

ベイリは言った。「きみはクロリッサ・カントロに映像対面したのか、あるいはじかに会ったか？」

「映像対面をしましたが、われわれの地所ではなく、あの方のいる建物の別の場所でコンタクトしました。確かめなければならない記録が、あの養育所《ファーム》にあったのです。ふつうは映像対面でじゅうぶんなのでしょうが、三人のロボットがわたしの正体を知っており、わたしをふたたび容易に拘束するでしょうから、われわれの地所にとどまるのは不都合だったのです」

ベイリはなんだか気分が軽くなってきた。両足をベッドの外に投げおろすと、自分がナイトガウンのようなものを着ているのに気がついた。彼は嫌悪の目でそれを見つめた。

「ぼくの服を持ってきてくれ」

ダニールが持ってきた。

ベイリは着替えをしながらこう言った。「ミセス・デルマーはどこにいる？」

「自宅で軟禁されています、パートナー・イライジャ」

「なんだと？　だれの命令だ？」

「わたしの命令です。あの方は、ロボットの監視つきでご自分の寝室に閉じこめられています。私用を足すため以外の命令を出す権利は無効にされています」

「きみの命令か？」

「この地所内にいるロボットたちは、わたしの正体に気づいておりません」

ベイリは着替えをすませた。「グレディアには不利な事実があるんだよ」と彼は言った。「彼女には機会があった。われわれが当初考えていたより、じっさいその機会はじゅうぶんあったんだ。彼女が最初に言っていたように、夫が悲鳴をあげたので現場に駈けつけたわけじゃあない。彼女はその場にずっといたんだよ」

「あの方は殺人を目撃し、犯人をじかに見たと主張しているのですか？」

「いいや。肝心のときのことはなにも覚えていない。こういうことはよくあるのさ。それに彼女には動機がある」

「動機はなんですか、パートナー・イライジャ？」

「ぼくが最初から可能性として疑っていたものだ。ぼくはこう考えた。ここが地球なら、そしてデルマー博士が評判どおりの人物で、グレディア・デルマーが見かけどおりの女性だとすると、彼女は博士を愛していた、いや、かつては愛していた。そして博士は、自分だけを愛していたんだと。ソラリア人が愛情というものを感じるのかどうか、地球人の言う意味の愛情に応えるのかどうかという点は、判断がむずかしいところだね。彼らの感情や反応に関するぼくの判断は、とうてい当てにはならなかった。だから少数の人間にじかに会う必要があった。映像対面ではなく、じかに会う必要があったんだ」

「おっしゃることがよくわかりません、パートナー・イライジャ」

「きみに説明できるかどうか。ここの人間は、誕生前に遺伝子配列を慎重に設計し、誕生後もその遺伝子配列の結果をテストしている」

「それは知っています」

「だが遺伝子がすべてではないんだ。環境というものも重要なんだよ。遺伝子はある特定の精神病を引き起こす可能性を示唆するだけだが、環境は、じっさいに精神病を引き起こす要因になる。グレディアが地球に興味をもっているのに、きみは気づいたか？」

「そのことならもう意見を述べましたよ、パートナー・イライジャ。あれは、あなたの意見を左右するために企んだ見せかけの興味だと思います」

「それがほんとうの興味だとしたらどうだ、たんに魅了されているだけにしても。地球の群衆のなにかが彼女を興奮させるのだとしたら。汚らわしいと教えこまれてきたなにかにどうしようもなく惹かれているのだとしたら。そこには異常性が考えられるね。何人かのソラリア人とじかに会ってそれをテストしてみたがね、まず彼女自身がそれにどう反応するか見たかったんだ。だからぼくはきみから離れることにしたんだよ、ダニール、どんな犠牲を払ってもね。だからぼくは、映像対面する捜査方法は放棄せざるをえなくなった」

「あなたはそれについて説明してはくださいませんでしたね、パートナー・イライジャ」

「説明していたら、きみが第一条によって自分の義務だと考えているものに抵抗する役にはたったかね?」

ダニールは沈黙していた。

ベイリが言った。「実験は成功した。ぼくは何人かのひとたちとじかに会い、あるいは会おうと試みた。年老いた社会学者は、ぼくとじかに会ってはみたものの、途中で断念した。ロボット工学者は相当な圧力をかけても、じかに会うことは拒否した。彼は追いつめられると、まるで幼児に退行したような狂乱状態を示した。指をしゃぶって泣いたんだよ。デルマー博士の助手は職業柄、直接対面には慣れていた。だからこちらの要求にも耐えたが、二十フィートの距離はおいていた。いっぽう、グレディアは——」

「はい、パートナー・イライジャ」

「グレディアは、いささかもためらうことなく、じかに会うことを承諾した。じっさいに目の前にいるぼくを容易に受け入れたし、時間が経つにつれて、緊張が弱まっていく様子が見られた。これは精神異常のパターンに適合するものだ。彼女はじかに対面することは平気だった。彼女は地球に関心をもっていた。夫に対しても異常な関心をもっていたのかもしれない。こうした現象はすべて、彼女が異性との直接対面について強烈な、そして、この世界では精神異常とも言える関心をもっていたということで説明がつくんだよ。デルマー博士自身は、こうした感情を煽るような、あるいはそれに協力するようなタイプの人物ではなかった。彼女にとっては、これはたいへんなフラストレーションだったにちがいないね」

ダニールはうなずいた。「激情に駆られて殺人を犯すほどのフラストレーションだったのでしょう」

「ところがね、ぼくはそうは思わないんだよ、ダニール」

「あなたは、事件とは無関係のあなたご自身の動機に影響されておいでなのではないでしょうか、パートナー・イライジャ？　ミセス・デルマーは魅力的なご婦人です。地球人のあなたが魅力的なご婦人に直接対面することを好むとしても、それは精神異常ではありませんね」

「もっとまともな理由があるんだよ」とベイリは不安そうに言った（ダニールの冷静な視線はあまりにも鋭く、心を半分に切り裂かれそうだった。畜生《ヨシャパテ》！　こいつ、たかが機械のくせして）。「彼女が夫殺しの犯人だとしたら、グルアーの殺人未遂も彼女が犯人ということになる」彼は、殺人が複数のロボットを使って行なわれうる方法について説明したい衝動に駆られたが、なんとか思いとどまった。ロボットを不作為の殺人犯だとする推理に対して、ダニールがどう反応するかわからなかったからだ。

ダニールが言った。「同様にあなたご自身に対する殺人未遂犯ということにもなります」

ベイリは眉をひそめた。命中しそこなった毒矢のことをダニールに話すつもりはなかった。ダニールの強すぎる保護者意識をさらに強めるつもりは毛頭なかった。

彼はかみつくように言った。「いったいクロリッサはきみになにを話したんだ？」彼女には口を閉じていろと警告すべきだった。とはいうものの、ダニールがあんなところで、捜査にあたっていようとは知る由《よし》もなかった。

ダニールが静かに言った。「ミセス・カントロはこの件にはまったく無関係です。わたしは自分の目で殺人未遂の現場を目撃したのですから」

ベイリはすっかり混乱してしまった。「きみはあのあたりにはいなかったじゃないか」

ダニールが言った。「一時間前にわたしがあなたを発見し、ここに運んできたのです」

「いったいなにを言っているんだ」

「覚えていらっしゃらないのですか、パートナー・イライジャ？　あれは完璧な殺人になるところでした。ミセス・デルマーが、あなたを屋外に誘ったのではありませんか？　それについてはわたしは目撃証人ではありませんが、そうにちがいないという確信があります」

「彼女が誘ったのさ。そうとも」

「あの方のほうから、あなたが家の外に出るように仕向けたのかもしれませんね」

　ベイリは、自分の〝肖像《ポートレイト》〟を、まわりを囲む灰色の壁を思いうかべた。あれは巧妙な心理作戦だったのだろうか？　ソラリア人は、地球人の心理を直観的に把握することができるのだろうか？

「いいや」とベイリは言った。

　ダニールが言った。「あの観賞用の池に行ってベンチにすわるようにすすめたのは、あの方ではありませんか？」

「ああ、そうだよ」

「あの方があなたをずっと観察しており、あなたの眩暈がひどくなるのに気づいたかもしれないとは、お考えにならないのですか？」

「一、二度、戻りたくはないかと尋ねたがね」

「真剣にすすめたとは思いませんね。あの方は、あなたがあのベンチで気分が悪くなるのをじっと見ていたのかもしれない。そしてあなたの体を押しやったかもしれない、おそらくそうする必要はありませんでしたが。その瞬間、わたしがあなたのもとに駈けより、あなたを腕で抱きとめましたから。ちょうどあなたは石のベンチから仰向けざまに倒れるところで、そのまま三フィートの深さの水のなかに転落して溺れていたかもしれないのです」

　ここではじめてベイリは、あの最後の瞬間のおぼろげな感覚を思いだした。「なんてこ《ヨシャパ》った《テ》！」

「そのうえに」とダニールは、平静に仮借なく言った。「ミセス・デルマーは、あなたのかたわらにすわって、あなたが倒れるのを見ていましたが、支えようともしませんでした。また、あなたが水中に落ちても引きあげはしなかったでしょうね。あなたが溺れるのをただ見ていたにちがいありません。ロボットを呼んだかもしれませんが、ロボットがやってきたときには手遅れだったでしょう。そしてそのあと、あの方はむろん、たとえあなたの命を救うためであってもあなたに触れることは不可能だったと説明するでしょう」

たしかにそうだ、とベイリは思った。彼女が人間に触れることができないことは、だれも疑いをさしはさむまい。それより、彼女があれほど人間の近くにいられたことに、驚きを覚えたにちがいない。

ダニールが言った。「これでおわかりでしょう、パートナー・イライジャ。あの方が有罪であることはほとんど疑問の余地はありません。あなたは、あの方がグルアー局長殺害未遂の犯人でなければならないとおっしゃいました。いまこそおわかりでしょう、あの方の嫌疑に対する反証になるとでもいうように。あたかもそのことが、あの方が有罪であることは疑いないと。あなたを殺す動機は、グルアー殺人未遂のさいの動機と同じです。第一の殺人をどこまでも執拗に追及する捜査官を抹殺する必要があるからです」

ベイリは言った。「この一連の出来事には、まったく悪意はなかったのかもしれない。

彼女は、屋外というものがぼくにどんな影響を及ぼすか、まったく気づいてはいなかったのかもしれない」

「あの方は地球のことを調べておいででした。地球人の特殊性も知っていたのです」

「ぼくはきょう屋外に出ていたが、だんだん慣れてきたと彼女には言ったんだ」

「あの方はそれ以上のことを知っていたかもしれません」

ベイリは握った拳をてのひらに叩きつけた。「きみは彼女をかいかぶっているよ。どうも納得がいかない、ぼくは信じる気にはなれない。いずれにしても、凶器が見つからないことに納得しうる説明がなされないかぎりは、殺人の罪で起訴するのは無理だ」

ダニールは地球人をまじまじと見つめた。「わたしには説明できます、パートナー・イライジャ」

ベイリはロボットのパートナーを呆然と見つめた。「どう説明できる？」

「覚えておいででしょうが、パートナー・イライジャ、あなたの推理はこのようなものでした。ミセス・デルマーが殺人犯だとしたら、凶器はなんであれ、殺人の現場に残っているはずであると。現場にただちにあらわれたロボットたちは凶器とおぼしきものはなにも見ていない、したがって凶器は現場から持ちだされたにちがいない、したがって犯人がそれを持ちだしたにちがいない、したがって犯人はミセス・デルマーではありえない。これでよろしいでしょうか?」

「よろしい」

「ところが」とロボットは言葉をついだ。「ロボットたちが凶器を探さなかったところが一カ所あります」

「どこだ?」

「ミセス・デルマーの体の下です。あの方は、あの瞬間の興奮と激情のあまり失神していました。あの方が犯人であろうとなかろうと、凶器がなんであろうと、凶器はあの方の体の下にあり、だれにも見えなかったのです」

ベイリは言った。「それじゃあ、彼女の体が動かされたときに、凶器はすぐ見つかったはずじゃないか」

「そのとおりです」とダニールは言った。「しかしあの方は、ロボットによって動かされたのではないのです。あの方自身がきのう夕食の席でわたしたちに話してくださいましたが、スール医師が、ロボットたちに、あの方の頭の下に枕をあてがい、そのままにしておくように命じたのです。あの方を最初に動かしたのは、アルティム・スール医師ご自身、あの方の診察にこられたときです」

「それで?」

「そこでです、パートナー・イライジャ、新たな可能性が生じます。ミセス・デルマーは殺人犯であり、凶器は犯行現場にあったが、スール医師が、ミセス・デルマーを守るためにそれを持ちだして処分したのです」

ベイリはがっかりした。ダニールの口からもっとまともな推論が聞けると思っていたのだ。「まったく動機がない。スール医師がなんのためにそんなことをしなければならないんだ?」

「まことにもっともな理由があります。スール医師についてミセス・デルマーが言われた言葉を覚えておいででしょう。『先生は、あたしの子供のころから診てくださっていて、いつもとても優しくて親切だった』と。スール医師は、あの方の身を特に心配するような動機をもっているのかもしれないとわたしは思いました。わたしがファームを訪れて記録を調べたのは、それが理由でした。そしてわたしがたんに可能性として推理したことが、事実であると判明しました」

「なんだと?」

「アルティム・スール医師は、グレディア・デルマーの父親でした。さらに、彼はその関係を知っていました」

ベイリにはこのロボットを疑う理由はなにもなかった。この当然導かれるべき論理的分析を行なったのが、自分ではなくロボット・ダニール・オリヴォーだったということが無念でたまらなかった。しかし、分析は完璧ではなかった。

「スール医師とは話しあったのか？」とベイリは言った。

「はい。彼も自宅に軟禁しました」

「彼はなんと言っているのだ？」

「彼は、自分がミセス・デルマーの父親であることを認めています。わたしは、その事実が記載されている記録や、彼が、ミセス・デルマーの子供のころに彼女の健康状態を問いあわせた記録を彼に突きつけました。医師である彼は、こういうことについては一般のソラリア人よりは自由がきいたのです」

「なぜ彼女の健康を問いあわせる必要があったんだね？」

「わたしもそれについては考えました、パートナー・イライジャ。彼は、子供をもうひとりもうける特別許可をあたえられたとき、すでに老齢でしたが、それに成功しました。これは、自分の遺伝子と肉体的能力が優れている証《あかし》であると彼は考えています。その結果はおそらくこの世界の水準を超えているものだと、彼は誇りに思っています。そのうえ、彼の医者という職業ですが、患者に直接対面するということで、ソラリアでは蔑視されています。それだけに彼にとっては、このような誇りを育《はぐく》むことが重要なのです。こうした理由から彼は自分の子とひそかに接触をとりつづけていたのです」

「グレディアはこの事実を知っているのか？」

「スール医師が知るかぎりでは、パートナー・イライジャ、あの方はご存じありません」

ベイリは言った。「スールは凶器を持ちだしたことを認めているのか？」

「いいえ。認めてはいません」

「それじゃあ、証拠はなにもないわけだ」

「なにもない？」

「凶器は発見できず、彼が持ちだしたことを証明もできず、あるいは少なくとも、彼に自白させることができないとしたら、証拠はなにもないということだ。一連の推理は見事だが、それは証拠にはならない」

「あの人物は、わたし自身にはなしえないような厳しい訊問をしなければ、とうてい自白はしないでしょう。彼にとっては大事な娘です」

「そんなことはないよ」とベイリは言った。「娘に対する彼の感情は、ぼくやきみがよく知っているようなものとはまったく別物なんだ。ソラリアではちがうんだよ！」

彼は、部屋をどかどかと歩きまわりながら、冷静になろうと努めた。「ダニール、きみは完璧な論理を導いたが、そのどれもが妥当性があるとはいえない」（論理的だが、妥当性はない。それがロボットの定義ではなかったか？）

ベイリは言葉をついだ。「スール医師は老人で、壮年期はすでに過ぎている。彼が三十年ほど前に、娘を作ることができたかどうかは別として。スペーサーだって老衰はするのさ。彼が、失神している自分の娘や、暴力で殺された義理の息子を診るさまを想像してみたまえ。彼にとって、その情況がどれほど異常なものだったか想像できるか？　そんな情況で彼が平常心を保てたと思うか？　じっさい、きみが主張する一連の驚くべき行動を遂行できるほど、彼は沈着であっただろうか？

いいかね！　第一に、彼は娘の体の下にある凶器に気づかねばならない。娘の体によってしっかりと隠されていたために、ロボットさえ気づかなかった凶器をだ。第二に、どんな小さな破片にせよ、そこから彼は凶器の存在を推定し、だれにも見られずにひそかにそれを持ちだせば、娘に殺人の罪を負わせることは不可能になると、とっさに判断しなければならない。パニックにおちいっている老人が、こんなややこしいことを考えられるか。第三に、それを実行するのは、パニックにおちいっている老人にはとうてい無理な話だ。そして最後だが、嘘をつきとおすことによってさらなる重罪を負わねばならない。これらはすべて論理的思考の結果であるかもしれないが、そのいずれも妥当性がない」

ダニールが言った。「あなたは、この犯罪について、これに代わる解答がおありなのですか、パートナー・イライジャ？」

ベイリは、この最後の演説のあいだ腰をおろしていたので、ふたたび立ちあがろうとしたが、疲労と、椅子の座の奥行きが深いためもあって立ちあがることができなかった。彼はいらだたしそうに片手をさしだした。「手を貸してくれないか、ダニール？」

ダニールは自分の手を凝視した。「なんとおっしゃいましたか、パートナー・イライジャ？」

ベイリはなんでも文字どおりに解釈する相手の頭を胸のうちで呪いながら、こう言いなおした。「椅子から立ちあがらせてくれ」

ダニールの力強い腕が、造作なく彼を椅子から立ちあがらせた。

ベイリは言った。「ありがとう。いや、それに代わる解答などないよ。あるにはあるんだが、すべては凶器の所在にかかっているんでね」

彼はいらだちながら、いっぽうの壁の大半をおおっている重そうなカーテンに近づき、自分がなにをしているのかまったく気づかぬままに、カーテンの端をもちあげた。彼は窓ガラスの黒々とした面をじっと見つめていたが、やがて自分が早めの夜の闇を見ているのだと気づき、思わずカーテンを取り落とそうとしたとき、ダニールが静かに近づいてきて彼の指からそれを取りあげた。

ベイリはロボットの手がカーテンを、火から子供を守ろうとする母親のようなやさしさで自分の手から取りあげるのを見ていた。その瞬間、ある急激な変化が彼の内部に生じた。

彼はカーテンをつかみ、ダニールの手から奪いかえした。全身の重みをカーテンにかけたので、カーテンは窓から引きちぎられ、あとには切れ端が残っているだけだった。

「パートナー・イライジャ！」とダニールが静かに言った。「屋外の世界があなたにどんな影響をあたえるか、もうご存じのはずです」

「知っているさ」とベイリは言った。「ぼくにどんな影響をあたえるか」

彼は窓の外を見つめた。見えるものは暗黒の闇だけだが、その闇は屋外の大気なのだった。たとえ照らすものはなくとも、それは間断なくつづく遮《さえぎ》るもののない空間であり、彼はいまそれに向かいあっていた。

そして生まれてはじめて、彼は進んでそれと向かいあっていた。こうすることは、もはや虚勢ではなく、御しがたい好奇心のせいでもなく、殺人を解決する糸口を求めているからでもなかった。彼がそれに向かいあっているのは、自分が欲しているから、それを必要としているからだった。そのためにすべてが変わったのだ。

壁は支えだった！　暗闇と群衆は支えだった！　彼は無意識のうちにそう考えていたにちがいない。そして自分がそれを愛し、必要だと思っていたときでさえ、それを憎んでいたにちがいない。グレディアが創った自分の肖像《ポートレイト》の灰色の囲いに腹をたてた理由は、ほかにないではないか？

彼は、勝利感が胸にあふれるのを感じた。そしてその勝利感が伝染するかのように、新しい考えが湧いてきて、それが身内で発した叫びのように轟いた。

ベイリは呆然とダニールのほうを向いた。「わかったぞ」と彼はささやいた。「やっ《ヨシャパ》た《テ》！　わかったぞ！」

「なにがわかったのですか、パートナー・イライジャ？」

「凶器がどうなったかわかった。だれが責めを負うべきかわかった。とつぜん、すべてがおさまるところにおさまったんだ」

17　会議が開かれる

　ダニールは即時の行動を許そうとはしなかった。

「あすに！」と彼は丁重に、だがきっぱりと言った。「これがわたしの提案です、パートナー・イライジャ。もう夜も遅いですし、あなたには休養が必要です」

　ベイリはそれが事実であることを認めないわけにはいかなかったし、それに事前の準備も必要だった。それもかなりの量の準備を。殺人事件は解決した、それには確信があった。だがそれは、ダニールの説と同様に推論に基づくものであり、証拠としてもさほど価値はなかった。ここはソラリア人たちに協力してもらわねばならないだろう。

　半ダースのスペーサーにたちむかうのは地球人がただひとり、完全に冷静沈着でなければならない。つまりは休養と準備が欠かせないということだ。

　だがきっと眠れないだろう。眠れないのは確かだった。よどみなく動きまわるロボットたちが彼のために特別に用意したふかふかのベッドも、グレディアの邸宅の特別室にただよう芳香や静かな音楽もなんの役にもたたないだろう。それは確かだった。

ダニールは、部屋の隅の暗がりにひっそりとすわっている。

ベイリは言った。「きみはまだグレディアのことを心配しているのか？」

ロボットが言った。「あなたが無防備な場所でおひとりで眠るのは賢明ではないと思います」

「まあ、思うようにやってくれ。ぼくがきみにやってもらいたいことは、よくわかっているね、ダニール？」

「わかっております、パートナー・イライジャ」

「きみが第一条になんの疑義もさしはさまぬよう願うよ」

「あなたが開きたいと言われる会議については、いささか疑義があります。どうか武装をなさって、ご自分の安全に気を配っていただけませんか？」

「そうしよう」

ダニールが、いかにも人間らしい吐息をついたので、一瞬ベイリは相手の機械特有の完璧な顔を見ようと、暗闇をすかすように見た。

ダニールが言った。「人間の行動はかならずしも論理的だとは思いません」

「われわれには、われわれ自身の三原則が必要なんだよ」とベイリは言った。「だがおかげさまで、そんなものはないからな」

彼は天井をじっと見つめた。きわめて多くのものが、ダニールにかかっている。だが、彼に話せるのは、すべての真実のほんの一部にすぎない。この事件にはロボットがかかわりすぎている。惑星オーロラが、彼らの関心を代表するものとしてロボットを送りこんだことにはそれなりの理由があったのだが、これは誤りだった。ロボットには限界があった。だが、もしこれがうまくいけば、事件は十二時間以内に解決するはずである。そして彼は、二十四時間以内に、希望をいだいて地球への帰路についているだろう。いかにも奇妙な希望だが。自分でもほとんど信じられないような希望、だがそれは地球の現状を打開するものだった。地球の現状を打開するはずのものだった。

地球！　ニューヨーク！　ジェシイとベン！　故郷《ふるさと》のやすらぎと心やすさと愛しさ。

彼は寝入りばなにそんなことを考えていた。だが地球への思いも、期待していたようなやすらぎをもたらしてはくれなかった。彼とシティのあいだには大きな隔たりがあった。

そしていつか知らぬまに、そんな思いもすべて消え去って彼は眠りにおちていた。

ベイリは眠り、そして目覚め、シャワーを浴び、着替えをした。身体的には、すっかり準備はととのっていた。それでも彼は自信がなかった。青白い朝の光のおかげで、彼が組みたてた推理の説得力に翳りが見えたというわけではない。それは、ソラリア人にたちむかう時が迫っているからだった。

彼らの反応に、確信はあるのか？　それとも、相変わらず手探りで訊問するしかないのか？

最初にあらわれたのはグレディアだった。むろん彼女にとっては簡単なことだった。彼女は自分の邸宅にいるので、内線で通じるわけである。顔は青ざめ、無表情で、白い部屋着をまとった姿はまるで冷たい彫像のようだった。

彼女はたよりなげにベイリを見ている。ベイリがやさしい笑みを投げると、ほっとしたようだった。

ひとりずつ、彼らがあらわれた。アトルビッシュ安全保障局長代行が、グレディアの次にあらわれた。痩せぎすで尊大、大きな顎がひきしまり、非難をあらわにしている。それからロボット工学者のリービッグ。憤懣やるかたない表情でいらいらと動きまわり、薄い目蓋がときどきぴくぴくとひきつる。社会学者のクエモットは、やや疲れ気味だが、深くおちくぼんだ目で親しげにベイリに微笑みかけ、まるでこう言っているようだった。あなたとはじかに対面しましたな、われわれは親しくなったわけですな。

あらわれたクロリッサ・カントロは、ほかの連中の存在に落ち着かない様子だった。そしてあからさまに鼻を鳴らしてグレディアをちらりと見てから、あとは床をじっと見つめている。スール医師は最後にあらわれた。具合が悪いのではないかと思われるほど窶《やつ》れきっていた。

こうしてグルアーを除く全員が集まった。グルアーは、徐々に回復に向かってはいるが、体調を考えると出席は不可能だった（まあ、彼がいなくともなんとかやれる、とベイリは思った）。みなが正式な服装をしていた。みながカーテンを閉めきった部屋に腰をおろした。

ダニールが万事うまくとりしきっていた。このあとダニールがやるべきことが、すべてうまくいくようにとベイリは心から願った。

ベイリはスペーサーの顔をひとりひとり眺めた。心臓がばくばく鳴った。それぞれが別々の部屋から映像で彼を見ているから、それぞれの照明、家具、壁の装飾品などが、ごちゃごちゃと混じりあって目が眩むようだった。

ベイリが言った。「これから、リケイン・デルマー博士殺人事件について話しあいたいと思いますが、動機、機会、手段という順序で——」

アトルビッシュがさえぎった。「前置きは長いのかね？」

ベイリは鋭く言った。「おそらく。わたしは、殺人事件の捜査のためにここに呼ばれました。この種の仕事はわたしの専門であり、わたしの職業ですからね。いかに取り組むべきかは、よく存じております」（もう彼らには断固ゆずるな、さもないとせっかくの苦心が水の泡だ。うわてに出ろ！　うわてに出るんだ！）

できるかぎり厳しい直截な言葉で、彼は話をつづけた。「まずは動機。この三つの項目のうち、どうやら動機がいちばんわかりにくい。機会と手段は客観的なものです。じっさいに詳細な調査ができる。それにひきかえ動機は主観的なものです。しかし他人によって客観的な判断が下されることもある。たとえば公然と受けた屈辱に対する復讐のようなものです。しかし完全に見きわめることができないものもある。良識ある人間が理性を失い殺人を犯すほどの憎悪、これは決して表にあらわれない。

さて、ここにおられるほとんどの方々は、一度ならず、グレディア・デルマーがこの事件の犯人であると証言している。たしかに別の犯人を名指しした方はひとりもいない。グレディアには動機があるか？　リービッグ博士はあると言われた。グレディアは夫君としばしば争っていたと博士は言い、グレディアはのちにこれを認めた。争いから生じる怒りがひとを殺人に駆りたてることは考えられます。じゅうぶんに。しかしながら、彼女が動機をもつ唯一の人間であるかというと、疑問が残る。思うに、リービッグ博士ご自身は――

――」

ロボット工学者は跳びあがらんばかりだった。片手をベイリのほうに勢いよく伸ばした。

「言葉に気をつけたまえ、地球人」

「わたしはたんに論理的に分析しているだけです」とベイリは冷たく言い放った。「あなたは、リービッグ博士、デルマー博士といっしょに新型のロボットの研究をしておられた。あなたはロボット工学の分野においては、ソラリアでは最高権威です。あなたがおっしゃるから、わたしは信じます」

リービッグは、優越感をあらわにして微笑した。

ベイリは言葉をついだ。「しかしわたしが聞いたところによると、デルマー博士は、あなたに対して不満をいだき、近々あなたと関係を絶つつもりだったとか」

「うそだ！　うそだ！」

「おそらく。しかしもしそれが事実だったらどうします？　博士があなたとの関係を絶ち、公然とあなたを侮辱する前に、彼を亡きものにしようという動機があなたにはあるんじゃないですか？　あなたはそうした侮辱にはとうてい耐えられない方とお見受けしますが」

ベイリはすぐさま言葉をつぎ、リービッグに反論の機会をあたえなかった。「そしてあなたです、ミセス・カントロ。デルマー博士の死によって、あなたは、胎児技術を担当することになった。責任ある地位ですな」

「とんでもない、そのことならもう話しあったじゃないですか」とクロリッサは悲痛な叫びをあげた。

「たしかに話しあいましたがね、とにかく考えてみなければならない問題です。クエモット博士についてですが、彼はデルマー博士と定期的にチェスを指していたそうですね。ことによると、負けがこんでいたために腹をたてていたかもしれない」

社会学者が静かに口をはさんだ。「チェスの勝負に負けていたからというのは、動機としては薄弱ですな、私服刑事」

「それはあなたがチェスにどれほど真剣に打ちこんでいたかによります。動機というものは、殺人犯にとっては決定的なものであっても、他人から見ればまったく取るに足りないということもあります。まあ、それはどうでもいい。要するに、動機だけでは不充分なんです。だれにでも動機はありうる。ことに、デルマー博士のような人物を殺すということになると」

「それはどういう意味だ？」とクエモットがいきりたって訊いた。

「そりゃ、デルマー博士は〝善きソラリア人〟でしたからね。みなさん、博士のことをそう申されましたよ。彼は、ソラリアの慣習が要求するものをすべて厳守していた。彼は理想的な人物、理念を具現化したような人物だった。このような人物に、だれが愛情を感じることができますか、あるいは好意をもつことができますか？　弱点がない人物というものは、だれにとってもおのれの不完全さを自覚させられる存在でしかありません。テニスンという大昔の詩人はかつてこんなことを書いている。『彼は、まったく欠点がないのが欠点です』」

「完璧だからといって、その人間を殺す者はいませんよ」とクロリッサが眉をひそめて言った。

「あなたにはよくわかっていない」とベイリはそれ以上説明もせずに言葉をついだ。「デルマー博士は、ソラリアにおける陰謀に気づいていた、あるいは気づいていると思っていた。全銀河系征服を目指して銀河系のほかの世界を攻撃しようという陰謀だった。博士はそれを阻止したかったのだ。それゆえ陰謀に加担する輩《やから》には、博士を殺す必要があった。ここにいる全員が、むろんミセス・デルマーも含めて、陰謀のメンバーである可能性はある。さらに安全保障局長代行であるコーウィン・アトルビッシュにしても例外ではありません」

「わたしが？」とアトルビッシュは平然と言った。

「あなたは、グルアーの災難のあと、仕事を任されるやいなや、捜査の打ち切りを謀《はか》った」

ベイリは手もとの飲み物をちびちびと飲んで（自分以外の人間の手は触れていない、ロボットの手も触れていないもとの容器からじかに）、気力をふるいたたせた。ここまでは待機戦術であり、ソラリア人がおとなしくすわったままでいるのがありがたかった。彼らには、地球人のように、接近した場所でひとと相対《あいたい》するという経験がない。彼らは、接近戦を得意とする闘士ではないのである。

ベイリは言った。「次に機会です。ミセス・デルマーだけに機会があったとするのが大方の意見です。じっさい直接対面によって夫に近づくことができるのは彼女だけだからです。

それは確かなことだろうか？　かりに、ミセス・デルマーではないほかの人間が、デルマー博士を殺そうと決心したとしましょう。そのような無謀な決心をすれば、直接対面の不快感など二の次になるんじゃないですか？　このなかのどなたかが、殺人を決意していたら、その犯行をやりとげるまでのあいだぐらい、直接対面することなど耐えられるんじゃないでしょうかね？　デルマー博士の邸宅に忍びこみ——」

アトルビッシュが冷ややかに口をはさんだ。「あんたは、この問題についてはまったく無知なんだよ、地球人。われわれが気にするしないは、問題ではないんだ。つまりは、デルマー博士自身がじかに会うことを許さないということだ。だれであろうと、ずかずかと博士の面前に乗りこんでいけば、博士は、相手との積年の友情も無視して、すぐに出ていけと命じるか、必要とあらばロボットを呼んで追いだしにかかるはずだ」

「たしかに」とベイリは言った。「万が一、それが直接対面であることにデルマー博士が気づいていればですな」

「それはどういう意味だね？」と驚いたスール医師が訊いたが、その声は震えていた。

「あなたがミセス・デルマーを殺人現場で診たとき」とベイリは答え、質問者を見すえた。「あなたがミセス・デルマーに触れるまでは、彼女はあなたが映像で診ているのだと思っていたそうですよ。彼女はそうわたしに言った、わたしもそう信じます。わたし自身は、じかに対面することが習慣ですのでね。ソラリアに着いたとき、グルアー安全保障局長にお会いしましたが、そのときわたしは彼にじかに対面していると思っていた。面談が終わったとき、グルアーがふっと消えたので、わたしはびっくり仰天しましたよ。

さて逆のことを考えてみましょう。たとえば、成人してからはずっと、映像で対面することしか知らなかったとする。だれともじかに会うことは決してなかった、妻とごくたまに会うときのほかは。さて、妻以外の何者かが自分のもとに近づいてくるとする。彼は当然これは映像対面だと思いこんでいる、ことにロボットから映像コンタクトが行なわれると告げられていたとすれば？」

「一分たりとごまかされない」とクエモットが言った。「相手の背景が同じなんだから、すぐにばれるとも」

「かもしれない。しかし、あなたがたのうちでどれだけが、いまこの背景を意識していますか？　少なくともデルマー博士がなにかがおかしいと気づくまでには、一分やそこらはあったと思いますね。そしてそのあいだに、博士の友人は、だれであるかはともかくとして、彼に歩みより棍棒を振りあげ振りおろした」

「ありえない」とクエモットはかたくなに言いはった。

「ありえないとは思いませんな」とベイリは言った。「機会のあるなしは、ミセス・デルマーが犯人であるという確実な証拠にはなりえないのです。夫人に機会はあった。だがほかのひとたちにも機会はあったんです」

ベイリはふたたび待った。額に汗がにじんでいるのがわかるが、それを拭いては相手にこちらの弱気を悟らせることになる。この場は自分が完全に掌握しなければならない。狙いをつけている人物に劣等意識を確実に植えつけねばならない。地球人が、スペーサーをそこまで追いこむのは至難の業《わざ》だ。

ベイリはひとりひとりの顔を見まわし、事態は少なくとも思いどおりに進行していると思った。アトルビッシュでさえ、いかにも人間らしく不安そうな顔をしている。

「さて、いよいよ」とベイリは言った。「手段ですが、これはもっとも謎の多い部分です。殺人に使われた凶器が見つかっていない」

「それはわかっている」とアトルビッシュが言った。「その点を除けば、ミセス・デルマーの有罪は決定的だと考えただろう。捜査を要請することもなかったはずだ」

「おそらく」とベイリは言った。「それでは、手段の問題を分析してみましょう。可能性はふたつあります。ミセス・デルマーが殺人を犯したか、あるいはだれかほかの人間がやったか。もしミセス・デルマーが殺人を犯したのだとすると、凶器は犯行現場に残っていなければならない、それがあとで持ちだされないかぎりは。それはわたしのパートナー、オーロラのミスタ・オリヴォー、ただいまここに出席してはおりませんが、彼によって指摘されております。つまりスール医師には、凶器を持ちだす機会があったというのです。わたしはただいま、みなさんのおられる前で、スール医師に質問しましょう。あなたはじっさいにそうしたかどうか、意識を失っているミセス・デルマーを診察しているあいだに、凶器を動かしたかどうか？」

スール医師は震えている。「いや、いや。誓ってない。いくら訊問してもらってもけっこう。わたしはなにも動かしてはいない」

ベイリは言った。「この点についてスール医師が嘘をついていると指摘したい方はおられますか？」

沈黙があった。そのあいだリービッグは、ベイリの視界の外にあるなにかを見て、時間がどうのとつぶやいていた。

ベイリは言った。「第二の可能性は、だれかほかの人物が殺人を犯し、そのまま凶器を持ち去った。だがもしそうだとすると、その理由を問わねばならない。凶器を持ち去るということは、ミセス・デルマーは犯人ではないという事実を宣伝するようなものです。もし外部の人間が犯人であれば、凶器を死体のそばに残さなかったのは愚かの極みということになる。残しておけば、ミセス・デルマーは有罪になったはずですからね。いずれにしても、凶器はそこになければならなかった！　だがどこにも見当たらない」

アトルビッシュが言った。「きみは、われわれが、阿呆か盲人だと思っているのかね？」

「あなたがたはソラリア人です」とベイリは落ち着きはらって答えた。「それだから犯行現場に残されている特殊な凶器に気づくことができないのです」

「なんのことかさっぱりわからない」とクロリッサが当惑げに言った。この会合のはじめからぴくりとも動かなかったグレディアでさえ、驚いた顔でベイリを見つめた。

ベイリは言った。「あのとき現場にいたのは、死んだ夫と失神した妻だけではありません。機能に狂いが生じたロボットがひとりいたのです」

「なんだと?」リービッグが声を荒らげた。

「これは明らかでしょう。つまりですねえ、不可能なことを除去すれば、あとに残るのは、たとえありえないようなことでも、それが真実である、ということは。犯行現場にいたロボットこそが殺人の凶器だった。あなたがたのだれひとりとして、これまで受けてきた教育のせいで、その凶器に気づくことができなかったのです」

彼らがいっせいに喋りだした。ただ大きく目を見開いているグレディアだけを残して。

ベイリが両手を上げた。「待ってください。静かにして! 説明させてください!」そこでふたたび彼は、グルアーの殺人未遂事件のこと、殺人が成功するはずだった方法について語った。今回は、養育所《ファーム》で自分も命を狙われた件についても語った。

リービッグがいらだたしそうに言った。「それはこういうことだろう。最初のロボットに、毒であることは知らせずに矢に毒を塗らせ、二番目のロボットには、子供にきみが地球人であることを告げてから毒矢をわたした。ロボットはそれが毒矢であることは知らなかった」

「そんなところですね。どちらのロボットも完璧な指示を受けていた」

「なんともこじつけだな」とリービッグが言った。

クエモットは青ざめ、いまにも吐きそうな様子を見せた。「ソラリア人なら、人間に危害をあたえるためにロボットを使ったりはしない」

「たぶんそうでしょう」とベイリは肩をすくめた。「だが問題は、ロボットは操ることができるということです。リービッグ博士に訊いてごらんなさい。ロボット工学者ですからね」

リービッグが言った。「デルマー博士の殺害にはあてはまらない。昨日話したはずだが。ロボットに人間の頭を叩きつぶせと命令できる人間がいるかね？」

「その方法を説明しましょうか？」

「説明できるなら、してみたまえ」

ベイリが言った。「デルマー博士がテストしていたのは新型のロボットだった。わたしには、テストの意味が昨夜まではよくわからなかった。つまり昨夜わたしは、椅子から立たせてもらうために助けを借りようとロボットにこう言ったのです、『手を貸してくれ！』するとそのロボットは、とまどったように自分の手を見た。つまり彼は、自分の手をとりはずして、それをわたしにわたすように命じられたのかと迷っていたのです。わたしは自分の命令を、『手を貸してくれ』というような慣用句ではない言い方でくりかえさなければならなかった。だがそれでわたしは、リービッグ博士が昨日言ったことを思いだしたんです。それは四肢を交換できるロボットをテスト中だという話でした。

デルマー博士がテストしていたそのロボットが、さまざまな種類の特殊な仕事に使うことができる、さまざまな形の交換可能な手足をもっていたとしましょう。犯人はこのことを知っており、ふいにロボットにこう言う、『おまえの腕をわたせ』。ロボットは、自分の腕をとりはずし、それを犯人にわたす。とりはずされた腕は素晴らしい凶器になるでしょう。デルマー博士が死ぬと、腕はただちに元どおりにはめこまれる」

ベイリが話すうちに、唖然とした恐怖は、がやがやという反撃の声に呑みこまれてしまった。ベイリは最後には大声で叫ばねばならなかったが、それもかき消されるだけだった。

顔を紅潮させたリービッグが椅子から立ちあがり、一歩前に踏みだした。「あんたの言うとおりだとしても、ミセス・デルマーが犯人であることは疑いない。彼女はあそこにいて、夫と言い争っていた。そして夫がロボットのテストをしていることも知っていた、交換可能の四肢のことも知っていたのだろう——わたしには信じがたいがね。あんたがなんと言おうと、地球人、すべては彼女を指しているんだよ」

グレディアは静かに泣きはじめた。

ベイリは彼女を見なかった。そして言った。「その反対ですな。だれが殺人を犯したにせよ、ミセス・デルマーでないことを証明するのは簡単なことです」

ジョサン・リービッグはふいに腕組みをすると、軽蔑の表情をまざまざとその顔にうかべた。

ベイリはそれに気づき、こう言った。「あなたに助けていただきたい、リービッグ博士。ロボット工学者として、ロボットにこのような間接的殺人を行なわせるためには、桁外れな技術が必要であることはよくご存じですね。わたしはたまたま昨日、ある人物を自宅に軟禁することになった。三人のロボットに、その人物の安全を確保するよう詳細な指示をあたえた。簡単なことでしたが、わたしはロボットに関しては不器用でしてね。わたしの指示には抜け穴があり、わたしの囚人は逃走しました」

「囚人とはだれなんだ?」とアトルビッシュが訊いた。

「それはどうでもいい」とベイリはいらだたしそうに言った。「問題は、素人はロボットをうまく操れないということです。一般のソラリア人のなかにも、ロボットの扱いは素人というひともいるかもしれない。たとえばです、グレディア・デルマーはロボット工学についてなにを知っているか?……さあ、どうです、リービッグ博士?」

「なんだと?」ロボット工学者は目を見開いた。

「あなたは、ミセス・デルマーにロボット工学を教えようとした。彼女はどんな生徒でしたか？　彼女はなにか学びましたか？」

　リービッグは不安そうにあたりを見まわした。「彼女はなにも……」彼は絶句した。

「彼女はまったく見こみがなかった、そうですね？　それとも、あなたは、お答えになりたくない？」

　リービッグはよそよそしく言った。「彼女は、無知を装っていたかもしれない」

「あなたは、ロボット工学者としてこう言うおつもりですか？　ミセス・デルマーは、ロボットに間接的殺人を行なわせるほどのじゅうぶんな技量を身につけていたと思うと」

「そんなことに答えられるはずがないだろう？」

「それでは言い方を変えましょう。ファームでわたしを殺そうと謀った者は、ロボット間の通信網を使ってわたしの居場所を突き止めなければならなかった。つまりわたしは、自分がどこに行くか、人間には告げませんでしたからね、わたしをあるところからあるところへ運んでいったロボットだけが、わたしの居場所を知っていたわけです。わたしのパートナーであるダニール・オリヴォーは、その後に、わたしの居場所を突き止めようとしましたが、かなりの困難を伴いました。いっぽう、犯人は、それがやすやすできたにちがいない。なにしろわたしの居場所を突き止めたあと、わたしがファームから別の場所に移動する前に、毒矢を用意し、毒矢を発射させるように仕組んだわけですからね。ミセス・デルマーにはそんなことをする技量があったでしょうかね？」

コーウィン・アトルビッシュが前に乗りだした。「そうした技量をそなえている者はだれだと言いたいのかね、地球人？」

ベイリは言った。「ジョサン・リービッグ博士は、ご自身でも認められているとおり、この惑星上で最高のロボット工学者です」

「それは告発なのか？」とリービッグが叫んだ。

「そうだ！」とベイリは怒鳴りかえした。


リービッグの目にうかんだ怒りは、ゆっくりと消えていった。怒りにとってかわったのは、厳密にいえば、平静さではなく、内に押しこめられた緊迫感だった。彼は言った。

「あの事件のあとで、わたしはデルマーのロボットを調べた。あれには、交換可能の四肢はついてはいなかった。少なくとも、あのロボットの四肢をとりはずすには、特殊な器具と熟練技術が必要なのだ。ゆえにあのロボットは、デルマーを殺す凶器にはなりえない。したがってもはや議論の余地なしだ」

ベイリは言った。「あなたのご意見の真実性を保証できる方はいますかね？」

「わたしの言葉に疑いをさしはさむことはだれにも許されない」

「わたしがいますよ。わたしはあなたを告発しているんです。あのロボットに関するあなたの裏付けのない言葉はなんの価値もない。ほかに、あなたの意見を支持する方がおられるなら、話は別ですがね。ところであなたは、あのロボットをすぐに処分してしまいましたね。なぜです?」

「おいておく理由がなかった。完全に機能が狂っていたからね。使いものにならなかった」

「なぜです?」

リービッグはベイリに向かって指を振りたて語気を荒らげた。「そのことなら、きみはもうわたしに質問したじゃないか、地球人、そしてわたしはその理由を話した。あのロボットは、殺人を目撃しながら、それを阻止する能力がなかったのだ」

「そういう事態は、つねに完全な機能不全をもたらすとあなたは言われましたね、これは普遍的ルールであると。ところが、グルアーが毒をもられたとき、毒入りの飲み物を彼にわたしたロボットは、ただ足をひきずる、舌たらずな発音になる、という程度の障害しか起きなかった。そのロボットは、あのとき、たんに現場の目撃者であったばかりでなく、殺人とおぼしき行為の代行者だったわけですが、訊問に耐えうるほどの正気は保っていたんですよ。

このロボット、デルマー事件の現場にいたロボットは、したがってグルアーのロボットより殺人行為に直接的にかかわっていたわけです。このデルマーのロボットは、自分の腕を殺人の凶器として使われたんですよ」

「なんともばかげた話だ」とリービッグは喘ぎながら言った。「ロボット工学などなにも知らんくせに」

ベイリは言った。「そうかもしれない。だが、わたしは安全保障局長代行のアトルビッシュに提言します。あなたのロボット製造工場と整備工場の記録のすべてを押収するように。おそらくわれわれは発見できますよ、あなたが取外し可能の四肢をもつロボットを製作したかどうか、製作していたとすれば、そのなかからデルマー博士に送られたものはいなかったかどうか、もし送られていれば、その日時も」

「わたしの記録をいじりまわすことはならん」とリービッグが叫んだ。

「なぜです? 隠すことがなければいいじゃないですか?」

「だがいったいぜんたい、なんでこのわたしがデルマーを殺したいというんだ? 言いたまえ。わたしの動機はなんだ?」

「動機はふたつ考えられる」とベイリは言った。「あなたはミセス・デルマーと親しかった。非常に親しかった。ソラリア人も、一応は人間ですね。あなたは女性と一度も交わったことはなかったが、だからといって、なんと言いましょうか、動物的衝動を免れたわけじゃない。あなたはミセス・デルマーと会った——いや失礼、映像で対面した——彼女がくつろいだ恰好をしているときに、そして——」

「やめろ」リービッグは激昂した。

そしてグレディアは語気を強めてささやいた。「やめて」

「おそらくあなたは、自分の感情の性質に気づいていなかった」とベイリは言った。「あるいは、うすうすと気づいていたかもしれないが、あなたは自分の弱さを恥じており、自分をそんな気持に駆りたてるミセス・デルマーを憎んだ。しかも、彼女を自分のものにしているデルマー博士をも憎んでいたかもしれない。あなたはミセス・デルマーに自分の助手になるようすすめた。あなたは自分の性欲とそこまで妥協してしまった。彼女が拒絶したので、あなたの憎しみはそのためにいよいよ募った。デルマー博士をあのような形で殺し、嫌疑をミセス・デルマーに負わせれば、両者に同時に復讐が果たせる」

「そんな安っぽい芝居がかった汚らわしい話をだれが信じる？」リービッグは、嗄れた声でささやいた。「ほかの地球人、ほかの動物なら信じるかもしれない。ソラリア人は信じない」

「わたしは、そんな動機にはこだわってはいない」とベイリは言った。「潜在的にそんな動機があったとは思うが、あなたにはもっと単純な動機があった。リケイン・デルマー博士は、あなたの計画の邪魔になっていた。だから取り除く必要があった」

「どんな計画かね？」とリービッグが問いただした。

「銀河系の征服を目指した計画ですよ、リービッグ博士」とベイリは言った。

18　謎が明らかになる

「この地球人は頭が狂っている」とリービッグは叫び、一座のひとびとのほうを向いた。「そうにきまってるじゃないか」

ある者はリービッグを無言で凝視し、ある者はベイリを凝視した。

ベイリは彼らに結論をくだす暇《いとま》をあたえなかった。「あなたにはよくわかっているはずだ、リービッグ博士。デルマー博士は、あなたと関係を絶とうとしていた。ミセス・デルマーは、それを、あなたが結婚しないからだと思っていた。わたしはそうは思わない。デルマー博士自身は、体外発生が可能になって結婚が必要でなくなる将来を考えていた。だがデルマー博士は、あなたと共同で研究をしていた。だからあなたの仕事についてはだれよりもよく知っており、推測もしただろう。あなたが、危険な実験を試みればすぐわかるだろうし、あなたを止めるにちがいない。博士は、グルアー局長にそういったことをほのめかしていたが、詳細は語らなかった。詳細については博士にもまだ確信がなかったからです。あなたは明らかに博士が疑惑をいだいていることに気づき、そして彼を殺したんです」

「狂ってる！」とリービッグはふたたび言った。「こんなたわごとにこれ以上かかわるのはごめんだ」

だがアトルビッシュが口をはさんだ。「彼の話を最後まで聞きなさい、リービッグ！」

ベイリは、安全保障局長代行の声に共感のひびきがまったくないのを感じて、こみあげる満足感を嚙みころした。彼は言った。「先の話し合いで、取外し可能な四肢をもつロボットのことに触れましたね、リービッグ博士。そのときあなたは陽電子頭脳を内蔵した宇宙船の話を持ちだした。あのときたしかに、あなたは喋りすぎた。わたしがとるにたらない地球人だから、ロボット工学の本質など理解できないと思ったんでしょうね？　あるいは、直接対面をするぞと脅かされていたのが、そのおそれがなくなって、安堵のあまり、いささか頭が混乱したんじゃないですか。いずれにしても、クエモット博士から、わたしはすでに聞いていたんです。他の宇宙国家を攻撃するソラリアの秘密兵器は、陽電子ロボットだということを」

いきなりそんな話を持ちだされたので、クエモットがいきりたって怒鳴りだした。「わたしが言ったのは――」

「あなたが、社会学上の知見を述べられたことはわかっています。しかしそれがヒントになったんです。陽電子頭脳を内蔵する宇宙船と、有人の宇宙船を比べてみてください。有人宇宙船は、ロボットをじっさいの戦闘に使うことはできない。ロボットは、敵船にしろ、敵国にしろ、そこにいる人間を殺すことはできないんです。友好的な人間と、敵対する人間の区別はつきませんからね。

むろん敵の宇宙船に人間は乗っていないとロボットに言いきかせることはできる。爆撃しているのは無人の惑星だと言ってきかせることはできるかもしれない。しかし納得させるのはむずかしいでしょう。ロボットには、自分の船が人間を乗せていることがわかっている。自分の世界に人間が住んでいることも知っている。敵方の船も世界も、同様だと考えるだろう。そのような場合、ロボットをしかるべく扱うためには、あなたのようなロボット工学のほんもののエキスパートの手が必要なんですよね、リービッグ博士。そういうエキスパートは非常に少ないんです。

しかし陽電子頭脳を搭載している宇宙船なら、攻撃しろと命令されれば、どんな船でも喜々として攻撃するだろうと、わたしには思われるんですがね。それは当然ほかの宇宙船もすべて無人であると考えるでしょうからね。陽電子頭脳を装備した宇宙船に、真実を伝えてしまうかもしれない敵船のメッセージを受信できないようにすることは簡単でしょう。陽電子頭脳が直接コントロールする武器や防衛機器があれば、いかなる有人船よりもはるかに機動性がある。乗員や食料品や水や空気清浄器をおくスペースが不要であれば、より多くの防衛機器、より多くの武器を搭載することができるから、ふつうの宇宙船よりはるかに堅牢なものになる。陽電子頭脳を搭載している宇宙船一隻で、通常の宇宙船隊を何船隊もやっつけられますよ。わたしは間違っていますか？」

最後の質問はリービッグ博士に向かって放たれた。博士は椅子から立ちあがったまま、まるで——怒りの？　恐怖の？——あまり強硬症患者のように体をこわばらせていた。

答えはなかった。どんな答えも聞こえるはずはなかった。なにかがはじけとび、一座の者たちは狂ったように叫びだした。クロリッサは、憤怒の形相となり、グレディアでさえ立ちあがり、小さな拳が威嚇するように空《くう》を叩いている。

そして全員がリービッグに怒りをぶちまけていた。

ベイリはほっとして目を閉じた。そしてほんのしばしのあいだ、筋肉をほぐし、腱の緊張をやわらげるよう努めた。

うまくいった。自分はついに正しいボタンを押したのだ。クエモットは、ソラリアのロボットとスパルタの奴隷の類似を指摘していた。ロボットは反抗することができないから、ソラリア人は安心していられるのだと。

だがある人間が、人間に危害をあたえる方法をロボットに教えようとしていたら、言いかえれば、ロボットを反抗可能なものにしていたとしたら、どうだろう？

それは究極の犯罪ではないか？　ソラリアのような世界では、人間に危害をくわえることのできるロボットを作ったという疑惑があるだけでも、住人は最後のひとりにいたるまでその人間に囂々《ごうごう》たる非難を浴びせるのではなかろうか？　ソラリアでは、人間ひとりあたりに一万のロボットがいるこのソラリアでは？

アトルビッシュが叫んだ。「あんたを逮捕する。政府が捜査をはじめるまで、蔵書や記録類には手を触れてはならない――」彼はほとんど脈絡のない言葉を叫びつづけているが、この大混乱の場ではほとんど聞きとれない。

ひとりのロボットがベイリに近づいた。「メッセージです、マスター。マスター・オリヴォーからです」

ベイリは重々しくメッセージを受けとり、振りかえって叫んだ。「しばらく」

その声は、ほとんど魔法のような効果をもたらした。みながいっせいに振りむき、真剣なまなざしで彼を見つめたが、どの顔も（リービッグの凍りついた憤怒の表情を除いては）無表情で、地球人をただ苦々しく注目しているばかりだった。

ベイリが言った。「官憲の捜査が及ぶまで、リービッグ博士が記録類をそのままにしておくと考えるのはおかしい。それゆえ、この会合が行なわれる前に、わたしのパートナー、ダニール・オリヴォーが、リービッグ博士の地所に向かいました。彼はいま博士の地所内におり、リービッグ博士を拘束するため、まもなく博士のもとに到着するでしょう」

「拘束だと！」リービッグはまるで恐怖に襲われた獣のように吼えた。彼の目は、頭部に開いた監視孔のように大きく見開かれた。「だれかがここに来ると？　直接対面すると？

だめだ！　だめだ！」二度目の〝だめだ〟は絶叫だった。

「危害をくわえることはない」とベイリは冷たく言った。「おとなしく協力すれば」

「だがじかには会うつもりはない。会えないんだ」ロボット工学者は思わず知らずがくりと膝をついた。そして両手を握りしめ、必死に哀願するような身振りをした。「いったいなにが欲しい？　自白が欲しいのか？　デルマーのロボットには取外しのきく四肢がついている。そうとも、そうとも。そうとも。わたしがグルアーの毒殺を謀った。きみを狙う毒矢も用意した。きみが言ったような宇宙船の製造も計画していた。まだ成功はしていないが、ああ、計画はした。たのむから、あの男を近づけないでくれ。来させないでくれ。やつを遠ざけてくれ！」

彼はべらべらとまくしたてている。

ベイリはうなずいた。ふたたび正しいボタンを押してやった。直接対面させるぞという脅しは、どんな肉体的な拷問よりたやすく自白を引きだせるはずだった。

だがそのとき、ほかのひとびとの聴覚の及ばないところ、ないしは視界の外で発生した音と動きに対して、リービッグの頭がぐいとねじれるように動き、ついで口がぱくんと開いた。彼は両手をあげ、なにかを寄せつけまいとした。

「はなれろ」と彼は哀願する。「あっちへ行け。近よるな。どうか、来ないでくれ。おねがいだ――」

彼は四つん這いになって動きだし、片手をふいにジャケットのポケットに突っこんだ。手がなにかをつかみだし、さっと口にもっていった。体がぐらりと二度揺れて、そのままうつぶせに倒れこんだ。

ベイリは叫びたかった。この馬鹿め、近づいていったのは人間じゃないんだ。あんたが愛しているロボットなんだぞ。

ダニール・オリヴォーがこちらの視界に飛びこんできて、一瞬突っ伏した体を見おろした。

ベイリは息を呑んだ。もしダニールが、リービッグを殺したのは、人間そっくりの自分の姿形だと気づいたら、第一条に縛られた彼の頭脳は強烈なダメージを受けるかもしれない。

だがダニールは、膝をつき、その繊細な指でリービッグのあちこちに触れただけだった。そして、自分にとってとても大切なものだとでもいうように、リービッグの頭をもちあげ、それをそっと抱きかかえ、やさしく愛撫した。

彼の端整な顔がほかのひとたちを凝視し、彼は小声で言った。「人間が死にました!」

ベイリは、彼女を待っていた。最後の面談を望んできたからだ。だが彼女があらわれると、ベイリの目は大きく見開かれた。

彼は言った。「じかに会っているんですね」

「そうよ」とグレディアは言った。「どうしてわかるの？」

「手袋をはめているから」

「ああ」彼女はとまどったように自分の両手を見た。それからやさしくこう言った。「気になるかしら？」

「いいや、まったく気にならない。だけどなぜ、映像対面ではなくじかに会おうと思ったんですか？」

「そうね」――彼女は弱々しい笑みをうかべた――「慣れなくてはいけないから、そうでしょう、イライジャ？　つまりあたしはオーロラに行くんですから」

「すると、もう手配はすんだのかな？」

「ミスタ・オリヴァーは、影響力をもつひとらしいの。準備はすっかりととのったわ。あたしはもう戻るつもりはありません」

「そうか。きっとこれまでより幸せになれるよ、グレディア。きっとなれるとも」

「ちょっと不安だけれど」

「わかるよ。いつでもじかに会うことになるんだし、ソラリアで味わっていた快適さはなくなるしね。でもそれにもだんだん慣れるだろうし、なによりも、ここで味わったあの恐怖を忘れられるんだ」

「なにもかも忘れてしまいたくはないの」とグレディアはやさしく言った。

「そのうちに忘れるとも」ベイリは、目の前に立つほっそりした女性を見つめてこう言ったものの、一瞬心に痛みが走った。「それにいつかは結婚もするだろう。ほんものの結婚をね」

「どうしてかしら」と彼女は悲しげに言った。「あたしにはそれがそんなに魅力的には思えないの――いまはまだ」

「いまに気が変わるだろう」

そしてふたりはその場に立ったまま、しばし無言で見つめあった。

グレディアが言った。「あなたにはまだ一度もお礼を言ってないわね」

ベイリが言った。「仕事をしたまでだ」

「あなたはもう地球に帰るのね？」

「そう」

「もう二度と会えないのね」

「たぶん。でも悔やむことはないな。せいぜい四十年もすれば、ぼくは死んでいるだろうし、きみは、いまのきみと少しも変わっていないだろうから」

彼女の顔がゆがんだ。「そんなことを言わないで」

「ほんとうのことだ」

彼女は話をそらそうと早口に言った。「ジョサン・リービッグのことはすべて真実です」

「わかっている。ほかのロボット工学者たちが彼の記録を調べたところ、陽電子頭脳機能を持つ無人宇宙船の建造に向けて実験をしていたことを発見したんだ。それに取外し可能の四肢をもつロボットも複数発見した」

グレディアは身震いをした。「あのひとはどうしてそんな恐ろしいことをしたのかしら？」

「彼は人間を恐れていたんだ。直接対面を避けるために自殺までした人物だからね。ソラリアという国家と直接対面というタブーに、ぜったい手を触れさせないために、ほかの宇宙国家を全滅させようと謀っていたんだね」

「どうしてそんな気持になったのかしら」と彼女はつぶやく。「直接対面というのだって、とても――」

十歩はなれて向かいあっているふたりのあいだに、ふたたび沈黙がおちた。

とつぜんグレディアが叫んだ。「ああ、イライジャ、あたしがあれから解放されたと、あなたは思うかもしれないわね」

「なにから解放されたと？」

「あなたに触れてもいい？　もう二度とあなたに会えないんですものね、イライジャ」

「お望みとあらば」

一歩一歩、彼女は近づき、目は輝いているのに不安そうな様子が見える。三フィート手前で彼女は立ち止まり、それからゆっくり、まるで夢見心地であるかのように、右手の手袋を脱ぎはじめた。

ベイリはそれを止めようとした。「ばかなことをするんじゃない、グレディア」

「怖くないわ」とグレディアは言った。

彼女の手はむきだしだった。伸ばしたその手は震えていた。

彼女の手をとったベイリの手も震えている。ほんのつかのま、ふたりはそのまま動かなかった。彼女の手はおどおどしており、彼の手のなかに委ねられ怯えていた。ベイリが手を開くと、その手は逃れさり、そしてふいに予告もなく彼の顔に飛んできて、その指先がほんの一瞬彼の頬に羽のように軽く触れた。

グレディアが言った。「ありがとう、イライジャ。さようなら」

ベイリは言った。「さようなら、グレディア」そして彼女が立ち去るのを見守った。

地球へ自分を連れ戻してくれる船が待機しているという思いさえも、この瞬間彼が感じた喪失感を拭いさってはくれなかった。

アルバート・ミニム次官の表情は、型どおりの歓迎をあらわしていた。「きみが地球に戻ってきてうれしい。きみの到着前に届いた報告書は、むろんもう目を通してある。よくやった。これできみの経歴にも箔がつくだろう」

「ありがとうございます」とベイリは言った。彼の胸に、もはや昂揚感は湧かなかった。地球に戻ってきた。洞窟《ケイブ》のなかは安全だった。ジェシイの声を聞いても（もうすでに彼女とは言葉を交わしていた）妙な空しさが残っていた。

「しかしながら」とミニムが言った。「きみの報告書は、殺人事件の捜査に関するものだけだね。われわれが関心をもっていたことが他にもあったはずだが。それについての報告は口頭で聞かせてはもらえないかね？」

ベイリは躊躇し、その手が無意識に服の内ポケットに伸びた。そこにはパイプという快い慰めが、ふたたび見出せるはずだった。

ミニムは間髪《かんはつ》をいれず言った。「喫煙はかまわんよ、ベイリ」

ベイリは、もったいぶった儀式のようにのろのろとパイプに火をつけた。彼は言った。

「あいにく、わたしは社会学者ではありませんので」

「そうかね？」ミニムはちらりと笑みをうかべた。「一度それについて話しあったことがあるような気がするがね。名だたる刑事というものは、経験則に富む良き社会学者でなければならない、たとえハケットの方程式は知らずともね。いまのきみの不安そうな様子を見るにだね、宇宙国家に関するきみの見解があるようだが、それがわたしにどう受けとめられるか自信がないといったところじゃないかね？」

「そうおっしゃるのであればですね……わたしにソラリアへ行けと指示されたとき、あなたはある質問をされましたね。宇宙国家の弱点はなにかとお尋ねになった。彼らの強みは、彼らのロボット、低人口、長命だが、弱みはなんだと？」

「それで？」

「ソラリア人の弱みはわかったと思います」

「わたしの質問に答えられるわけだね？　よろしい。話したまえ」

「彼らの弱みはですね、彼らのロボット、低人口、長命です」

ミニムは表情を変えずにベイリを凝視した。両手は、机の上にのっている書類ぞいに、ぎくしゃくと模様らしきものを描いている。

「なぜそう言えるんだね？」ミニムは言った。

ベイリはソラリアからの帰途、数時間をかけて自分の考えを系統的にまとめあげた。そして偏りのない明確な事実に基づく論理で、想像上の官僚と対決してきたのである。しかしこの場に臨んで彼は途方に暮れていた。

「明確に説明できるかどうか自信がありません」ベイリは答えた。

「かまわん。聞かせてくれ。まあ、まず得られた一応の結果にすぎないのだから」

ベイリは言った。「ソラリア人は、人類が何百万年も持ちつづけてきたあるものを放擲《ほうてき》してしまったんです。原子力、都市、農業、道具、火といったものよりはるかに価値のあるものをです。ほかのすべてのことを可能にしてくれたものをです」

「推測が苦手なのでね、ベイリ。それはなんだね?」

「部族《トライブ》というものですよ。人間同士の協力関係です。ソラリアはそれをまったく棄ててしまった。ソラリアは、孤立した個人の世界です。あの惑星の唯一の社会学者は、その現状に満足しています。ところでその社会学者は、社会数学など聞いたこともないと言うんです、彼自身の学問分野を創出しているからですよ。彼に教える者はだれもいない、彼を助ける者も、彼が見失っていることについて考える者もいないんです。ソラリアで盛んな唯一の学問はロボット工学で、それにかかわっているのはほんの一握りの人間です。しかもロボットと人間の相互作用の分析が必要になったとき、彼らは、地球人の助力を仰がねばならなかったんですよ。

ソラリアの芸術は、観念的《アブストラクト》です。地球における抽象芸術《アブストラクト・アート》は、芸術の一形式ですが、ソラリアではそれが唯一の形式なんです。人間らしい感触はありません。目指す未来は、胚の体外発生。出産からの完全な分離です」

ミニムが言った。「なにやら恐ろしい話だな。しかしそれは有害なのではないかね?」

「そう思いますね。人間と人間の相互作用なくしては、生命に対する興味も失われます。知的な価値の大部分が失われます。生きるための理由の大半が失われるんです。映像対面というやつは、じかに会うこととは別物ですね。ソラリア人自身にとって、映像対面というのは、遠く隔てられているという感覚なんです。

そして孤立が停滞のじゅうぶんな要因になりえないとしても、彼らには長命の問題がありますからね。地球では、変化を求める若者の絶え間ない流入があります。つまり若者たちには、その生き方に固執するほどの時間がないんです。これは最適条件じゃないでしょうか。つまり、地球の人間は、立派な成果をあげるためにはじゅうぶんな長さの寿命があり、ゆっくりすぎない速度で若者に道をゆずることができるほどには短い寿命なんです。ソラリアではその速度が非常に遅すぎます」

ミニムはいぜんとして、指で模様を描きつづけている。「おもしろい！　じつにおもしろい」彼は顔を上げた。まるで仮面がはらりと落ちたようだった。その目には、歓喜がうかんでいる。「私服刑事、きみは鋭い洞察力の持ち主だよ」

「それはどうも」とベイリはよそよそしく言った。

「わたしがなぜ、きみの見解を述べるようにと言ったかわかるかね？」彼はまるで少年のようにうれしくてたまらない様子だった。彼は答えを待たずに言葉をついだ。「きみの報告書は、すでにわれわれの社会学者の手で予備的な分析が行なわれているんだが、わたしは、きみが持ち帰った地球にとっては素晴らしいこの情報について、きみ自身の見解があるんじゃないかと思っていたんだ。あるんだねえ」

よ」

「ちょっと待ってください」とベイリは言った。「まだつけくわえることがあるんです

「あるだろうとも」とミニムはうれしそうに言った。「ソラリアは、ぜったいにその停滞を修正することはできない。もはや臨界点を超えてしまったし、ロボットに対する依存度も行きすぎている。個々のロボットは、個々の子供を叱ることができない。たとえ叱責というものが、結果的には子供のためになることだとしてもだ。ロボットは、目前の子供の苦痛しか見えていないのだ。そして集合体としてのロボットは、その世界を叱ることができない、たとえ社会制度が有害となって、世界が自滅してしまうとしても、だ。目前の混沌《カオス》しか見えていないからだ。したがって、宇宙国家の終焉は、絶え間ない衰退によってもたらされ、地球は彼らの支配から脱することができるだろう。この新しいデータはすべてを変える。物理的反抗すら必要ないだろう。自由は向こうからやってくるのだ」

「待ってください」とベイリは声を大きくして言った。「われわれが論議しているのはソラリアだけで、ほかの宇宙国家には適用されませんよ」

「同じことだよ。きみが会ったソラリアの社会学者――キモット――」

「クエモットです」

「クエモットか。彼はこう言ったではないか。ほかの宇宙国家も、ソラリアと同じ方向に向かって進んでいると」

「たしかにそう言いましたが、そもそも彼はほかの宇宙国家についてはなにも知りませんし、彼が社会学者とはとうてい言いがたい。そこははっきりさせていたと思いますが」

「うちの連中に調べさせよう」

「彼らにもデータが足りないでしょう。大きな宇宙国家についてはなにもわかっていませんから。たとえばオーロラ。ダニールの世界です。わたしから見ると、あそこもソラリアのような世界であると期待するのは無理でしょう。じっさい、ソラリアに似ている国家は、銀河系内ではひとつだけで――」

ミニムはきれいな手を愉快そうにちょっと振って、この話題をしりぞけた。「うちの連中が調べるよ。連中はクエモットに賛同するだろうね」

ベイリの目が曇った。もし地球の社会学者が朗報を待ちこがれていたのだとしたら、おそらくはクエモットの意見に賛同するだろう。調査が、じゅうぶんな時間をかけて綿密に行なわれ、そしてしかるべき情報のいくつかが無視され見逃されるなら、それらの数値からいかなる結論も引きだせるだろう。

彼は逡巡した。政府の高官が話を聞いてくれるうちに、話してしまうのが賢明なのか、あるいは――

いささか躊躇が長すぎた。ミニムは数枚の書類をぱらぱらとめくりながら話しだしたが、口調はいっそう事務的になっていた。「デルマー事件について、あと二、三、些細なことを尋ねたいが、私服刑事、それがすんだら引き取ってもらってけっこう。きみはリービッグを自殺に追いこむつもりだったのかね？」

「自白させるつもりでした。皮肉なことに、ロボットにすぎないものが、直接対面というタブーを犯すはずのないものが近づいたことで自殺するとは、予想もしませんでした。しかし率直に言って、彼が死んだことを悔やんではいません。彼は危険な人物でした。彼のような異常性と卓越した才能を合わせもつ人物があらわれるには、この先長い年月がかかるでしょう」

「そうだろうね」とミニムはそっけなく言った。「彼の死は幸運だったと思うが、しかしだね、リービッグがデルマーを殺すことはありえないと、もしソラリア人たちが気づいていたら、きみは危険な立場に立たされると考えなかったのか？」

ベイリはパイプを口からはなしたが、なにも言わなかった。

「いいかね、私服刑事」とミニムが言った。「きみは、彼が殺したのではないことを知っているね。殺人は、相手と直接対面することが必要だが、リービッグは、そんなことをするくらいなら死んだほうがましだった。彼はそんなことをせず、みずから死んだじゃないか」

ベイリは言った。「おっしゃるとおりです。ソラリア人たちは、彼がロボットを悪用したことに怖じけづき、それについて考えることをやめるだろうと、わたしは計算していたんですがね」

「では訊くが、いったいだれがデルマーを殺したんだ?」

ベイリはのろのろと言った。「だれがじっさいに殴打をくわえたのかと言われるのでしたら、それはだれもがあの人物だと考えていた人物です。グレディア・デルマー、殺された博士の妻です」

「それなのにきみは彼女を放免したのか?」

ベイリは言った。「道徳上、責任は彼女にはありません。グレディアが夫と激しく争っていたこと、しかもそれがしばしばくりかえされていたことを、リービッグは知っていました。彼女が怒りのあまり逆上することも知っていたにちがいありません。リービッグは、妻に嫌疑がかかるような情況のもとで、その夫、リケイン・デルマーが死ぬことを望んでいた。それで、デルマーにあるロボットを提供した。そしてわたしが想像するに、グレディアが怒りの頂点に達した瞬間に、そのロボットが自分の取外しのきく四肢のひとつを彼女に手わたすように、と彼は己の技術を駆使して、ロボットに教えこんだのです。その決定的瞬間に自分の手に武器をあたえられた彼女は、デルマーが、あるいはロボットが止めるすきもなく、一時的な心神喪失状態のまま行動した。彼女は、ロボットと同様に、リービッグの無意識の道具になっていたんです」

ミニムは言った。「ロボットの腕には、血痕とからみあった毛髪が付着していたにちがいない」

「おそらくそうでしょう」とベイリは言った。「しかし殺人ロボットを始末したのはリービッグでした。その事実に気づいたほかのロボットたちに、それを忘れるよう指示するのは、彼なら容易にできたはずです。スール医師なら気づいたかもしれませんが、彼はただ死んだ人物の検死と失神している女性を診たにすぎませんからね。リービッグの誤算とはこうです。グレディアは明らかに有罪であり、犯行現場に凶器と見なされるものがないという事実が彼女を救うことにはならないと思いこんでいたことです。それにまた、まさか地球人に捜査協力が要請されるとは予想もしなかったんです」

「それでリービッグが死ぬと、きみはグレディアをソラリアから出す手筈をととのえたのだね。ソラリア人がこの事件を冷静に考えはじめた場合、彼女を救うことになると考えたんだね」

ベイリは肩をすくめた。「彼女はもうじゅうぶんに苦しみましたよ。みんなから不当な扱いを受けていましたからね。夫から、リービッグから、ソラリアという国から」

ミニムは言った。「きみ個人の気まぐれを満足させるために、法を曲げたんじゃないかね？」

ベイリのいかつい顔はいっそう険しくなった。「気まぐれじゃありません。わたしはソラリアの法律に縛られてはいませんからね。地球の利益が至上の目的です。そのためにリービッグという危険人物が排除されるのを見届けなければならなかった。ミセス・デルマーについては」彼はミニムと向かいあい、自分が決定的な一歩を踏みだそうとしているのを感じた。これだけは言わねばならない。「ミセス・デルマーについては、わたしは、彼女をある実験の基礎材料としました」

「実験とは？」

「直接対面することが許され、かつそう期待されている世界と相対することに同意するかどうか知りたかったんです。彼女自身のなかに深く定着していた慣習を崩壊させることに直面する勇気があるかどうかぜひとも知りたかったんです。彼女が、行くのを拒否するのではないかと心配でした。ソラリアの誤った生活習慣を捨てるより、彼女にとっては煉獄《れんごく》のソラリアに残ると言いはるかもしれないと。ところが、彼女は変化のほうを選びましたから、わたしはうれしかった、なぜなら、それには象徴的な意味があるように思えたからです。われわれのために彼女が救済の門を開いてくれるように思われたからです」

「われわれのために？」とミニムは語気を強めた。「いったいぜんたいどういうことだ？」

「わたしやあなたにかぎったことではありません」とベイリは重々しく言った。「全人類にとってです。あなたはほかの宇宙国家について、誤った見方をなさっています。彼らのところにはロボットは少なく、直接対面も許されています。そして彼らはソラリアをずっと調査しています。R・ダニール・オリヴォーは、ご存じのようにわたしといっしょでしたから、彼は報告書を持ち帰ります。彼らは将来ソラリアのようになるかもしれませんが、おそらく彼らは、あの危険に気づき、自分たちは合理的なバランスを保つよう、そうやって人類の先導者であるよう努力するでしょう」

「それはきみの意見だね」とミニムは辛辣に言った。

「いやそれだけじゃない。ソラリアのような世界がもうひとつある、それは地球ですよ」

「ベイリ私服刑事！」

「そうなんです。われわれはソラリアの裏返しの存在です。ソラリア人はたがいの存在から孤立している。われわれ地球人は銀河系から孤立している。ソラリア人は、絶対不可侵のおのれの地所という終端にいる。われわれはと言えば、地下のシティという終端にいる。彼らは信奉者なき先導者、口答えのできないロボットがいるだけです。われわれは先導者なき信奉者、安全でいるためにシティを囲いこんでいるにすぎません」ベイリはぎゅっと拳を握りしめた。

ミニムは賛同しなかった。「私服刑事、きみは、苦しい試練に耐えぬいてきた。休養が必要だろうから、休暇をとるように。一カ月の有給休暇だ。その先には昇進が待っている」

「ありがとうございます、しかしわたしの望みはそれだけではありません。あなたにぜひ耳を傾けていただきたい。われわれが終端の場所から抜けだす方向はただひとつ、それは、外へ、宇宙へ向かうということです。あそこには百万の惑星があり、スペーサーが所有するのはそのうちの五十にすぎない。彼らは少数で、長命です。われわれは多数で短命です。探査や植民に適しているのは、彼らよりわれわれでしょう。われわれには人口圧力があり、世代交代が速く、若者や向こうみずな連中の供給にことかきません。そもそも宇宙国家を開拓したのはわれわれの祖先でした」

「なるほどね――だがあいにくもう時間切れのようだ」

相手が自分を追いだしたがっているのがわかったが、ベイリはかたくなにその場に踏みとどまった。「最初の植民者たちが、テクノロジーにおいてわれわれよりまさる国家を建設したとき、われわれは地下に自分たちのための子宮を作り、そのなかに逃げこんだ。スペーサーはわれわれに劣等感を植えつけ、われわれは彼らから逃避した。しかしそれは解決にはならなかった。反抗と抑圧という破壊的な周期的変動を避けるためには、われわれは彼らと競い、彼らに追随するのもやむをえないし、可能なら彼らをリードしなければならない。そのためには、われわれはひろびろとした屋外と向きあわなければならない、自分たち自身に、屋外と向きあうことを教えなければならない、もしそれがすでに手遅れならば、われわれの子供たちに教えなければならない。これは肝要なことですよ」

「休養をとりたまえ、私服刑事」

ベイリは激しく言った。「聞いてください。スペーサーたちが強大で、われわれがこのままの状態であるならば、地球は一世紀たらずのうちに滅亡します。あなたご自身が話してくださったじゃありませんか、この答えはすでにコンピューターが出していると。もしスペーサーがほんとうに弱く、そしてどんどん弱くなっていくのであれば、われわれは逃げだせるかもしれません。しかしスペーサーが弱いとだれに言えますか？　ソラリア人はたしかに弱い。とはいえ、われわれが知っているのはそれだけです」

「しかし――」

「話はまだ終わっていません。スペーサーが弱かろうが強かろうが、われわれはひとつだけ変えることができるんです。われわれは、われわれの生き方を変えることができるんです。広い屋外と向きあおうじゃありませんか、そうすれば反抗など必要ありません。われわれは、無限の宇宙に広がっていき、われわれ自身がスペーサーになるんです。この地球に閉じこもっているならば、まったく無益な破滅的な反乱は阻止できません。スペーサーが弱いと吹きこまれ、ひとびとが偽りの希望にすがっているなら、事態はいっそう悪化します。さあ、社会学者に訊いてください。わたしの意見を彼らに伝えてください。もし彼らがそれでも疑うようなら、わたしをオーロラに派遣する方法を探ってください。そうしたらほんもののスペーサーに関する報告書を持って帰りましょう、それで、地球のなすべきことがわかります」

ミニムはうなずいた。「わかった、わかった。ひとまず失礼するよ、私服刑事」

ベイリは昂揚感をいだいてその場を立ち去った。ミニムを無条件にやりこめたとは思っていない。根深く植えつけられた思考パターンをくつがえすには、一日や一年では足りないだろう。だがミニムの面《おもて》にものおもわしげな不安の表情がよぎり、ほんのしばし、さっきまでのあの無邪気な喜びが消えるのをベイリは見たのだ。

未来への展望が見えてきたと彼は感じた。ミニムは社会学者たちに尋ねるだろう、そして、そのうちのひとりかふたりに不安が芽生えるだろう。そして疑うかもしれない。そしてベイリに意見を求めるかもしれない。

一年待とう、とベイリは思った。一年だ。そのころには自分はオーロラへ向かっているはずだ。そして一世代を経たとき、われわれはふたたび宇宙に乗りだしているだろう。

ベイリは、北行きのエクスプレスウェイに跳びのった。もうすぐジェシイに会える。彼女はわかってくれるだろうか？　そして十七になる息子のベントリイは。ベンが十七になる息子をもったとき、彼は、どこかの無人の惑星に立って、ゆったりと広がりのある生活をはじめているだろうか？

それは驚くべき考えだった。ベイリはまだ広い空間を恐れている。だがもはやその恐れに負けてはいない！　その恐れから逃げだすのではなく、闘うべきなのだ。

ベイリは、自分がわずかな狂気に襲われていたような気がした。そもそものはじめから、広い空間は摩訶不思議《まかふしぎ》な魅力を彼に感じさせていた。地上車のなかで、外気のなかに立ちあがろうと、ダニールを欺いて車の屋根を開かせた、あのときからだった。

あのときはまだよくわかってはいなかった。ダニールは、彼をつむじ曲がりだと思ったにちがいない。ベイリ自身は、犯罪を解決するために、職業的な必要性のために、屋外の広い空間に向きあおうと思ったのだ。ソラリアにおけるあの最後の夜、カーテンを窓から引きちぎりながら、広い空間と対峙したいという欲求が、じつは広い空間そのものへの欲求であることに気づいたのだ。その魅力とそれがもたらす自由への期待に彼は気づいたのである。

同じような衝動を感じる人間は地球上に何百万といるにちがいない。もし広い空間が彼らの関心を集めることがあるならば、もし彼らが、最初の第一歩を踏みだすことができるならば。

彼はあたりを見まわした。

エクスプレスウェイは疾走している。まわりに見える人工の照明、巨大なアパートメントの連なりが、ぐんぐんうしろへ飛び去っていき、そしてきらめく標識、店のウインドウ、そして工場と明かりと騒音と群衆と、そしてさらに騒音と、そして、ひと、ひと、ひと……

これは彼が愛してきたすべて、はなれることを嫌い、恐れてきたすべて、ソラリアにいたときに懐かしいと思っていたすべてだった。

いまの彼にとって、それがすべて見知らぬものに思えた。

もう二度と彼はここに適応することはできないだろう。

殺人事件を解決するために出かけていき、そこでなにかが彼の身に起こってしまったのだ。

彼はミニムにシティは子宮だと言ったが、たしかにそうだった。人間が人間になりうる前に、真っ先になすべきことはなにか？　まずは生まれなければならない。子宮から出なければならない。そしていったん出てしまえば、ふたたび戻ることはできないのだ。ベイリはシティを出てしまい、もう戻ることはできない。シティはもはや彼のものではない。鋼鉄の洞窟はいまや相容れぬもの。こうあらねばならなかった。ほかのひとびとにとってもそうなるだろう。そうして地球はふたたび生まれ、宇宙へと向かうのだ。

心臓が狂ったように鼓動を打ち、まわりの生活の騒音は、かすかなつぶやきのようになってしまった。

ソラリアで見た夢を思いだす。やっとあの夢の意味がわかった。振りあおぐと、それは頭上の鋼鉄とコンクリートと人間たちの向こうに見える。人間を外へ誘いだそうと、宇宙空間に置かれた篝火《かがりび》が見える。それがさんさんと光を降りそそぐのが見える。あのはだかの太陽が！

アシモフ宇宙のヒロイン誕生！

小説家
久美沙織

創立七十周年を記念して二〇一五年三月に発動した『ハヤカワ文庫補完計画』は、早川書房の歴史を彩ってきたさまざまな作品から七十点を選りすぐってお色直しをするもの。『はだかの太陽』はその栄誉ある七十点のうちのひとつに選ばれた。

本邦初訳は一九五八年、講談社の全六冊のSFシリーズのうちの一冊だった。半世紀以上前だ。このときのタイトルは『裸の太陽』。翻訳者として伊藤照夫の名があがっている。伊藤照夫は都筑道夫の別名だが、同書が一九六五年にハヤカワ・SF・シリーズで刊行された際には常盤新平訳となった。一九八四年、冬川亘訳になり、ハヤカワ文庫SFのうちの一冊として刊行された。この時から『はだかの太陽』とひらがな表記になっている。

実は、全四冊あるシリーズものの二作めでもある。節目の年の記念出版にアシモフの古典を選ぶのは当然だが、なぜ『鋼鉄都市』でなくこっちなの？　と疑問に思うのはわたしばかりではあるまい。担当編集者の答えて曰く、『鋼鉄都市』は二〇一一年にハヤカワ文庫独自のトール版というサイズで重版されたばかりだからと。いわゆる大人の事情です。ちなみに『鋼鉄都市』の翻訳は一貫して福島正実。今回『はだかの太陽』の新訳を担当された小尾芙佐さんはシリーズの三作目・四作目である『夜明けのロボット』および『ロボットと帝国』を、ハードカバー版からずっと担当している。

アイザック・アシモフといえば、五九年生まれのわたしをＳＦ世界に導いてくれた恩師のひとりである。なんでも知ってる「スーパー博士」で、話がオモロくわかりやすい。描き出す科学も未来も宇宙も、夢と希望にあふれていた。まことに尊い知の巨匠であるが……女は苦手っぽかった。知性と品格が邪魔をしてしまうのか。色っぽいことに関しては、先生なんだか腰がひけている。つまりシャイでうぶで、オクテなのである。

「女が書けない」。アシモフは各方面から何度も批判された。お婆さんは大丈夫。女性科学者はもちろん。女性型ロボットならＯＫ。でも、妙齢のセクシーで魅力的な女性となると？　黄金期のＳＦには、宇宙怪物に襲われて逃げまどう半裸の女性がほぼ必須だった。なのにアシモフにはない。「書いてほしいのに」と思うひともいたのかもしれない。

二十世紀後半、二度の大戦争と冷戦の時代を経て、人類はかなりの意識改革をした。平和や人権が重くなり、若さは称賛され、差別は卑しいことになり、女性も人類の一員と認められた。ユダヤ系ロシア人移民二世としてニューヨーク・ブルックリンのキャンディーストアに育ったアシモフにとって、変革の嵐は鼻先で吹き荒れた。なんてこった《ヨシャパテ》！　とぼやくことも、あったろう。

シリーズ最初の作品である『鋼鉄都市』に出てきた女は奥さんだった。夫が宇宙的大活躍をしているのに、妻は凡庸な小市民。生活にやつれ近所の目ばかり気にし、つまらないことを愚痴っては負担をかける。仕事上の相棒となったR・ダニールの知的で硬質な美しさ頼もしさと、家庭でのパートナーの忌まわしさ情けなさ。あまりに激しく対照的だ。

実生活でいえば、アシモフ家では五一年に息子が、五五年に娘が生まれている。『鋼鉄都市』『はだかの太陽』のころは、まさに子育て最盛期だったことになる。人道主義者で知られるアシモフは子煩悩で家庭を大切にしたが、七〇年に妻子と別居、七三年に離婚、すぐ再婚する。二度目の相手は女医さんでのちSF作家となる知的な女性だった。

負けずぎらいのアシモフは、「女が書けない」の声に奮起、自分にも「みんなが期待する」とびきり佳《よ》い女が書けるところをぜひとも見せてやらねばならぬと意気ごんだのではないかと推察する。なにしろグレディアは登場シーンからまともに服を着ていない。まるで五〇年代パルプマガジンの表紙の美女のように。読者はさぞかし仰天したことであろう。アシモフ先生、どうしちゃったの。タイトルの「naked」って、まさかこのこと？

ひとを驚かすのが大好きなアシモフは、「魅力的で上品な女性が他人に裸体を見せることに疑問も痛痒も感じない状況」を考え、大量のロボットにかしずかれる風変わりな貴族社会ソラリアをひねりだした。それは過去に例をみない「密室」の創設にもつながり、

「三原則に縛られるロボットに不可能なはずの行為をさせる抜け道」の考察ともなった。グレディアは、脱ぎっぷりのいい美女でありながら、アシモフ世界のらしさを損なわない奇跡のヒロインだ。ご本人も気にいっていたのだろう、第三作以降にも登場する。それも、かなりヒイキめに。このあと彼女がそしてベイリがR・ダニールがいったいどうなるのか、ぜひ、読んで確かめてほしい。最終作品『ロボットと帝国』はアシモフ御大の五百冊におよぶ著作の最終到達点のひとつなのだし。

あのころの未来である現在、この作品を読むことには、およそ半世紀前の賢いひとの思索をたどり、当たっている部分とまるきりはずれた部分をそれぞれ味わう、という特別のたのしみが加わる。コンピュータがパンチ穴のあいた紙をはきだすのはご愛嬌だが、ひきこもって映話でコミュニケーションする生活は、ぞっとするほど大当たりだ。ベイリ以上に飛行機嫌いで、狭く閉ざされた空間が大好きだったアシモフ。インターネットはまさに天国だったろう。超長生きしていたなら、グーグルマップで世界じゅう行けたし、YouTubeやニコ動やスカイプでファンと交流もできたのに。

没したのは一九九二年四月六日。死因は、後天性免疫不全症候群。八三年の心臓バイパス手術の時にうけた輸血の血液がHIVに汚染されていたためだそうだ。

アシモフの科学エッセイ④『生命と非生命のあいだ』(ハヤカワ文庫NF)に、「血がものをいう」という章があり、こんな一節がある。

「一人の人間の血は、単にその人の名刺であるばかりか、その人の過去・現在・未来の歴史の記録になることだろう」ここを書いた頃は、まさか将来輸血でもらう他人の血に殺される運命だとは思っていなかったろうが。ちなみにこのあとこうつづく。「未来のシャーロック・ホームズは、血液の専門家だろう」

ホームズものに繰り返し現れる「不可能なものをすべて排除して残ったものが真実、たとえどんなに信じがたいとしても」というメッセージを、ほかならぬベイリがたいそう信奉している。『はだかの太陽』のどこかに、ベイリがシャーロキアンである証拠がさりげなく隠れているので、良かったらさがしてみてください。

世界的に高名で成功した作家でありながら、豪遊も贅沢もせず、ひたすら仕事場にひきこもって数多《あまた》の作品を書き続けたアシモフ。ドーム都市も、隔絶ソラリアも自分の理想の具現化、戯画化だったのかもしれない。からっぽの空間とはだかの太陽がこわくて、ひとりとひきこもりを好みながら、読者の支持や称賛の声を愛好し必要とする。自分のいかにも人間らしい矛盾と二律背反を、誰より作者が興味深く観察し題材にしたのに違いない。

本書は、一九八四年五月にハヤカワ文庫ＳＦより刊行された『はだかの太陽』の新訳版です。

訳者略歴　1955年津田塾大学英文科卒，英米文学翻訳家　訳書『闇の左手』ル・グィン，『われはロボット』アシモフ，『火星のタイム・スリップ』ディック，『アルジャーノンに花束を』キイス（以上早川書房刊）他多数

HM=Hayakawa Mystery
SF=Science Fiction
JA=Japanese Author
NV=Novel
NF=Nonfiction
FT=Fantasy

はだかの太陽《たいよう》
〔新訳版〕

〈SF2007〉

二〇一五年五月　十五日　発行
二〇二五年六月二十五日　三刷

（定価はカバーに表示してあります）

著者　アイザック・アシモフ
訳者　小尾《おび》芙佐《ふさ》
発行者　早川浩
発行所　株式会社早川書房
郵便番号　一〇一‐〇〇四六
東京都千代田区神田多町二ノ二
電話　〇三‐三二五二‐三一一一
振替　〇〇一六〇‐三‐四七七九九
https://www.hayakawa-online.co.jp

乱丁・落丁本は小社制作部宛お送り下さい。
送料小社負担にてお取りかえいたします。

印刷・製本　株式会社DNP出版プロダクツ
Printed and bound in Japan
ISBN978-4-15-012007-8 C0197

本書のコピー、スキャン、デジタル化等の無断複製は著作権法上の例外を除き禁じられています。

本書は活字が大きく読みやすい〈トールサイズ〉です。